Le hasard d'une rencontre

JP TONES

Du même auteur :

Cycle de l'Ordre de Theesth
Nourr IX - Renaissance – 2019

T & M – 2022

Site internet : **www.jptones.fr**

CHAPITRE I

Est-ce une rencontre ?

Cette boutique d'autoroute était comme les autres. Même agencement, même produit, même légère odeur de citron.

Une famille vagabondait joyeusement dans les allées. Des routiers discutaient trafic près du distributeur de café, situé au fond du magasin. Un couple se disputait discrètement dans le rayon boisson. Quatre femmes âgées sortirent des toilettes et trottinèrent vers un car. L'autobus partit quelques instants plus tard, libérant la place pour une magnifique et luxueuse Maserati GranTurismo jaune. Une camionnette se gara à sa droite peu après. Les deux passagers en descendirent. Un se dirigea vers le réservoir et l'autre à grands pas vers la boutique. Il entra, repéra les toilettes et s'y engouffra.

Un client posa sur le comptoir une barre de chocolat et annonça sa pompe. Il croisa furtivement le regard de la caissière. Il y lut des sentiments qu'il connaissait bien. Tristesse, rancœur, désespoir. Il nota la marque encore fraîche laissée par une alliance. Il lui donna l'appoint et sortit. Il referma sa veste bon marché car un vent froid et sec balaya la station-service.

Il avait horreur du froid. C'était presque maladif. Il était du soleil. En le regardant, on n'avait aucun doute, cheveux mi-longs, visage ouvert, barbe naissante et grands yeux noisette. Sa démarche était empreinte de séductions et d'élégances propres aux Ibériens.

Sa poubelle l'attendait à la pompe numéro trois. Elle portait fièrement ce surnom à cause de la saleté accumulée sur sa carrosserie.

Il jeta un regard distrait à la Maserati stationnée près de sa 206, sans même prêter attention à sa conductrice, de dos et en train de remplir le réservoir. Il ouvrit sa porte.

Un cri étouffé suivi d'un long gémissement le fit se retourner. Enceinte, la jeune femme se tenait le bas ventre, appuyée sur le coffre de sa voiture.
Il s'approcha.

- Ça va ?

Elle se redressa fièrement.

- Évidemment !

Son visage fut marqué par la douleur. Il ouvrit la porte passager.

- Asseyez-vous. Je vais finir pour vous.

Elle alla lui envoyer un de ses commentaires tranchants et autoritaires dont elle faisait grand usage mais la souffrance la rappela à l'ordre. Il revint quelques minutes plus tard.

- Ça va mieux ?

Elle lui lançait un regard hautain et lui parla sèchement.

- Je m'amuse comme une folle. Vous m'avez rempli le réservoir ?

- Oui. Vous en avez pour cent-trente euros.

Le visage crispé par la douleur, elle poussa un gémissement en se tenant le bas ventre et en se raidissant.

- Amenez-moi à l'hôpital.

- Je vais appeler les secours !

Elle lui attrapa le bras et s'adressa à lui autoritairement.

- J'ai dit, amenez-moi à l'hôpital maintenant !

Il se dégagea.

- Je ne suis pas votre boy.

- Je vous payerai cinq-mille euros si vous me conduisez à l'hôpital Paule de Viguier à Toulouse.

- On est à plus de quatre-vingts kilomètres de Toulouse ! Je suis sûr qu'il y en a un bien plus près.

- Je n'en ai rien à faire ! Je dois aller à celui-là. Vous m'amenez, oui ou non ?

- Vous n'avez pas dit les mots magiques.

Elle le regarda interloquée par son insolence. D'habitude les fortes têtes, elle les convoquait dans son bureau présidentiel et elle les brisait, utilisant ses deux années d'études de psychologie à Zurich. Mais là, elle n'était pas en position de force.

- S'il vous plait.

- Vous voyez quand vous voulez. Il faudrait payer l'essence de votre taxi.

Une autre contraction lui tira une grimace de douleur. Elle lui tendit une carte essence et lui donna le code. Il monta dans sa 206 et la gara devant la boutique. Puis il y entra, discuta quelques instants avec la caissière et en ressortit. Il s'installa dans la Maserati.

- Je ne vous ai pas manqué au moins ?

Elle lui lança un regard mauvais. Elle tapa le code demandé par l'écran central. Le moteur se mit à ronronner. Elle contint sa colère.

- Roulez !

Là, elle avait besoin de lui mais après ce sera une autre affaire.

Feux de détresse allumés, la Maserati s'engagea sur la voie d'accélération puis elle se mêla au trafic. Il fut surpris par la puissance et la maniabilité du véhicule.

De la très bonne bagnole, se dit-il.

Rapidement, l'aiguille du compteur virtuel se bloqua à droite, et la voiture, sur la voie de gauche, bousculant les autres à coup d'appels de phares.

- Je m'appelle Filippo Di Maria. Et vous ?

- Il connait son nom ! C'est merveilleux.

- Vous êtes toujours aussi aimable ?

- Je vous paye pour conduire, pas pour me faire la conversation.

Il rompit le silence une dizaine de minutes plus tard.

- La police devrait nous attendre au péage avec une ambulance. Avez-vous prévenu l'heureux papa ?

Silence.

Il la regarda. Elle était évanouie, la tête avachie sur le torse. Un léger filet de sang maculait sa robe. Immédiatement, il se rangea sur la bande d'arrêt d'urgence. Il lui releva délicatement le menton. Il écarta ses longs cheveux châtains ondulés.

Avec un mouchoir en papier, il essuya le sang venant de son nez puis il la secoua doucement. Elle ouvrit lentement ses yeux verts. Paralysé par son regard, il ne put s'en détacher.

- Que s'est-il passé ?

- Vous vous êtes évanouis. Comment vous sentez-vous ?

- Pas bien. J'ai la tête qui tourne, j'ai mal à la poitrine et à mon bras gauche.

- Tenez le coup. On n'est plus qu'à une trentaine de kilomètres de Toulouse.

Il appuya sur l'accélérateur. La voiture bondit sur la voie de gauche reprenant très rapidement de la vitesse.

L'écran central signala un appel téléphonique. Elle toucha l'icône d'ouverture de la communication.

- Allô.

Une voix féminine et craintive résonna dans le système audio.

- Miriam Lagne, Madame. À nouveau, monsieur Issard a vivement demandé une entrevue avec vous.

- Je croyais vous avoir donné des instructions très strictes à son propos, madame Lagne.

- C'est vrai Madame mais…

- Je ne veux pas le savoir !

- Bien, Madame Piétri-Duval. Désirez-vous votre planning pour demain ?

- Non, elle ne le désire pas ! Madame Piétri-Duval ne sera pas disponible demain car elle est en train de mettre au monde un enfant.

Filippo clôtura la communication.

- De quels droits coupez-vous mon appel ?

Il lui parla fermement.

- Gardez votre énergie pour votre bébé. Vous êtes déjà épuisé.

Une contraction lui raidit le corps, marquant profondément son visage. Elle poussa un gémissement sourd en serrant les dents et les mains. Des larmes ruisselèrent sur ses joues. Elle regarda son ventre.

- Je vais mourir à cause de ça.

- Vous n'allez pas mourir. Dans quelques heures, ce ne sera plus qu'un mauvais souvenir.

- Il y a une tradition dans ma famille. Ma grand-mère est morte en mettant au monde ma mère, et ma mère en me donnant la vie. Être une femme dans ma famille est une malédiction.

- La médecine a fait beaucoup de progrès ces dernières années. Je suis persuadé que tout se passera bien. Avez-vous prévenu l'heureux papa ?

- Il n'y en a pas.

Il la regarda du coin de l'œil. Avec un caractère aussi détestable, cela ne l'étonnait pas.

- Et votre famille ?

Elle lui répondit sèchement.

- Je n'en ai pas ! Et puis, occupez-vous de la route à la fin !

Une vraie mégère, pensa-t-il.

Il leva le pied à la lecture d'un panneau. Doucement, l'aiguille redescendit.

Le péage s'étala devant eux. De longues files bloquaient tous les postes ouverts. Gyrophares allumés, une voiture de Gendarmerie était arrêtée au milieu des voies avec deux militaires à ses côtés, regardant le flux des véhicules. Il se dirigea vers eux. À leur niveau, il ouvrit sa fenêtre.

- Bonjour messieurs. C'est nous qui avons une urgence.

Le gendarme jaugea la Maserati.

- Nous ne vous attendions pas si tôt.

- Ma femme s'est évanouie et les contractions sont très très fortes. L'ambulance est là ?

- Non. Mes collègues vont vous amener directement à la maternité la plus proche.

- Je dois aller à l'hôpital Paule de Viguier.

- Ma femme y reçoit un traitement pour sa grossesse.

- D'accord. Suivez-nous puis nos collègues motorisés vous escorteront jusqu'à Paule de Viguier.

- Merci messieurs.

- À votre service.

Ils traversèrent le péage par une porte vide, ouverte pour eux. Sirènes allumées, deux motos démarrèrent immédiatement et se placèrent devant eux tandis que la voiture des gendarmes se gara à droite. Rapidement, ils prirent de la vitesse en s'engageant sur le périphérique de Toulouse.

- J'ai toujours rêvé d'être escorté comme un Président. J'espère que vous ne m'en voulez pas de leur avoir menti mais cela aurait été trop long de leur expliquer.

- Ça n'a pas d'importance.

Elle fouilla dans son sac à main. Elle attrapa sa pièce d'identité, une carte bancaire Visa Infinite, un élégant stylo-bille Mont-Blanc couleur ambre et or et un petit bloc-notes à l'entête du Groupe Piétri-Duval. Elle y griffonna plusieurs pages. Puis, elle lui tendit la carte.

- Je conduis là !

- Dès que vous m'aurez déposé, vous retirez l'argent convenu.

- Croyez-vous que ce soit vraiment le moment pour parler de ça ?

Elle insista. Il la prit et la glissa dans la poche interne de son blouson. Elle lui tendit à présent le bloc-notes et la pièce d'identité.

- J'y ai écrit le code, différents comptes et mots de passe, numéros de coffres et diverses autres instructions. Vous les donnerez à mon avocat. J'ai inscrit son adresse.

Il les mit au même endroit.

- Pourquoi ?

- Je vous l'ai dit, je ne survivrai pas à cet accouchement.

- Arrêtez de dire ça. Vous n'allez pas mourir.

- J'aimerai tant que ce soit vrai.

Il lui prit la main.

- Madame Piétri-Duval, vous ne mourrez pas aujourd'hui. Vous allez avoir un magnifique bébé. Alors, détendez-vous.

Elle esquissa un léger sourire. Mais il pouvait lire dans ses yeux qu'elle était intimement persuadée de son issue fatale.

Leur escorte motorisée avait du mal à percer le trafic. Normal, il était 17 h. En plus un mercredi, un mois avant Noël.

Folie des cadeaux. Folie, tout court.

Les magasins s'étaient drapés de couleurs vives comme chaque année pour attirer le client. Cela avait fonctionné car le périphérique était bondé.

Précédée par les gendarmes, la Maserati se trainait dans le flot des véhicules à l'arrêt. Enfin, le petit convoi s'engagea dans l'allée réservée aux urgences. Ils avaient mis presque trente minutes depuis le péage. Ils stoppèrent devant un large auvent.

- Vous voilà à destination.

Deux infirmières et un médecin approchèrent à grands pas avec un fauteuil roulant. Elle serra sa main.

- Merci.

Il sentit son angoisse et sa peur prendre le dessus. Le docteur ouvrit la porte et examina la jeune femme. Filippo s'adressa à lui.

- Elle s'est évanouie sur le chemin et elle a saigné du nez. Elle a aussi la tête qui tourne. Elle a mal à la poitrine et au bras gauche.

Il lut l'inquiétude dans les yeux du médecin.

- Nous allons vous installer en salle de travail immédiatement.

La jeune femme serra encore plus fort la main de Filippo. Elle se mit à sangloter.

- Je ne veux pas mourir.

- Chuuut. Tout va bien se passer. Je vous le promets.

Elle le lâcha. Le personnel médical l'aida à s'extraire de la Maserati et ils la calèrent dans le fauteuil roulant avec le soutien de Filippo. Elle lui attrapa la main.

- Restez un peu avec moi, s'il vous plait.

Il lui fit son plus beau sourire.

- Bien sûr.

- Vous ne pouvez pas la laisser ici. Garer votre voiture là-bas.

- Je vous rejoins tout de suite.

Il les regarda disparaitre derrière les portes coulissantes. Il ne savait pas pourquoi mais il se sentait triste pour elle. Peut-être parce qu'il avait ressenti une telle détresse chez elle. Peut-être parce qu'elle n'avait personne pour la soutenir et l'encourager. Peut-être que sous ses airs de femme autoritaire et sûre d'elle, se cachait une personne désorientée.

Arrête de déconner ! Tu ne la connais que depuis une heure, pensa-t-il.

Il s'aperçut que les deux motards étaient toujours là. Il alla les remercier puis il remonta dans la Maserati et alla la garer sur le parking visiteur.

Il se retrouva devant le comptoir des urgences maternité quelques instants plus tard. Une infirmière vint le chercher presque immédiatement. Elle l'aida à enfiler une longue chemise d'hôpital puis elle le conduisit vers le service accouchement. Ils pénétrèrent dans ce qui ressemblait à un bloc opératoire.

Sept blouses blanches entouraient l'unique lit et portaient leur attention sur son occupante. Après s'être signalé auprès d'elle et lui montrer avoir pris son sac à main, Filippo resta en retrait, les laissant œuvrer. Il ne savait pas si ce traitement était dû à la gravité de son état ou à son statut social. Surement, un peu des deux.

Dans la cinquantaine, un praticien entra. Immédiatement, tout le personnel se mit sur le côté pour lui donner accès à la patiente.

- Émilie, j'étais très inquiet quand j'ai été informé de votre prise en charge par la Gendarmerie autoroutière. Mais vous êtes là à présent. Nous avons démarré le protocole défini ensemble. La douleur sera muselée dans quelques minutes.

- La péridurale sera en place dans cinq minutes.

Il prit conscience de la présence de Filippo.

- Parfait. Et vous êtes ?

L'infirmière, qui l'avait guidé jusque-là, répondit avant qu'il ne le puisse.

- C'est le mari de la patiente.

- Je suis enchanté de vous rencontrer enfin. Je suis le directeur de cet hôpital, Professeur Anthony Mercan. C'est un grand honneur, monsieur…

- Filippo Di Maria. Mais je ne suis…

Émanant d'un des moniteurs, une alarme se mit à rugir.

- Fibrillation ventriculaire !

Le personnel s'activa. L'efficacité de l'équipe médicale était impressionnante. Rapidement, l'alerte cessa. La patiente reprit des couleurs. Puis elle émergea. Le Professeur s'approcha d'elle.

- Émilie, vous nous avez fait peur.

- Je me sens pas bi…

L'alarme se mit à rugir tandis qu'elle perdit à nouveau connaissance.

- Fibrillation ventriculaire !

- Professeur, elle perd les eaux !

- Faites sortir monsieur Di Maria !

Une infirmière l'entraina dehors presque de force et le guida jusqu'à une salle d'attente, deux portes plus loin puis elle repartit à grandes enjambées vers le bloc. Il resta sur le pas de la porte regardant vers l'endroit d'où il venait.

- Vous n'avez pas le droit de partir ainsi. Je vous ai promis que tout irait bien.

Le personnel entrait et sortait visiblement stressé. Filippo alla s'asseoir. Il ne pouvait plus rien faire pour elle.

Une nouvelle infirmière vint une dizaine de minutes plus tard. Elle lui demanda la pièce d'identité d'Émilie puis la sienne ainsi que leurs cartes vitales respectives. Elle s'éclipsa sans pouvoir lui donner des nouvelles de la patiente.

Je fais quoi moi maintenant ? pensa-t-il en regardant le sac à main.

Il décida de rester. Il n'avait pas mieux à faire de toute façon.

Visiblement épuisé, le directeur entra dans la salle d'attente deux heures et demie plus tard.

- Monsieur Di Maria, votre fille Amélia est en excellente santé. Elle est tonique et a obtenu un score de dix sur dix au test d'Apgar.

- Et sa Maman ?

- Les choses ne se sont pas très bien déroulées. Elle a fait de multiples arrêts cardiaques. Nous avons dû la plonger dans un coma artificiel profond pour les protéger toutes les deux. Nous avons dû pratiquer une césarienne car Émilie était inconsciente, donc dans l'incapacité de produire les contractions nécessaires à la sortie naturelle de l'enfant. Elle est à présent en observation. Nous devons attendre quelques heures pour voir son évolution et les conséquences sur son organisme. On va vous conduire à votre fille.

Le directeur l'abandonna ne lui laissant pas le temps de clarifier la situation. Il fut remplacé par une infirmière. Elle le guida dans les étages et le fit entrer dans une luxueuse chambre. Un berceau de maternité était placé près d'un grand lit vide où surement il aurait dû y avoir sa maman. Il s'en approcha tandis que l'aide-soignante déserta la pièce. Il posa le sac à main sur la table de chevet, s'assit sur le lit et tira doucement à lui le bébé. Elle était éveillée, à l'affut des sons.

- Bonjour Amélia.

Avec son index, il lui caressa la joue puis la main.

Et, la magie opéra.

Elle agrippa son doigt.

Ce réflexe inné a toujours le même impact fort chez les parents. Il est le commencement de la relation indestructible entre eux.

Mais Filippo n'avait aucun lien avec elle.

Réveille-toi, imbécile ! se dit-il.

Il eut du mal à retirer son index.

Une infirmière posa un plateau-repas sur la table ronde près de la fenêtre. Puis elle s'approcha du lit bébé.

- Les nouveau-nés ont toujours des difficultés à rendre le doigt.

- Je vois ça.

- Ils ont besoin de contacts physiques pour les rassurer. Le directeur a pensé qu'après tous ces évènements, vous auriez faim. Dans une trentaine de minutes, je vous expliquerai comment donner le biberon à Amélia. Puis, je vous conduirai à sa Maman.

Elle le laissa. Il était affamé, cela tombait bien. Il dévora l'excellent plateau-repas. Il doutait que son contenu soit le même que pour les autres patientes.

À l'heure dite, il donna son premier biberon sous les conseils de la sage-femme. Il dut reconnaitre qu'il trouvait cela plaisant.

L'opération achevée, elle l'invita à la suivre, laissant l'enfant sous la garde de ses collègues. Il se rendit compte que l'étage était à présent sous haute protection. En costume noir et à chaque entrée, des agents de sécurité surveillaient les allées et venues.

Il fut mené au service des soins intensifs. Il y avait aussi deux agents de sécurité formant une équipe mixte, en poste près d'Émilie. Filippo interrogea sa guide sur ce déploiement de force. Elle lui dit que cela faisait partie du protocole que la patiente avait mis en place avec l'hôpital. Il se retrouva seul avec Émilie.

Il s'assit à ses côtés et il lui prit la main. Le bip régulier de son cœur sur le moniteur, l'imposant masque respiratoire et les cathéters sur ses deux bras le peinèrent.

- Je vous avais promis que tout se passerait bien. Mais vous êtes couché là. Je suis triste pour vous. Votre fille va bien. Elle est magnifique. Elle a bu en entier son biberon. Avant de partir demain, je vous l'amènerai.

Il continua de lui parler, de la pièce luxueuse où était installé son bébé, de l'efficacité et la gentillesse du personnel médical, de la qualité de la nourriture, du service de sécurité. Sans s'en rendre compte, il lui fit la conversation pendant une heure. Il dut l'abandonner car elle devait subir un examen. Il retourna dans la chambre.

Amélia était éveillée. Il ne put s'empêcher de la prendre dans ses bras. Il s'assit confortablement et lui chanta une berceuse en espagnol, sa langue maternelle. Elle sembla apprécier car elle ferma les yeux et s'endormit. Il la reposa dans son lit. Hypnotisé, il regarda son petit ventre monter et descendre au rythme de sa respiration. Une personne externe aurait vu un père aimant, en admiration devant son enfant.

Filippo luttait pour ne pas s'attacher à ce bébé. Demain, il devra la laisser seule avec sa mère et reprendre le cours de sa propre vie.

Parti quelques jours sur la côte méditerranéenne pour faire le vide, il avait croisé cette femme au retour de son voyage.

Ah, les rencontres, se dit-il fataliste.

Toujours les yeux fermés, Amélia régurgita un filet de lait. Filippo l'intercepta avant qu'il ne souille le lit. La boite de mouchoirs en papier était vide. Il se leva et se dirigea vers le bureau des infirmières. Il s'arrêta à l'entrée. Dos à la porte, les deux sages-femmes étaient assises et elles discutaient en rangeant leur office.

- … en Suisse.

- Tu es sûr ?

- C'est dans le protocole. Dès la naissance du bébé de madame Piétri-Duval, nous aurions dû la confier à la sécurité pour qu'ils l'accompagnent en Suisse, certainement dans un orphelinat pour enfant riche.

- Pourquoi s'en séparer ?

- Elle pensait qu'elle allait mourir pendant l'accouchement, comme sa mère et sa grand-mère.

- Mais elle ne l'est pas.

- C'est comme. Son métabolisme et son cerveau ont beaucoup souffert. Heureusement, son mari est là. Sinon, nous aurions été obligés de suivre à la lettre le protocole. Et franchement, il n'est vraiment pas jouasse pour la petite.

- Pourquoi ?

- En principe, nous sommes censés arrêter toute action médicale, si elle n'est pas consciente après la naissance, et la laisser mourir, voir l'y aider. Mais, le Professeur Mercan veut profiter de la présence de son époux pour poursuivre les soins.

- Il y a donc de l'espoir ! Grandir sans mère est trop triste.

- Elle aura au moins son père.

- Oui, tu as raison. Il va bien s'occuper d'elle.

Filippo retourna dans la chambre et il s'assit sur le lit, regardant Amélia endormie.

- Ta Maman avait tout prévu pour ton avenir et le sien. Je vais respecter ses choix et ne pas m'en mêler.

Il s'allongea mais il ne trouva pas le sommeil. Il lui donna le biberon toutes les trois heures. On lui enseigna aussi le changement de couche.

Bébé repu et propre, comme il l'avait promis, il l'amena voir sa mère à l'aube.

On l'avait débarrassé du masque respiratoire et du cathéter de son bras gauche. Il coucha l'enfant près d'elle. Se servant du mobile d'Émilie, il eut le temps de faire quelques photos avant que l'appareil s'arrête brutalement, privé d'énergie. Il continua avec le sien.

Comme la veille, il fit la conversation à la mère mais aussi à la fille.

Le Professeur Mercan les regardait du bureau central des infirmières. Il se décida enfin à les interrompre.

- Bonjour monsieur Di Maria. Je vois que vous avez fait les présentations mère-fille.

- Comment va-t-elle ?

- Dans quelques heures, nous la monterons dans sa chambre. La garder aux soins intensifs n'est plus nécessaire.

- Alors, elle va mieux ?

- Allons en discuter.

- D'accord.

Filippo prit dans ses bras Amélia et ils le suivirent jusqu'à son bureau. Le Professeur sortit des radios d'un dossier. Il alluma le négatoscope mural et il y fixa les clichés. Elles représentaient de nombreuses coupes du cerveau.

- Nous avons fait passer à Émilie un scanner TDM pour évaluer l'impact de ses multiples arrêts cardiaques. Malheureusement, les dommages sont bien là. Vous pouvez les constater dans ces zones ici, ici et là.

- Cela signifie quoi ? Elle va… mourir ?

- Si vous me laissez prendre soin d'elle, non. Le rétablissement sera long mais je vous certifie qu'il sera là. Par contre, cela va à l'encontre du protocole qu'elle a mis en place avec l'hôpital.

- J'en ai entendu parler. Quelles sont réellement ses chances ?

- Elles sont bonnes, de l'ordre de 55 %. Rémission complète.

- Et pour les 45 % restants ?

- Son état global pourrait se dégrader dans les jours à venir. Elle pourrait rejeter notre nouveau traitement expérimental ou il pourrait avoir peu de prise sur elle. Je suis confiant, monsieur Di Maria. J'ai juste besoin de votre aval pour démarrer et permettre à cette petite fille de rencontrer sa Maman.

- Je ne suis pas la bonne personne.

- Il n'y a personne d'autre, monsieur Di Maria. Émilie n'a pas de famille et aucun proche. Vous êtes son unique chance de surmonter cette épreuve.

Filippo regarda longuement Amélia.

- … Sauvez-la. Elle n'est plus seule maintenant.

- Très bien, monsieur Di Maria.

Le Professeur décrocha son téléphone et appela un collaborateur. Puis il sortit de nombreux documents et il les lui fit signer.

Filippo et Amélia retournèrent voir Émilie. Observant mère et fille, il se demanda vraiment ce qu'il était en train de faire. Alors qu'il avait décidé la veille de respecter les choix d'Émilie, il venait de faire l'opposé.

Tu l'as fait pour Amélia. Pour qu'elle ait la chance d'avoir une maman, se dit-il.

Il resta perdu dans ses pensées jusqu'à ce qu'elle réclame à manger.
Ils remontèrent à l'étage. Aux aguets, l'infirmière de garde vint à sa rencontre dès qu'ils quittèrent l'ascenseur.

- Elles sont pour votre femme.

Elle lui désigna les nombreux bouquets de fleurs stockés dans le couloir, près de la sortie de secours.

- Ce n'est pas interdit dans les maternités ?

- Si. Mais les agents de sécurité les ont acceptés sans notre aval. On a juste réussi à ce qu'ils les mettent ici. Pourriez-vous voir avec eux ?

- Je ne sais pas s'ils vont m'écouter. Amélia réclame.

- Je vais vous apporter le nécessaire.

Filippo s'approcha d'un des agents et fut surpris de constater que c'était une femme, la deuxième avec celle qui est près d'Émilie.

- Bonjour. Pourriez-vous refuser toute nouvelle livraison de fleurs ? C'est surtout dangereux pour les bébés et les mamans.

- Nous ne savions pas, Monsieur Di Maria. Je vous prie d'accepter nos excuses. Nous allons nous en débarrasser immédiatement.

- Merci beaucoup. Pourriez-vous garder les cartes s'il y en a ?

- Oui Monsieur.

L'agent parla dans son micro et passa le message. Dix minutes plus tard, elle frappa à la porte ouverte et déposa les cartes à l'entrée. Assis sur le fauteuil face à la fenêtre, Filippo la remercia tandis qu'il donnait le biberon.

Le soleil était à mi-course de son voyage matinal. Derrière la vitre, il diffusait sa chaleur. Mais le balancement des arbres en contrebas, laisser supposait que la réalité était bien différente, et que le froid devait être mordant.

Filippo chanta une comptine espagnole. Amélia y succomba et s'endormit. Il la déposa dans son lit puis il alla tirer les rideaux pour réduire la luminosité dans la pièce.

Il était tant pour lui de prendre la somme convenue. Il vérifia la présence de la carte bancaire dans sa poche et de la note contenant le code. Il quitta l'étage puis la maternité, sans porter attention aux nombreuses personnes massées dans le hall devant le comptoir de l'accueil.

Il alla attendre à l'arrêt tout proche. Le vent était effectivement mordant. Il releva le col de son blouson. Il monta dans le tramway, direction centre-ville. Il avait plus de chance de trouver un distributeur là-bas.

Au terminus, il poursuivit en métro jusqu'à la place du Capitole.

Isolé dans une pièce dédiée, il inséra la carte puis il tapa le code. Il hésita puis il saisit la somme convenue.

Même si je suis à sec, je ne suis pas un voleur, se dit-il.

Il rangea l'argent promptement. Il localisa une agence du groupe bancaire hébergeant son compte. Il y déposa la totalité. Il se sentit plus léger. Le peu qu'il avait eu cet argent en poche, cela l'avait mis mal à l'aise.

Il prit le chemin du retour. Il fit marche arrière après être passé devant une pharmacie. En vitrine, il y avait plusieurs coffrets nouveaux nés. Il en ressortit avec un pack fille, accompagné d'un doudou orange et rose.

De retour à la maternité, il ne prêta pas attention aux journalistes dans le hall. Il monta à l'étage.

Le nombre d'agents de sécurité avait doublé. Le directeur de l'hôpital vint à sa rencontre et l'entraina dans la chambre.

- Je vous présente toutes mes excuses, monsieur Di Maria. Malgré les consignes strictes de confidentialité, il y a eu des fuites et la Presse a été informée. Émilie a disparu de nos registres. Nous l'avons réenregistré sous votre nom. Amélia l'était déjà. Dans un premier temps, personne ne fera le lien. Cela vous laissera le temps pour prendre d'autres mesures.

- Est-ce si grave ?

- Malheureusement, oui. Émilie est une personne très importante dans le milieu pharmaceutique national et international. Si la Presse a vent de son état, cela pourrait avoir de sérieuses répercussions sur son entreprise et ses milliers d'employés.

- Qu'avait-elle prévu dans son protocole pour la Presse et son entreprise ?

- La seule chose qu'elle m'ait dite à ce sujet est qu'elle avait fait le nécessaire pour qu'Amélia passe ces turbulences loin de tout cela.

- Son envoi en Suisse ?

- Je pense.

- Alors, il faut revenir à son plan d'origine.

- Monsieur Di Maria !

- Elle a dû réfléchir longuement à tous les scénarios.

- Vous parlez d'abandonner Amélia !

- Je suis un étranger pour elle.

- Monsieur Di Maria !

D'une pochette posée sur la table, le directeur sortit un acte de naissance et le lui mit sous le nez.

- Pourquoi mon nom est sur ce document ?

- Je sais que vous êtes effrayé par cette situation. Mais, faites abstraction de tout. Ne pensez qu'à Amélia et à Émilie. Elles ont besoin de vous et de votre force. Aidez-les. Accompagnez-les dans ces épreuves.

- Professeur Mercan, je ne suis qu'une rencontre accidentelle. Rien de plus.

On frappa à la porte ouverte. La sage-femme entra avec le biberon et le tendit à Filippo. Il hésita puis il le prit.

- Monsieur Di Maria, la vie est faite de rencontres accidentelles qui bouleversent votre existence et celles des autres.

Le directeur lui tendit l'acte de naissance et il sortit accompagné de l'infirmière.

Filippo s'assit et lut plusieurs fois le document faisant de lui un père. Amélia lui rappela qu'il était temps de lui donner son biberon.

En la regardant boire goulument, il ne savait vraiment pas quoi penser de cet incroyable rebondissement. Mais, il pouvait s'éclipser de leur existence. Il ne leur devait rien.

Il lui chanta une comptine puis il la coucha endormi dans son lit.

Il préleva dans ses poches tous les biens d'Émilie et les remit dans son sac à main. Il posa à côté d'Amélia le doudou acheté.

- J'espère que ta vie sera belle en Suisse.

Il résista à l'envie de la reprendre dans ses bras.

Il quitta la chambre et monta dans l'ascenseur. Quand il en sortit, une meute compacte de paparazzis était contenue au milieu du hall par les agents de sécurité de l'hôpital. Il les contourna et se retrouva derrière eux. Il interpella l'un d'eux.

- Que se passe-t-il ? Il y a une star du cinéma ?

- Bien mieux ! Émilie Piétri-Duval a été admise ici ! Celui qui arrivera à obtenir un morceau de sa vie privée sera célèbre ! On ne sait quasiment rien de cette femme qui a une des plus grosses fortunes au monde. On n'a même pas une vraie bonne photo d'elle ! Elle a fait sa première erreur en venant dans un hôpital public. Elle doit être exténuée par son accouchement. Elle est donc une proie facile. Son bébé aussi.

- C'est dégueulasse !

- Notre métier, c'est de satisfaire la curiosité des gens.

- C'est dégueulasse quand même !

Filippo était choqué. Il ne s'était jamais intéressé à ce type de presse mais il savait à présent qu'il la détestait. Il se dirigea vers l'arrêt du tramway. La large allée gazonnée entre le bâtiment et les voies ferrées était envahie de motos et de paparazzis, des deux côtés de l'entrée. Et d'autres étaient en train d'arriver. La circulation sur la route était aussi impossible.

Ils foutent le bazar, ces abrutis, pensa-t-il.

Il s'assit à l'arrêt. Plusieurs appareils photo en bandoulière et entourés par deux collègues, un homme discutait au téléphone près de lui.

- … y a quatre-cent-quatre-vingts chambres. Les bébés ? Non ! Vraiment ? Vraiment ! Mec, j'attends ton appel !

Il raccrocha.

- Alors ?

- Mon indic m'a confirmé qu'ils ont planqué l'héritière. Donc par là, c'est mort. Par contre, il n'y a eu qu'une cinquantaine de naissance depuis son admission. Il en a éliminé quarante-sept. Il lui en reste trois à vérifier. Il me rappelle dans un quart d'heure avec le numéro de la chambre. On va se faire des couilles en or !

- Ouais ! Mais on va faire comment pour entrer ?

- T'inquiète ! J'ai un pote qui nous attend à l'entrée du personnel. On va se fondre dans la masse des équipes médicales.

- Cool ! J'ai toujours voulu être docteur !

Les trois hommes se mirent à rire en s'éloignant. Filippo les suivit du regard. Sa conscience lui mâchouillait fermement la nuque.

Et merde ! se dit-il.

Il retourna aux pas de course vers le hall. Il passa le barrage des agents de sécurité et il prit l'ascenseur. Les gardes furent soulagés que ce soit lui. Il pénétra dans le bureau des infirmières.

- Amélia doit immédiatement quitter l'hôpital ! C'est possible ?

- Euh, oui. Elle a commencé à prendre du poids. Alors, il n'y a pas de contre-indications. Je vais vous préparer des couches et le nécessaire pour faire des biberons.

- Avez-vous des vêtements pour elle ? Il fait froid dehors.

- Dans l'armoire, il y a ses affaires.

- Ah d'accord. Pourriez-vous l'habiller s'il vous plait ?

- Bien sûr.

Filippo se dirigea vers le garde avec lequel il avait déjà conversé et il l'entraina à l'écart.

- Des paparazzis vont obtenir dans quelques minutes le numéro de cette chambre et se mélanger au personnel médical. Nous devons faire en sorte qu'ils ne puissent pas avoir de photos d'Amélia ni de moi. Sinon, Émilie sera exposée. Nous devons disparaitre de cet hôpital et de cet étage.

- Que voulez-vous dire ?

Il montra une caméra.

- La vidéo surveillance ! Tout doit être effacé. Amélia et moi avons rendu visite plusieurs fois à Émilie. S'ils consultent les vidéos, ils pourront faire le lien entre nous trois.

- J'ai compris, Monsieur. Je vais missionner des collègues sur-le-champ. Nous allons vous faire sortir.

- Surtout pas ! Si nous sortons avec vous, ils feront immédiatement le lien et nous serons sous le feu des projecteurs.

- Dans ce cas, je vais vous trouver un agent en civil pour vous accompagner.

- OK. Mais il doit venir tout de suite ou me rejoindre dehors.

Filippo alla dans la chambre. La première infirmière ferma le chaud manteau d'Amélia tandis que la deuxième avait rassemblé toutes les affaires dans un vaste sac à langer.

- Je vous ai mis le sac à main et les documents administratifs à l'intérieur. Je vous ai aussi ajouté diverses brochures, le bain, la gestion du quotidien, etc. Je vous ai écrit notre numéro de téléphone si vous avez des questions.

- Merci beaucoup pour votre disponibilité et votre gentillesse.

- Prenez bien soin d'elle.

Filippo attrapa le sac puis Amélia. Il se dirigea vers l'ascenseur.

- Monsieur Di Maria, voici le collègue qui va vous accompagner.

- Bonjour, Monsieur Di Maria.

Il s'approcha et il lui prit le sac.

- Merci à vous et à votre équipe. Allons-y.

Ils pénétrèrent dans l'ascenseur. Filippo appuya sur un bouton.

- Pourquoi montons-nous ?

- Nous allons utiliser celui du coin pour atteindre le hall.

- Mais cela va nous faire sortir face aux paparazzis.

- Justement. Ils ne nous attendront pas là.

- Je vois, Monsieur.

- Appelez-moi Filippo. Et vous ?

- Pierre, mons… Filippo.

Il lui avait lancé un regard sévère.

- Allons-y.

Ils allèrent prendre l'autre ascenseur. Et comme attendu, personne ne leur prêta le moindre intérêt. Heureusement car la foule curieuse s'était aussi massée autour des paparazzis. Il avait fallu la traverser également. Ils s'assirent enfin à l'arrêt du tramway.

- Ensuite, qu'aviez-vous prévu ?

Filippo regarda Amélia.

- Aller au terminus. Je n'ai pas réfléchi plus loin. Je voulais juste lui éviter d'être la cible de ces sordides photographes. Mais, on m'a laissé entendre qu'Émilie n'avait personne. Alors, qui vous donne vos instructions ?

- Notre superviseur opérationnel.

- Et ce superviseur, qui est son donneur d'ordre ?

- Je ne sais pas.

- Voilà le tramway. Pourriez-vous le contacter ?

Filippo alla s'asseoir au fond. Aux aguets, son accompagnateur resta debout devant les portes. La rame les éloigna du danger. Il lui tendit son mobile puis il revint à sa position initiale.

- Bonjour Monsieur Di Maria. Je suis Hector Giraud, superviseur opérationnel de la protection de Madame Piétri-Duval. Vous avez souhaité me parler.

- Bonjour monsieur Giraud. J'ai besoin que vous m'éclairiez. De qui prenez-vous vos ordres ?

- Directement de Madame Piétri-Duval.

- Mais elle n'est pas capable de…

- Je suis parfaitement au courant de sa situation. Elle a mis en place un protocole…

- Encore !

- …qui me donne toute autonomie pour assurer sa sécurité et celle de son enfant.

- Qu'a-t-elle convenu pour Amélia ?

- Nous devions la rendre invisible, la conduire dans un orphelinat spécialisé à Zurich et assurer sa protection. À sa majorité, elle devait être présentée à un cabinet d'avocats suisse pour qu'elle puisse faire valoir ses droits sur les biens de sa mère.

- Je vois. Elle avait vraiment tout prévu. Bien, comment procédons-nous ? Je remets Amélia à votre homme ?

- Pardon ?

- Et bien, nous allons nous en tenir au protocole défini.

- Opérer son transfert vers Zurich n'est plus possible, Monsieur Di Maria.

- Pourquoi ?

- Le protocole stipule que l'enfant ne doit pas avoir de responsable légale en mesure d'assurer son rôle. Pour l'instant, le statut médical de Madame Piétri-Duval n'est pas confirmé. Et, vous êtes aussi présent sur l'acte de naissance.

- Mais qu'est-ce que vous avez tous ? Je suis un étranger pour elle.

- Au regard de la loi, ce n'est pas le cas. Et puis, Monsieur Di Maria, soyez honnête avec vous-même. Si vous vouliez vraiment l'abandonner, vous seriez parti dès hier. Mais vos actes du jour prouvent que vous prenez à cœur votre rôle de père et de protecteur. Et d'après mes hommes, vous êtes terriblement efficace. Monsieur Di Maria, je peux comprendre que prendre seul la responsabilité d'un enfant avec un tel cadre peut être effrayant. Mais en fin de compte, ce n'est qu'un bébé. Son unique désir est d'être entouré et aimé.

- J'entends, monsieur Giraud. Mais elle va nécessiter des attentions et un environnement que je ne suis pas capable de lui donner.

- Dans ce cas, allez chez Madame Piétri-Duval.

- Pardon ? Déjà, je ne sais pas où elle habite !

- Aucun problème, nous avons son adresse.

- Mais je n'ai pas de clé.

- Elles doivent être dans son sac à main.

- Il y a surement une alarme.

- Nous sommes aussi responsables de la protection de son entreprise. Sa maison est attenante.

- Vous avez réponse à tout !

- J'en suis désolé, Monsieur Di Maria.

- Mais que vont dire les employés en voyant que son logement est squatté par un inconnu ?

- Nous allons informer la société de nettoyage. Quant au personnel de l'entreprise, il n'a pas de visu dessus. De toute façon, au vu des derniers évènements, nous assurerons une sécurité active. Personne ne vous dérangera. Étant un des responsables légaux de l'enfant, vous avez été inclus dans notre périmètre de protection, et de fait, nous sommes aussi à vos ordres. Mais nous parlerons de cela de vive voix tout à l'heure. Pierre va vous accompagner jusqu'au domicile de Madame Piétri-Duval.

- Autre chose. Émilie, est-elle en sécurité ?

- Nous l'avons fait déplacer dans l'hôpital, juste à côté. Nous nous sommes inspirés de vos actions. À présent, nos agents sont en civil. Ils n'attireront plus l'attention sur elle. Vous n'avez pas à vous inquiéter pour l'instant. Nous sommes maitres de la situation.

- Bien.

Filippo rendit le téléphone. Son regard se fixa sur le paysage défilant paisiblement par les fenêtres du tramway. Il est vrai qu'il avait réagi comme un protecteur en pensant à ces paparazzis. De toute façon, il n'était pas dans sa nature de tourner la tête et d'ignorer les personnes en difficulté. Mais là, il devait trouver une échappatoire acceptable pour sa conscience et reprendre le cours de sa propre vie.

Quelle vie ? Tu es sans travail et sans un sou ! Tu n'as rien de mieux à faire pour l'instant, se dit-il.

Il devait se rendre aussi à l'évidence, il était inquiet pour Émilie. Même si leur rapport avait été bref et tumultueux, il comprenait son attitude. Chacun se protégeait différemment selon son caractère et son environnement.

Lui aussi était orphelin et sans famille. Adolescent, il avait perdu ses parents dans un accident de voiture. Son monde s'était écroulé brutalement. Cela avait été l'enfer.

Fraichement diplômé d'un CAP avec mention très bien, il s'était inscrit pour un cursus l'amenant dans une école d'ingénieur et vers des hautes études dans le secteur aéronautique. Son parcours peu banal et très prometteur fut stoppé net. Placé dans un orphelinat, il mit presque une année pour reprendre sa vie en main. Mais très mal entouré et conseillé, il échoua pour l'obtention d'une bourse couvrant sa scolarité. Son rêve et ses espoirs se volatilisèrent une deuxième fois, provoquant une nouvelle année de dérives.

Arrivé à sa majorité, il devait céder sa place à l'orphelinat pour rejoindre un foyer adapté. Il décida de voler de ses propres ailes et d'aller de l'avant. Il partit en Angleterre puis en Espagne, cinq ans dans chaque pays.

Avec une telle expérience professionnelle et linguistique, il n'aurait jamais pensé avoir autant de mal à trouver un travail en France depuis son retour il y a deux ans.

On lui faisait bien sentir lors des entretiens que son cursus n'était pas la chose la plus importante.

Il eut beaucoup de mal à comprendre pourquoi sa candidature n'était pas retenue. Elle ne l'était que pour des postes subalternes à faible compétence, alors que ses dix ans d'expérience faisaient de lui à l'étranger un postulant courtisé.

Un recruteur lui révéla les deux raisons.

La première, il était de nationalité espagnole.

Il était privilégié systématiquement les citoyens français.

La deuxième, il n'était proposé que des emplois en rapport au diplôme possédé.

Ces recruteurs sont des crétins, s'agaça-t-il intérieurement.

Il avait décidé de repartir à l'étranger si sa situation professionnelle ne s'améliorait pas. Il lui restait encore quelques mois avant l'échéance fixée.

Son dernier échec à un entretien avait entrainé ce besoin de prendre l'air et de se retrouver sur cette aire d'autoroute.

Une forte odeur le tira de ses pensées.

Un bébé s'est lâché, se dit-il en la regardant avec un sourire.

Heureusement, il était temps de descendre. Pierre lui indiqua la direction.

- Nous sommes à quinze minutes de marche. Elle est près du square Boulingrin.

Filippo lui emboita le pas en parlant à Amélia. Il lui montra et lui expliqua le monde autour d'eux. Ils remontèrent l'allée verte puis ils traversèrent le jardin Royal.

- C'est là ?

Filippo désignait le haut mur surmonté par de courts pieux situé de l'autre côté de la placette. Au-delà, on apercevait un parc boisé composé de grands arbres. Pierre lui fit signe de le suivre. Ils marchèrent quelques instants puis ils s'arrêtèrent devant un imposant portail métallique noir. À ses côtés, il y avait l'accès pour voiture. Le garde attrapa les clés et ouvrit la lourde porte. Filippo entra tandis que Pierre referma derrière eux.

Ils traversèrent la vaste cour goudronnée et se dirigèrent en face vers la maison en forme de C et possédant un étage. Ils longèrent le garage et arrivèrent devant la massive porte d'entrée. Sur la droite et entre les deux bâtiments, un gazon fin s'étendait entre des bosquets taillés joliment, et des parterres surement abondamment fleuris au printemps. Près de larges baies vitrées, il y avait une terrasse avec une table ovale et ses chaises.

Le garde se servit à nouveau des clés. Il entra, posa le sac et tapa sur le clavier mural, à droite de la porte.

- Le code de l'alarme est 167 943. Saisir le même pour la réactiver. Cela fonctionne automatiquement avec la télécommande disponible sur le trousseau de la voiture. Un double appui sur le bouton SOS verrouille tous les ouvrants de la maison et signale le danger à notre équipe de sécurité. Ils seront là en moins de cinq minutes.

- Si vite ?

- Oui. Nous avons en permanence une vingtaine de personnes de l'autre côté de ce mur.

- Ce bâtiment, c'est l'entreprise ?

- Oui. Cet écran tactile vous permet aussi d'avoir accès aux caméras externes et d'ouvrir à distance la porte, côté rue. Avez-vous des questions sur la sécurité ?

- Non.

- Monsieur Giraud passera à 18 h et vous amènera la voiture de Madame Piétri-Duval. Je vais conserver les clés.

- D'accord.

- Je vais vous laisser. Bon après-midi, Monsieur Di Maria.

- On avait dit Filippo. Merci pour tout, Pierre.

- Avec plaisir.

L'homme s'éloigna et disparut derrière la porte métallique.

- Ma grande, c'est ta maison. On visite ?

Illuminé par des baies vitrées et habillé d'un gigantesque triptyque contemporain et abstrait, un long et large couloir partait à droite vers le centre de la demeure.

Face à l'entrée, il y avait un majestueux escalier design en bois et en verre. Il posa Amélia sur une des marches et lui retira son manteau. Il en profita pour enlever aussi le sien car la température était agréable. Reprenant Amélia, il laissa le tout là puis il ouvrit la porte de gauche. Des néons s'activèrent sur un garage pouvant accueillir quatre voitures. Il y avait la sœur décapotable de la Maserati, la GranCabrio, toujours en jaune.

- Ta Maman doit adorer ce constructeur et cette couleur.

Ils sortirent. Longeant l'escalier, un couloir contenait deux portes à droite. La première donnait accès à des toilettes. La deuxième a une grande salle de bain. Ils continuèrent dans le corridor tournant à gauche. Une porte permettait d'aller à l'extérieur, d'abord sur une terrasse puis dans le vaste jardin arboré.

Face à elle, il y en avait une autre. Il y trouva une machine à laver le linge, un sèche-linge ainsi qu'une table à repasser et sa centrale vapeur.

Ils passèrent la porte de droite. Cette pièce contenait des étagères vides ainsi que des casiers à bouteilles.

Ils en traversèrent une nouvelle et entrèrent dans la cuisine. Elle était gigantesque et chichement équipée. Filippo localisa avec grand mal le four micro-ondes dans un beau meuble. Il manipula et testa l'appareil.

- Il y en a une qui ne va pas tarder à avoir faim.

Dans le même ensemble, il y avait un four, un four vapeur et une large cave à vin. Lui aussi encastré, l'énorme réfrigérateur américain était plus facilement localisable. Il l'ouvrit et ne fut pas surpris de le trouver vide.

Au centre et proche de la fenêtre, un ilot contenait une grande table à induction surmontée d'une hotte escamotable dans le plan de travail, avec laquelle Filippo joua. Derrière, il y avait un lavabo de chaque côté. À l'opposé, l'ilot se terminait en demi-cercle et permettait d'accueillir huit personnes. Il attrapa la télécommande d'un téléviseur. Il ne le vit pas. Il appuya sur le bouton pour la mettre en route. Une trappe s'ouvrit après les lavabos et un bel écran sur pivot en sortit.

- Ouah ! Ta Maman a vraiment de super jouets.

Il zappa puis il l'éteignit. L'appareil disparut dans le meuble.

Ils se dirigèrent vers la paroi opposée et passèrent dans l'autre pièce. Une gigantesque table rectangulaire en bois trônait au centre. Il compta vingt-huit chaises. Plusieurs vaisseliers étaient répartis entre les fenêtres. Il y en avait pour tous les gouts, simple, moderne ou design. Il y avait le choix.

Ils sortirent et virent ce qu'il crut être la plus belle pièce de la maison.

- La vache !

Dans l'immense salon, un large canapé était placé devant un écran géant en toile bordé par des enceintes colonne. Un vidéo projecteur était positionné sur le mur opposé. À sa droite, un bar présentait ses centaines de bouteilles. À côté, un piano noir à queue donnait une touche rétro à cette pièce lumineuse et moderne. Au fond à gauche, un escalier similaire à celui de l'entrée permettait de monter à l'étage. Il s'en approcha ainsi que d'une des ouvrants vitrés.

- Elle est insensée cette baraque !

Ils passèrent la porte et furent saisis par la chaleur tropicale. Une piscine olympique occupait toute la surface de cette immense pièce. Un afficheur communiquait en plus de l'heure dans plusieurs capitales, la température de l'air et de l'eau. Air, 30°. Eau, 28°.

- Ta Maman assure grave.

Sur le long et haut mur, une œuvre magistrale colorée et abstraite sur le thème de l'eau était peinte donnant vie à cette paroi. Ils sortirent et revinrent à l'entrée.

- À ton avis, quel genre de surprise on va trouver au premier ?

À l'étage, il ouvrit la double porte à droite, supposant à juste titre que c'était la chambre d'Émilie.

Comme le reste, elle était démesurée en commençant par le dressing. La pièce était emplie de vêtements de tous styles, formes et couleurs. Les accessoires étaient si nombreux qu'ils avaient leur propre armoire. Adossé à cette pièce, Filippo vit le plus grand téléviseur de sa vie. Il faisait presque quatre mètres de large. Comme dans le salon, il était bordé de hautes enceintes. Face à eux, il y avait un élégant canapé ainsi qu'un lit géant plaçait en face dans l'alignement.

Sur le mur de droite, un joli bureau en verre portait un moniteur, une station d'accueil et quelques bannettes.

Ils pénétrèrent à gauche dans la salle de bain contenant une large baignoire rectangulaire, une douche à l'italienne, une coiffeuse et isoler dans une pièce à part, les toilettes.

Ils revinrent à l'escalier.

- Ta Maman a une chambre qui doit bien être 10 fois plus vaste que mon studio.

Passant devant un canapé, il suivit le couloir à gauche puis à droite. Il s'arrêta près de deux portes. Il ouvrit d'abord celle de droite.

Donnant sur la cour, une grande chambre était meublée avec gout. Un sofa moderne, une table basse design et une armoire étaient à gauche. Un bureau entre les deux fenêtres et un fauteuil étaient côté cour. Il ne fallait pas oublier l'immense téléviseur de deux mètres de large posé sur une commode accolée à la salle de bain. Cette dernière disposait d'une large baignoire, d'une douche à l'italienne, d'un beau lavabo et des toilettes isolées.

Il ouvrit et entra dans l'autre. Un canapé, une table basse, un fauteuil et une vaste armoire étaient à droite. En face, il y avait la fenêtre donnant sur le parc, un grand lit, et à gauche, un meuble avec un téléviseur. Il ouvrit la porte à côté de ce dernier. Il entra dans la salle de bain contenant lavabo, baignoire, douche à l'italienne, et là aussi séparer, les toilettes.

Il sortit et continua son exploration. Jumelles de la dernière visitée, deux nouvelles chambres occupaient la partie gauche.

Sur la droite, il y avait une bibliothèque ouverte sur le salon comportant un canapé et deux fauteuils. La majorité des livres concernaient le monde médical et ses médicaments.

Il s'engagea sur la passerelle en verre fumé surplombant le salon et permettant de rejoindre l'escalier pour l'étage inférieur.

- Ta Maman a un sérieux sens décoratif et de la mise en scène.

Il ne fut pas étonné quand il s'approcha pour regarder ce qu'il y avait au-dessus de la piscine. Il y pénétra.

- Il est vrai qu'un court de tennis manquait à cette maison.

Surement, le même artiste avait habillé magnifiquement le mur cette fois-ci sur le thème de la terre.

Ils descendirent les escaliers jusqu'au sous-sol. L'éclairage passa du mode veille à normal, baignant d'une éclatante luminosité le large couloir. Un vaste diptyque occupait la paroi.

- J'ai compris ! Le couloir d'entrée, le feu ; la piscine, l'eau ; le tennis, la terre ; et celui-ci, l'air. Les quatre éléments ! Ta mère a fait de la philosophie décorative.

Ils poussèrent la première porte à gauche.

- Elle n'est pas insensée ! Elle est incroyable cette baraque !

Tout le mur gauche était en verre et donnait sur les profondeurs de la piscine. Ils s'y collèrent émerveillés. Entrant par les immenses baies vitrées de l'étage supérieur, la lumière magnifiait l'eau, et par extension, se diffusait dans cette pièce. Ils ignorèrent les deux tapis de courses et les autres accessoires sportifs. La salle mitoyenne accueillait deux billards, un français et un américain ainsi qu'un confortable sofa. Aussi présent ici, le mur en verre attirait tous les regards.

Ils firent demi-tour et revinrent dans le couloir. Ils pénètrent dans la pièce suivante.

- Amélia, je suis vraiment à court de mots.

Ils avancèrent dans une salle où deux rangées de larges canapés méridiennes faisaient face à un gigantesque écran.

- Ta maison est magnifique. Tu vas y passer une merveilleuse enfance. On explorera le reste du sous-sol plus tard. Il va être l'heure de manger.

Ils retournèrent à l'entrée récupérer leurs affaires puis ils allèrent dans la cuisine. Filippo posa Amélia au centre de l'ilot et le sac à côté d'elle. Il attrapa la poudre, l'eau et un biberon. Il sortit aussi les instructions.

- Sois indulgente, cela va être le premier que je fais seul.

Il lut et appliqua les consignes puis il le mit à chauffer quelques instants. Il testa la température du liquide. Il prit un bavoir et le plaça autour du petit cou. Ils s'installèrent sur un des confortables tabourets de l'ilot. Amélia but goulument et s'endormit en écoutant Filippo chanter. Il la reposa au centre de l'ilot. Il la regarda et se demanda de quoi rêvait-elle.

Il s'arracha à ses pensées bucoliques. Il devait faire le point sur ce dont il avait besoin pour elle et pour lui. Car il commençait aussi à avoir sérieusement faim. Il ouvrit et explora les tiroirs et placards de la cuisine. Il trouva de quoi se caler ce midi.

Il faut que je fasse vraiment des courses, se dit-il.

Il mangea rapidement puis il vida le sac. Il sépara les habits, les documents, les médicaments, les produits d'hygiènes et le sac à main d'Émilie.

Il attrapa d'abord les documents. Pris dans les évènements, il ne s'y était pas intéressé. En faite, il ne s'était pas senti concerné.

Il trouva dans la pochette sa pièce d'identité, celle d'Émilie ainsi que leurs cartes vitales respectives. Il lut l'acte de naissance en entier s'attardant et comprenant les deuxièmes et troisièmes prénoms de l'enfant. En deuxième, il y avait le prénom de sa mère et en troisième surement celui de sa grand-mère, Charlotte.

Mon nom est vraiment là aussi, se dit-il.

Son état d'esprit avait changé en quelques minutes, passant d'un, ce n'est pas mon problème, à, je vais prendre soin d'elle.

Pour l'instant. Je ne suis pas ton père biologie. Je n'ai pas le droit d'être ici, se dit-il.

Il regarda longuement le document pesant le poids de son impulsivité et de sa conscience.

Il mit de côté les photocopies des déclarations auprès de l'assurance maladie et de la CAF. Il ne vit donc pas que là aussi, il avait été mentionné en tant que père.

C'est des malins ces gros nuls, se dit-il en parcourant les cartes qui accompagnaient les fleurs livrées à la maternité.

C'était des messages félicitant Émilie pour son accouchement. Ils émanaient tous des journaux. Il les jeta à la poubelle.

Il s'intéressa et lut la brochure d'informations sur le retour à la maison. Il fouilla dans le sac à main pour prendre le bloc-notes et le stylo. Sur une page vierge, il griffonna une liste pour établir les objets de première nécessité en les catégorisant par urgence. Il la peaufina en s'aidant de recherches faites sur son mobile. Il en écrit une autre pour lui, essentiellement alimentaire et hygiénique.

Il glissa la carte bancaire d'Émilie, sa carte vitale et sa pièce d'identité dans son portefeuille. Il y remit aussi ses propres affaires. Il remplit le sac avec le reste puis il le déposa dans la chambre côté cour. Il changea Amélia et l'habilla pour sortir.

Il récupéra ses listes à la cuisine puis ils partirent vers le centre-ville.

Ils revinrent juste à temps pour le biberon suivant.

- Et bien, ma grande, tu avais faim.

Tandis qu'elle engloutissait son lait, il détailla les affaires qu'il avait achetées. Le plus visible était la poussette. Il avait exprimé ses besoins au vendeur et il avait respecté ses conseils avisés. Il lui avait pris aussi un lit parapluie compact, un porte-bébé, un tapis de jeu, deux gigoteuses, un babyphone, de la lingerie pour le bain, un chauffe-biberon. La liste était longue mais limitée par sa capacité à les porter seule. Il lui manquait notamment un vrai lit et du mobilier approprié.

Mais déjà, la facture était salée. Il avait décidé de noter et de conserver tous les reçus des dépenses occasionnées pour Amélia. Quand sa mère sera tirée d'affaire, il devra lui justifier toutes les sommes déboursées avec sa carte bancaire. En tout cas, il désirait le lui prouver. Il ne voulait pas qu'elle pense qu'il s'en était servi pour son seul usage.

Il installa Amélia dans la poussette et désolidarisa le cosy de la structure roulante. Il le balada pour que le bébé reste dans son champ de vision pendant qu'il rangeait ses achats, notamment à l'étage.

Une sonnerie retentit. Il regarda sa montre. Il était 18 h précise. Accompagné du cosy, il alla à la porte et l'ouvrit sans préambule.

- Bonjour Monsieur Di Maria. Je suis Hector Giraud.

L'homme était grand, sec et carré. Il portait un costume trois-pièces qui rehaussait son apparence déjà distinguée. Il lui tendit sa carte de visite. Filippo la prit en lui faisant signe d'entrer. Il y lut Hector Giraud, PDG du Groupe sécurité Excellium.

J'ai droit à la visite en personne du PDG, se dit-il.

Il vit la Maserati garée dans la cour.

- Bonjour monsieur Giraud. Allons à la cuisine. Cette maison est vraiment trop grande pour moi.

- Je vois que vous êtes sorti.

- Oui. Nous manquions cruellement de choses.

- Monsieur Di Maria, vous devez prendre conscience que votre enfant est l'unique héritière d'une fortune évaluée à plus de quatre-vingt-dix-milliards d'euros.

- La vache !

- Et à ce titre, elle est une personne dont la sécurité doit être assurée lors de tous vos déplacements, même bénins. Sa vie pourrait être menacée de multiples manières.

- Si petite est déjà tant de pression !

- Ne le prenez pas à la rigolade, Monsieur Di Maria. Des individus pourraient restreindre sa liberté ou pire, pour soutirer de l'argent à sa mère.

- Je comprends parfaitement, monsieur Giraud. Mais pour l'instant, personne ne connait son existence avec certitude. Il y a trois points communs avec Émilie : moi, l'hôpital et cette maison. J'ai réussi à passer entre les mailles des paparazzis. Vous avez le contrôle de l'hôpital. Reste cette maison. Pour sa sécurité, il n'était peut-être pas judicieux de venir ici.

- La restauration de cette demeure a été finie il y a quelques mois. Ce n'est pas la résidence officielle de madame Piétri-Duval. Elle n'y venait qu'occasionnellement.

- Pourtant, ses affaires sont présentes dans sa chambre !

- Une maison remplie de vêtements ne veut pas dire qu'elle est utilisée quotidiennement. Elle doit juste être prête à recevoir à tout moment sa propriétaire, avec tout le nécessaire pour la satisfaire. Madame Piétri-Duval passait la majorité de son temps dans ses laboratoires en Suisse.

- Donc les paparazzis ne viendront pas faire le pied de grue devant cette porte ?

- Cela est peu probable.

- C'est un soulagement ! C'était ma crainte depuis que nous sommes arrivés.

- Comme vous l'a dit Pierre, une équipe réside en permanence à quelques minutes d'ici. D'ailleurs, ils ont tous été renvoyés. Ils n'ont pris aucune mesure de protection quand vous êtes sorti faire vos courses. En cas de présence de la Presse ou de tout danger, ils prendront les mesures adéquates pour vous protéger et vous exfiltrer du site.

- En parlant de ça, il faudrait que je récupère ma voiture rapidement. Hier, à cause d'Émilie, je l'ai abandonné sur l'aire d'autoroute Carcassonne-Arzens.

- Confiez-moi la carte grise et la clé. Je vais missionner un collaborateur. Votre véhicule a-t-il un code de démarrage ?

- Un code ? C'est une Peugeot 206.

- Est-ce… un véhicule d'emprunt ?

- Non. C'est ma voiture, mon unique voiture.

- Je ne comprends pas, Monsieur Di Maria.

- Je ne suis pas du même monde qu'Émilie. Je suis un ouvrier, un câbleur aéronautique.

- Comment vous… ?

Filippo lui raconta tout, sans rien omettre.

- Le hasard et un malentendu. Rien d'autre.

Hector resta silencieux un long moment.

- Je vois. Mais légalement, vous êtes son père. Que comptez-vous faire ?

- Honnêtement, je ne sais pas. Quand ces paparazzis ont dit qu'ils avaient trouvé sa chambre, mon sang n'a fait qu'un tour et je l'ai sorti de là. Mais à présent, elle est en sécurité ici. Il lui faut une professionnelle, une nounou, qui prendra soin d'elle en attendant que sa Maman soit guérie.

- Monsieur Di Maria, malgré mon pragmatisme, je crois au destin. Je suis intimement convaincu que les choses arrivent parce qu'elles le doivent. Vous avez en vous l'âme d'un chevalier. Amélia et sa Maman ont besoin d'une telle personne auprès d'elles. Vous avez pris en charge ces deux inconnues et avez œuvré pour leur bien.

- Pour cinq-mille euros !

- Ce que vous avez fait est bien au-delà d'une telle somme, Monsieur Di Maria.

- Ce monde n'est pas le mien. Je ne suis pas à ma place ici.

- Restez jusqu'au rétablissement de Madame Piétri-Duval. Vous le devez de toute façon. Vous êtes à présent son responsable légal et son référent médical. Vous aviserez ensemble à ce moment.

- En parlant de ça, demain je dois retourner à l'hôpital pour Amélia.

- Il y a un problème ?

- J'ai lu dans la documentation qu'en cas de césarienne, le bébé reste obligatoirement quatre à cinq jours à la maternité. Je l'ai fait sorti moins de dix-neuf heures après sa naissance. Donc j'ai appelé le pédiatre et nous avons convenu d'un rendez-vous en fin de matinée, à 11 h 45.

- Nous vous y amènerons.

- Surtout pas. On sera vite repéré par les paparazzis. Voilà pourquoi je voulais récupérer ma voiture.

- Pourquoi ne pas utiliser la Maserati ?

- Elle est jaune ! Combien y en a-t-il sur Toulouse ? C'est pire que d'y aller avec vous !

- Je comprends. Je vais faire le nécessaire. Donc, vous restez ?

- Jusqu'à ce qu'une personne de confiance prenne le relais.

- Bien. D'abord, vous ne raconterez à personne le vrai déroulement des faits. Cela doit être un secret entre nous et Madame Piétri-Duval.

- Mais nous ne sommes pas mariés !

- C'est un détail. Je vais m'en occuper.

- Oh là ! Je n'ai pas envie d'être lié à Émilie.

- Ce ne sera pas le cas, n'ayez crainte. Même s'il y a peu de chance que vous soyez sous les feux des projecteurs, je vais mettre en place le nécessaire.

- Comment ça ?

- De toute façon, il vous faut une histoire et un environnement crédible pour justifier votre présence à leurs côtés.

- Cela ne va-t-il pas trop loin ?

- Mon travail consiste à anticiper et à mettre en place des contremesures pour lisser au maximum les problèmes.

- D'ailleurs, je me posais des questions sur le protocole entre vous et Émilie. Avez-vous le droit d'en parler ?

- Avec vous, oui.

- Qu'avait prévu Émilie par rapport à son entreprise ?

- Un certain nombre de processus devait simuler sa présence à des moments stratégiques. Seuls le personnel médical ayant signé un protocole de confidentialité, moi et l'équipe de protection étions au courant de sa grossesse. Personne d'autre.

- Euh… même pas sa secrétaire ?

- Personne.

- … En faite, si. Je lui ai dit quand elle a appelé pendant le trajet pour l'hôpital.

- Madame Piétri-Duval l'a confirmé ?

- Non car j'ai raccroché.

- Je vois. Je vais enquêter. En tout cas, nous devions simuler le plus longtemps possible qu'elle était en vie, mais injoignable.

- Votre plan est à l'eau à cause des paparazzis.

- Pas forcément. Nous sommes en train d'évaluer la situation et les actions que nous allons mener pour remplir notre contrat.

- Quel est le montant de ce contrat ?

- Je dois le reconnaitre, il est indécent. Nous avons également un pourcentage sur le chiffre d'affaires.

- Cela vous donne la motivation pour simuler parfaitement sa présence. Elle semble vraiment très intelligente.

- Elle l'est. Elle est aussi très talentueuse et une chercheuse accomplie.

- Nous profiterons de notre rendez-vous à l'hôpital pour aller la voir.

- J'informerai Adèle de votre visite. Elle est la responsable de son équipe de protection.

- Je me renseignerai si son traitement peut être administré à domicile. Cela éliminerait un point de risque.

- Monsieur Di Maria, vous n'avez rien à envier à l'intelligence de Madame Piétri-Duval.

- J'ai beaucoup regardé de films d'action.

- Monsieur Di Maria, nous devons aborder à présent la sécurité d'Amélia.

- Est-ce obligé ? Personne ne connait son existence.

- C'est vrai pour l'instant. Mais il vous faut acquérir de l'expérience pour vous préparer à affronter d'éventuelles crises. Cela passe par l'observation, la psychologie, la méfiance et l'action…

Filippo écouta le discours alarmiste, prenant conscience paradoxalement, de la dureté et des contraintes de vie des personnes riches. Cela était un ensemble d'attentions minant leur quotidien et forçant à la paranoïa. Il l'écouta pendant une heure. Il reçut une brochure résumant ses propos puis il l'accompagna à la porte extérieure en se faisant rappeler les conseils de base. Il revint vers la maison épuisée par ces échanges.

Il prépara le biberon et le donna. Ils répétèrent leur traditionnelle habitude. Chanson et dodo. Cette fois-ci, il la coucha dans le lit parapluie de sa chambre. Il activa le babyphone et quitta la pièce avec le récepteur attaché à la ceinture.

Plus tôt, il avait fait des tests de portées en s'aidant de la télévision. Il devait reconnaitre que le vendeur ne lui avait pas conseillé de la camelote. La réception était parfaite jusqu'à la piscine.

Il descendit à la cuisine. La clé de la Maserati avait été laissée sur l'ilot. Filippo la prit et voulut la rentrer dans le garage. Mais la voiture demanda le code de démarrage. Il revint à la cuisine et ouvrit le sac d'Émilie.

Il feuilleta les notes rédigées lors de leur périple. Il prit conscience qu'elles contenaient des informations très importantes. Elles pouvaient mettre en danger son entreprise si elles tombaient entre de mauvaises mains.

Il avait parlé des consignes qu'Émilie lui avait données au sujet de son avocat. Hector lui avait conseillé de ne rien faire pour l'instant.

Il monta dans la chambre d'Émilie et se rendit dans le dressing. Lors de la visite, il ne s'était pas intéressé à une porte auprès de laquelle il y avait un clavier numérique. Il tapa le code inscrit sur une des notes. Elle s'ouvrit sur une vaste pièce faisant office de coffre. Elle contenait des sculptures sur une longue étagère à droite.

L'art, ce n'est vraiment pas mon truc, se dit-il en essayant de comprendre certaines d'entre elles.

Dans le fond, il y avait une zone avec des documents. Il y vit le passeport de la propriétaire des lieux. À gauche, des tableaux étaient rangés soigneusement ainsi que des livres anciens. Il déposa toutes les notes après avoir mémorisé le code du coffre puis il le referma. Il revint à la voiture.

Il la démarra et la rentra dans le garage en marche arrière.

On ne sait jamais si un jour il faut que nous partions rapidement. Ça y est, il m'a contaminé avec sa paranoïa, se dit-il.

Il prit le manteau d'Émilie sur la banquette arrière. Puis il ouvrit le coffre. Il attrapa la valise ainsi qu'une sacoche à ordinateur.

Il les monta, rangea les vêtements dans le dressing et mit le portable dans le coffre. Puis il descendit à la cuisine.

Il sortit le contenu du sac à main sur la table. Un nécessaire de maquillage, un rouge à lèvres, un élégant portefeuille, un téléphone mobile dernière génération, un bloc-notes, un stylo Mont-Blanc, un paquet de mouchoirs.

Il ouvrit le portefeuille. En l'explorant, il trouva une photo d'identité d'une belle jeune femme.

Cela doit être sa mère. Elle tient vraiment d'elle, se dit-il.

Il la regarda longuement. Il remit tout dans le sac à main, sauf la photo.

Il le monta et le rangea dans le coffre. Puis il alla retrouver Amélia car il devait prendre un peu de repos. La fatigue commençait à se faire sentir.

Arrivant du centre-ville, Filippo et Amélia passèrent devant l'entreprise et ils ralentirent.

L'édifice était un mélange de deux types d'architectures, ancienne et moderne. À droite, l'ancienne datant du XIXe siècle se composait d'une construction sur trois niveaux. Le long bâtiment central était complété par deux ailes en retour qui délimitait une large cour intérieure. Il y trônait une fontaine au centre d'un parterre en gazon. Solidaire avec l'ancienne, la partie moderne était une extension en verre et aluminium, parfaitement harmonisée.

- Ta Maman a vraiment bon gout. C'est son entreprise. Elle te fera visiter quand elle se réveillera.

À l'aller, ils étaient passés ailleurs, pour éviter la sécurité. Ils s'arrêtèrent devant la porte métallique. Filippo l'ouvrit et tira la poussette à l'intérieur. Il sursauta quand il se retourna. Un homme était près d'un véhicule gris. Il lut Maserati Levant Trofeo.

Ils sont tous obsédés par ce constructeur, se dit-il en s'approchant.

- Bonjour Pierre.

- Bonjour Monsieur D… Filippo.

Il l'avait regardé sévèrement.

- Je préfère. Jolie voiture.

- Nous l'avons acquise en votre nom.

- Quoi ? ! Je voulais ma 206.

- Nous l'avons récupéré et stocké dans notre garage. Elle n'était pas adaptée aux conditions nécessaires à votre protection.

Il lui tendit la carte grise ainsi que les deux télécommandes et le code de démarrage.

- Je n'ai pas besoin de ça. Je veux ma voiture. Et, comment avez-vous pu avoir une carte grise à mon nom pour un véhicule neuf entre hier soir et ce matin ? Peu importe !

Il lui rendit l'ensemble. Pierre refusa.

- Mes instructions sont claires. Nous assurerons vos déplacements qu'avec ce véhicule.

- OK pour l'instant. J'appellerai tout à l'heure monsieur Giraud.

- Il m'a aussi remis ceci pour vous.

Il lui tendit un téléphone, dernière génération, de la firme à la pomme.

- C'est la journée des cadeaux ! Je ne me souviens pas que ce soit mon anniversaire.

- Ce téléphone est sécurisé et pourvu d'un traceur. Nous y avons transféré votre numéro de mobile actuel, rendant inactif votre ancien appareil. En cas de difficultés, il nous permettra de vous suivre et de vous secourir. Il y a aussi l'ensemble des contacts nécessaire pour nous joindre. Le raccourci zéro est le mien. À compter d'aujourd'hui, je suis officiellement le coordinateur et responsable principal de votre famille. Je serai suppléé par Adèle, en charge de votre femme, et par Camille pour votre fille. Je vous accompagnerai également dans vos déplacements.

- Entrez, je dois donner le biberon à Amélia avant le rendez-vous.

Filippo alla à la porte et l'ouvrit. Il rentra la poussette.

- Je vais attendre dehors.

Il le regarda sévèrement.

- Pierre, dépêchez-vous avant que je me fâche.

À contrecœur, il entra et se positionna près de la porte. Filippo se dirigea vers la cuisine et il se retourna. Il lui fit signe de venir. Il lui indiqua le placard contenant les tasses, la machine à café et les capsules. Il le somma de s'en faire un. Pierre obtempéra, intérieurement ravi qu'on le traite en tant que personne et non comme un objet. Mais rien ne transpira sur son visage.

Avec Amélia dans les bras, Filippo monta à l'étage pour la changer. Quelques minutes plus tard, il prépara le biberon et s'installa à côté de Pierre pour le lui donner. Il entama la discussion. Mais il ne lui tira que des phrases courtes sans détail, à la manière d'un militaire, ce qu'il semblait. Il lui arracha quand même qu'il avait été dans les forces spéciales.

Après avoir attaché le cosy sur le siège arrière et mis la partie roulante dans le coffre, ainsi que le sac à langer, Filippo dut conduire la Maserati Levante Trofeo à l'invitation de Pierre. Le garde du corps prétexta qu'il devait prendre en main et maitriser sa nouvelle voiture. Filippo dut reconnaitre qu'elle était agréable et survitaminée.

Il se gara dans le parking de l'hôpital quinze minutes avant l'heure du rendez-vous. Pierre l'informa que le gros des paparazzis avait disparu. Ils avaient œuvré pour les lancer sur une fausse piste à l'étranger. On en devinait encore quelques-uns, cachés parmi les visiteurs assis dans le grand hall.

Ils le traversèrent et se rendirent au service des consultations externes situé dans le bâtiment sud. Filippo se présenta à la secrétaire de l'accueil et alla dans la salle d'attente. Pierre se positionna de telle manière qu'il pouvait appréhender les allées et venues facilement. Filippo et Amélia furent appelés quelques minutes plus tard. Ils entrèrent dans la pièce.

Le pédiatre expliqua à Filippo chaque examen et son résultat. Pour résumer, Amélia se portait bien et prenait du poids. Filippo la rhabilla et ils quittèrent le service consultation.

Pierre les guida jusqu'à la chambre d'Émilie située en face dans l'hôpital Pierre-Paul Riquet, au quatrième étage. Il resta à l'extérieur et discuta avec ses deux collègues.

Filippo reconnut l'agent féminin et associa son prénom. Il entra et s'approcha de la maman d'Amélia. Elle était dans une belle chambre individuelle.
Elle semblait dormir paisiblement, rythmer par les battements de son cœur sur le moniteur.

Il enleva le manteau de la fillette et il la coucha à côté de sa mère. Il tira du sac à langer, deux cadres. Un contenait la photo agrandie de la mère d'Émilie. Dans l'autre, il y avait Émilie et Amélia.

Ils étaient spécialement sortis ce matin pour cela. Le photographe avait bataillé avec la photo d'identité mais il avait fait de l'excellent travail.

Il les posa sur la table de chevet puis il lui prit la main.

- Quand vous vous réveillerez, vous aurez un point de repère et le nouveau membre de votre famille.

Il écarta une mèche de cheveux pour lui dégager le front. Il lui détailla les derniers évènements. Il ne s'arrêta que pour s'occuper d'Amélia et lui donner son biberon.

Pierre les abandonna à la maison en milieu d'après-midi.

Filippo grignota car il n'avait rien mangé depuis ce matin. Puis il rassembla les habits sales d'Amélia pour faire sa première machine dans cette maison.

Il faudrait que je change aussi de vêtements, se dit-il.

Il décida de se rendre à son appartement.

Il ressortit la Maserati grise et il y mit le cosy. Il se gara quinze minutes plus tard dans une rue parallèle. Il préférait que ses voisins ne voient pas la voiture. Ils connaissaient sa situation. Conduire une telle voiture sera plus que suspicieux. Il fit les trois-cents derniers mètres avec Amélia sur son ventre. Il avait opté pour le porte-bébé. Il se voyait mal avec la poussette dans l'escalier étroit de son immeuble. Et puis, il aimait aussi cette proximité.

Il prit son courrier.

Facture, facture, facture, relance, relance. Ah, une mise en demeure, se dit-il désabusé puis inquiet.

Il l'ouvrit et la lut. Il émanait du fournisseur électrique. En faite, c'était une lettre de relance avant mise en demeure. Il n'avait pas payé ses dernières factures.

Il soupira et la glissa dans sa poche avec les autres. Il nota mentalement qu'il devra s'en charger en rentrant.

Il monta.

Mansardé, le studio contenait un clic-clac occupant plus de la moitié de l'espace total de l'unique pièce. Il y posa Amélia et ouvrit son manteau.

- Ma maison est l'exact opposé de la tienne.

La comparaison n'était même pas envisageable. Là où il y avait des matériaux nobles et couteux, il n'avait que vieux linoléum et béton nu. Ici, pas de luminosité magnifiée, pas d'espaces à profusion, pas de décoration travaillée et pas d'extravagance technologique

Que le strict minimum.

Il avait eu du mal à trouver un logement décent et propre dans son budget. Ce studio lui convenait. Il n'avait pas besoin de plus.

Posé sur le rebord de l'unique fenêtre, son seul bien était un poste radio. Il couvrait avec peine le bruit ambiant de l'immeuble et de la rue. Il l'avait acheté en Angleterre avec son premier salaire.

Il fut la première chose qu'il mit dans un grand sac en toile. Il rassembla des affaires. Elles atterrirent à côté de la radio.

Il vida son petit réfrigérateur et plaça son contenu dans une poche isotherme puis dans son sac. L'étagère hébergeant sa réserve alimentaire finit à son tour au même endroit.

Il actionna le disjoncteur coupant le courant dans l'appartement.

Il remit Amélia sur son ventre. Il attrapa son sac et se rendit compte qu'il était lourd et surtout volumineux. Le porte-bébé limitait ses gestes et sa capacité à bien le prendre.

Je vais souffrir jusqu'à la voiture, se dit-il en le poussant avec le pied vers le palier.

Il referma sa porte et mit un tour de clé.

- Eh Filippo, ça va mec ?

Merde, se dit-il en se tournant.

- Ça va. Et toi Joseph ?

- Ça… c'est un bébé ? Qu'est-ce que tu fais avec un bébé ?

Re merde, se dit-il.

- T'as vu ! Elle est belle, hein ! Elle s'appelle Amélia. Une amie a accouché en avance. Son mari revient dans quelques jours. Alors, je lui donne un coup de main.

- Ah OK. Tu fais quoi avec ce sac ?

- Je suis venu prendre quelques affaires. Mais j'ai vu trop grand. Avec le porte-bébé, c'est galère !

- Ben attend ! Je vais te le descendre.

- Mec, tu me sauves !

Il va me coller, je suis dedans, se dit-il.

- Comme toi, j'ai changé d'agence d'intérim. Mais il me propose pas plus de taf intéressant, que de la manu à la journée. Je suis obligé de faire du black sur un chantier. Et toi ?

- Mon dernier entretien a été organisé par Pôle emploi. Cela a été un retentissant crash. Dès que le mec m'a vu, il n'a cherché qu'à me démonter.

- Encore un raciste !

- Pas que.

- T'étais encore trop compétent !

- Je ne sais même plus.

- De toute façon, ils sont toujours pourris leur rendez-vous. Même s'ils n'ont plus le monopole, beaucoup de boites de notre domaine passent encore par eux pour recruter.

- Je ne sais vraiment plus pourquoi je voulais revenir en France.

- Tes parents sont enterrés ici. Tu y as passé aussi ton enfance.

- Surement.

Ils arrivèrent en bas puis ils sortirent de l'immeuble.

- Où est ta caisse ?

- Ben, en faite…

- Eh Filippo !

Il se tourna en direction de l'appel.

- Pierre !

Le garde du corps était assis sur un muret. Il s'approcha.

- Vous auriez dû me dire que votre sac était si encombrant. Je serai venu le chercher. Merci de l'avoir descendu. Je vais le prendre.

- De rien. C'est toujours un plaisir d'aider Filippo. Occupe-toi bien du bébé de ton amie. On se fera un p'tit punch quand tu seras libre.

- Avec plaisir, Joseph. Merci encore.

Le voisin disparut dans l'immeuble. Pierre prit la direction de la Maserati sans dire un mot. Filippo lui emboita le pas. Il ouvrit la voiture. Il attacha Amélia dans le cosy tandis que Pierre mit le sac dans le coffre. L'agent s'assit à la place du passager et attendit qu'il eût fini. Filippo monta à son tour et il démarra le véhicule.

- Vous êtes en colère.

- Je vous prierai à l'avenir de m'appeler si vous sortez, même pour quelques minutes. Cela m'évitera de vous courir après et de mobiliser des ressources pour vous localiser.

- Je ne voulais pas vous déranger.

- Je suis à votre service vingt-quatre heures sur vingt-quatre, sept jours sur sept. Vous ne me dérangez jamais.

- Je suis désolé. C'est nouveau pour moi tout ça. Soyez indulgent avec moi.

- Je ne viendrai pas toujours avec vous comme ce matin mais je serai en permanence là, en retrait pour assurer votre protection. Mais vous devez communiquer avec moi.

- D'accord.

Filippo manœuvra et entra la voiture dans le garage avec ses sœurs. Pierre descendit.

- Je vous laisse. À demain.

- Vous voulez prendre un café ?

- Non merci.

Il quitta la maison.

Le lendemain fut une journée type. Elle tourna autour d'Amélia. Toutes les trois heures, cycle biberon-comptine-sieste-couche. Une promenade d'une vingtaine de minutes le matin. Après le biberon de 14 h, visite de Maman à l'hôpital. Retour à la maison à 17 h puis bain et soins d'Amélia. Et, reprise du cycle à 18 h.

Pendant une semaine, rien ne le perturba. Il s'y ajouta tous les deux jours, un rendez-vous pour Amélia. Cette dernière se portait bien et prenait du poids. Ils fêtèrent aussi ses sept jours.

Quant à sa Maman, il n'y avait pas de changement. Le traitement était dans sa phase de dosage. Le Professeur Mercan rassura Filippo. Il n'espérait pas d'améliorations visibles avant plusieurs semaines.

Lors d'une de ses visites quotidiennes, il avait dû prendre Émilie nue dans ses bras, pour aider une infirmière car la jeune femme avait souillé son lit. La porter ainsi avait eu sur lui un effet inattendu. Il n'avait eu aucun sentiment de gênes. Il avait agi comme l'aurait fait un mari, ce qu'il était aux yeux des autres.

Cela s'accentua quand le personnel médical l'invita à lui laver puis brosser les cheveux. Cela devint son travail. Il devait reconnaitre qu'il y prenait aussi du plaisir. Il n'avait jamais eu ce genre d'attention envers une femme. Malgré son apparence de séducteur, il en avait fréquenté peu.

Une nouvelle semaine démarra. En milieu de celle-ci, il mena Amélia à sa visite des quinze jours. Le pédiatre confirma sa bonne santé.

Le lendemain, comme tous les matins, Filippo amena Amélia en promenade autour de midi. Ils passèrent devant l'entreprise pour rejoindre une coulée verte remontant vers le centre-ville. Le but en était une boulangerie dans laquelle Filippo prenait son pain. Puis ils rentrèrent en empruntant le chemin inverse. Aujourd'hui, Filippo avait préféré utiliser le porte-bébé.

Il ne remarqua pas une femme qui l'observait depuis quelques jours dans son périple quotidien.

Il s'arrêta devant la porte métallique et sortit les clés. Il ne la vit pas accourir et stopper net derrière lui.

- Bonjour. Je suis…

Elle n'eut pas le temps d'en dire plus. Déboulant tel un missile, Pierre se jeta sur elle et la plaqua violemment au sol.

- À l'intérieur !

Sous le choc, Filippo fit tomber ses clés. Quatre gardes du corps l'encerclèrent, l'arme à la main. Un cinquième ramassa les clés, ouvrit la porte et l'entraina, toujours entouré des autres. Trois pénétrèrent avec lui dans la maison tandis que deux restèrent devant l'entrée. Filippo dut monter à l'arrière de sa Maserati alors qu'un des agents se mit au volant et démarra le véhicule. Un demeura près de la fenêtre donnant sur l'extérieur tandis que le dernier ouvrit la porte passager, prêt à s'engouffrer à l'intérieur.

Ils restèrent ainsi de longues minutes. Puis l'oreillette des gardes crépita. Le conducteur arrêta le moteur, descendit de la voiture et ouvrit la porte à Filippo.

- L'intrus n'avait pas de complices. Cependant, nous allons demeurer dans l'enceinte de la propriété jusqu'à l'arrivée de monsieur Giraud. Je vous prierai de ne pas vous approcher des fenêtres et baies vitrées.

- Euh… d'accord.

Filippo se rendit dans sa chambre. Son cœur battait la chamade et ses jambes étaient cotonneuses. Il s'allongea sur son lit, Amélia toujours sur son ventre. Heureusement, elle s'était endormie sur le chemin. Cela ne l'avait pas réveillé. Il se résolut à lui enlever son manteau et à la coucher dans le lit parapluie. Et comme chaque fois qu'il le voyait, il se disait qu'il devait lui en acheter un vrai.

Il tenta d'occuper son esprit car en faite, il était en état de choc. Les évènements avaient été si rapides qu'il comprenait seulement maintenant ce qu'il venait de vivre. Il prit conscience de l'efficacité exceptionnelle de la sécurité et sa capacité de réaction. La sonnerie de son téléphone mobile l'expulsa brutalement de ses pensées une heure plus tard.

- Hector Giraud à l'appareil. Je suis à votre porte.

J'arrive.

Il vit qu'Amélia dormait toujours. Il attrapa et mit le babyphone à sa ceinture. Il ouvrit. Devant le perron se tenaient Hector, Pierre et la femme interceptée. Elle avait un pansement sur le front. Il leur fit signe d'entrer.

- La cuisine ?

- Je préfère. Un café ?

- Ce n'est pas nécessaire.

- J'insiste.

- Dans ce cas, merci.

- Madame ?

- Euh… oui.

- Pierre, comme d'hab ?

Pierre hocha la tête en restant debout. Filippo le fixa. Pierre s'assit de dépit, à côté de la femme. Hector le regarda du coin de l'œil avec un petit sourire. Filippo servit tout le monde et s'installa à son tour avec son café sur l'ilot. Hector prit la parole.

- D'abord, nous nous excusons de l'intervention tardive…

- Tardive ? Vous plaisantez ? Ils ont réagi de façon spectaculaire ! Je n'ai rien vu ni compris, que nous étions déjà dans la maison.

- Si cette personne avait eu des intentions malveillantes, vous auriez été gravement blessé. Nous allons travailler durement pour que cela ne se reproduise plus. Je vous présente Miriam Lagne, secrétaire de Madame Piétri-Duval. Monsieur Filippo Di Maria, mari de Madame Piétri-Duval et père de leur enfant.

- Monsieur Giraud !

Filippo le regarda sévèrement tandis que la secrétaire écarquilla les yeux sous la surprise.

- Vous n'avez pas à vous inquiéter. Madame Lagne a signé un protocole de confidentialité.

- C'était vous avec Madame Piétri-Duval il y a quinze jours ?

- Oui. D'ailleurs, je suis navré de vous avoir raccroché au nez. Mais nous étions un peu occupés.

- Madame Piétri-Duval a vraiment eu un enfant ?

- Oui. Une adorable petite fille prénommée Amélia. Elle dort à l'étage.

Il tapota sur le babyphone à sa ceinture.

- Elle est époustouflante. Je n'en ai jamais rien su.

- Le mariage entre Madame Piétri-Duval et Monsieur Di Maria doit rester confidentiel, de même que la grossesse. Pour l'instant, ils ne souhaitent pas en faire état au reste du monde.

- Je comprends.

Filippo recentra la conversation.

- Pourquoi m'avez-vous abordé dans la rue ?

- Je n'ai pas eu de nouvelles de Madame Piétri-Duval depuis notre échange.

- Elle est dans le nord de l'Amazonie.

Filippo regarda Hector qui avait répondu. Ce dernier lui fit un discret signe de la tête.

- Si tôt après son accouchement ?

- À priori, Madame Piétri-Duval avait des impératifs à tenir.

- Monsieur Di Maria, pourriez-vous la joindre et lui demander de prendre contact avec moi de toute urgence ?

- Cela ne va pas être possible. Mes hommes m'ont rapporté qu'ils allaient s'enfoncer dans la jungle et qu'ils seraient injoignables pendant une vingtaine de jours minimum.

- C'est une catastrophe !

- Pourquoi ?

- Nous sommes en conflit depuis une trentaine de jours avec le personnel de notre usine de Parisot dans le Tarn, qui s'est transformé en grève depuis dix jours.

- N'est-ce pas au service RH d'intervenir ?

- Les représentants du personnel ne veulent rien entendre et refusent tout dialogue avec eux. Ils veulent Madame Piétri-Duval à la table des négociations. Ce site fabrique les antibiotiques de notre marque pour les régions Eurasie, Afrique et Océanie. Notre stock tampon sera épuisé dans trois jours. Ensuite, nous ne pourrons plus honorer nos commandes.

Filippo intervint.

- Je suppose qu'il y a une usine pour les autres régions du monde. Ne serait-il pas possible d'y augmenter le rendement et de lui faire couvrir temporairement les commandes ?

- Notre cellule de crise y a déjà pensé. Mais, il nous faut l'accord de Madame Piétri-Duval.

- Vous n'avez pas assez d'autonomie pour agir ?

- Le problème est que cela va engendrer des couts supplémentaires par unité produite.

- Et je suppose qu'au bout, cela fait un petit pactole, impactant la rentabilité et provoque une perte pour l'entreprise.

- Oui, plusieurs millions d'euros.

- Vous avez besoin d'Émilie pour décider s'il faut répercuter la hausse ou sauver l'image de l'entreprise en prenant en charge la perte, n'est-ce pas ?

- Tout à fait, Monsieur Di Maria. Vous êtes familier avec ce type de problématique ?

- Pas du tout. Mon domaine d'expertise n'a rien à voir avec cela.

- Quel que soit votre domaine d'expertise, je suis sûr qu'il serait bénéfique pour notre crise actuelle.

- Je ne pense pas.

Hector sourit. Il sortit de sa sacoche un document.

- Madame Piétri-Duval m'a remis ce document avant son départ. Elle a établi une délégation de ses pouvoirs.

- Vraiment ? C'est une excellente nouvelle ! Qui est-ce ?

Filippo le regarda pressentant le pire.

- Elle délègue tous ses pouvoirs pour la bonne marche de l'entreprise et de ses succursales… à Monsieur Di Maria.

- Quoi ? !

- Elle m'a dit terminer son engagement actuel puis elle s'occupera exclusivement de sa fille.

- Puis-je vous parler, monsieur Giraud ?

- Bien sûr.

Filippo se leva et lui indiqua la sortie. Il l'amena au salon.

- Vous faites quoi exactement ?

- Je vous donne les moyens d'agir.

- Je n'ai rien demandé ! Je suis un étranger et un imposteur !

- Vous êtes le père d'Amélia. Vous ne pouvez pas dire cela.

- Pourquoi me faites-vous ça ? Pourquoi ? Pourquoi ?

- Vous sembliez inquiet pour l'entreprise de votre femme.

- Arrêtez de dire des conneries ! Vous êtes vraiment ravagé ! Vous m'avez réellement écouté la dernière fois ?

- Quoi qu'il en soit, vous avez à présent les moyens d'agir pour régler ce problème. À vous de décider quoi en faire.

Hector retourna à la cuisine et emmena les autres invités. Ils quittèrent la maison.

Filippo n'en revenait pas. D'un coup de baguette magique, Hector l'avait mis aux commandes.

- Il est vraiment incroyable ce mec !

De colère, il passa derrière le bar, attrapa la première bouteille et il se servit un verre. Il l'avala d'un trait. Il regretta presque immédiatement son geste. Sa trachée était en feu. Il venait d'ingurgiter un Cognac de cinquante ans d'âges. Il se précipita à la cuisine et but plusieurs verres d'eau pour apaiser la douleur.

Le babyphone lui transmit les pleurs de la locataire du premier. Il monta s'en occuper, faisant ainsi le vide dans son esprit. Mais en déjeunant un peu plus tard, il y repensa. Et, cela ne le quitta plus.

Il coucha Amélia. Puis il se rendit dans la chambre d'Émilie. Il pénétra dans le coffre et consulta une des notes. Il prit et plaça l'ordinateur portable sur sa station d'accueil puis il s'assit devant.

Ce n'est vraiment pas ton problème, tenta-t-il de se convaincre.

Il appuya sur le bouton d'allumage. Le moniteur s'alluma et afficha la fenêtre de connexion. Il entra le mot de passe d'Émilie. Il apparut la messagerie. En arrière-plan, il y avait une dizaine de documents ouverts.

Il parcourut les courriels. Il y en avait un nombre impressionnant sur l'usine de Parisot. Il refit la chronologie du début du problème à la situation d'aujourd'hui.

J'ai le contexte mais rien sur les revendications des employés, se dit-il.

Il croisa ses deux mains derrière la tête, signe d'intenses réflexions chez lui. Il resta ainsi un long moment. Il devait décider s'il allait s'en mêler et de quelles manières.

En milieu d'après-midi, il contacta Hector.

À 18 h précise, Pierre appela pour l'informer de sa présence dans la cour. En jean, basket et blouson, Filippo attrapa le sac à langer et descendit avec Amélia endormie dans le porte-bébé. Il l'enveloppa dans une couverture. Il sortit et emboita le pas de Pierre. Ce dernier l'avait déchargé des affaires de l'enfant.

Ils se dirigèrent à droite vers la porte permettant de traverser l'épais mur entre l'entreprise et la maison. Pierre lui donna un badge avec son nom et sa photo.

Le garde du corps le guida vers la majestueuse entrée centrale encadrée par des colonnes doubles. Ornées d'un liseré doré et sérigraphié Groupe Piétri-Duval, les portes coulissantes formaient un sas en L. Elles s'ouvrirent à leur approche.

Le vaste hall marbré contenait à droite, un petit salon avec trois canapés entourant une table basse. Deux distributeurs délivraient gratuitement des boissons chaudes et froides. En face, derrière un élégant comptoir, deux hôtesses recevaient les visiteurs en temps normal. Mais à partir de 17 h 30, le site était interdit aux non-salariés. Il était donc vide.

Pierre l'invita à badger sur le lecteur d'un des portiques de sécurité, situé à gauche de l'accueil. Il le guida ensuite vers les ascenseurs passant devant un monumental escalier d'honneur à volées droites menant aux étages. L'ascenseur les déposa au deuxième. Pierre lui indiqua la gauche puis la droite. Filippo dut badger à plusieurs fois pour progresser dans le bâtiment.

Son accompagnateur lui dit que la sécurité des locaux s'élevait automatiquement dans certaines tranches horaires.

Ils aboutirent enfin devant une porte ambre et semi-opaque.

Miriam Lagne se leva pour l'accueillir. Elle lui désigna la grande porte ouverte sur le mur opposé. Filippo entra dans le bureau d'Émilie.

Il était empreint de majesté et d'élégance. Son large bureau, son canapé, ses quatre fauteuils, sa table rectangle accompagnée de dix chaises et ses hautes bibliothèques y étaient pour beaucoup. La moitié de la pièce était vitrée et donnait sur l'avant du bâtiment.

À la demande de Filippo, il y avait été ajouté un lit parapluie, qui cassait un peu l'ambiance, par son anachronisme dans ce type de lieu.

Filippo libéra Amélia et la déposa endormie dans le lit. Pierre mit le sac à langer sur un des fauteuils et s'installa dans le canapé près d'Amélia tandis que Filippo enleva le porte-bébé. Il lui fit un petit signe de la tête puis il sortit.

Miriam attrapa un volumineux dossier sur le bureau de son assistante, placé face au sien, ainsi que son ordinateur portable. Elle invita Filippo à la suivre. Ils firent quelques mètres et pénétrèrent dans une vaste salle de réunion pouvant contenir vingt personnes autour d'une large et longue table.

Elle lui désigna le siège en bout de table, occupée habituellement par Émilie, et posa ses affaires près de lui.

Elle se connecta à la pieuvre donnant accès aux deux énormes écrans muraux et permettant d'effectuer des conférences vidéo. Elle projeta un compte rendu sur celui de droite.

Filippo n'eut pas le temps d'en prendre connaissance car les membres de la cellule de crise entrèrent à 18 h 30. Il était à l'initiative de cette réunion. Ils s'assirent en silence en posant leurs différents documents devant eux, intrigués par l'inconnu occupant la place de leur patronne.

Filippo les jaugea ayant déjà une opinion arrêtée sur l'un d'eux. Miriam prit la parole et s'adressa à Filippo.

- Je vais vous présenter les personnes composant la cellule de crise. Ils ont tous signé le protocole de confidentialité. Vous avez ici Robert Chaniac, directeur RH. Violaine De Rocher, directrice Logistique. Mathieu Goupard, directeur

Commercial. Édouard Echerbay, directeur Financier. Et moi-même, Miriam Lagne, secrétaire de Madame Piétri-Duval. Voici, Monsieur Filippo Di Maria. Il a accepté aujourd'hui à 16 h 30 la délégation de pouvoirs que lui a octroyée Madame Piétri-Duval. Elle lui a transféré tous ses pouvoirs. Monsieur Di Maria est donc notre nouveau PDG. Souhaitons-lui…

- Ne vous emballez pas. J'ai accepté car Émilie ne peut pas se rendre disponible pour le problème à l'usine de Parisot. C'est temporaire. Faites-moi un topo notamment sur les revendications des employés.

Robert Chaniac prit la parole.

- Elles sont simples. Ils veulent un engagement de la Direction sur la pérennité du site. Plus d'autres choses bassement mercantiles.

- Comment sont vos interlocuteurs ?

- En charge des négociations, Paul Sipha nous a reporté que les délégués du personnel étaient aisément manipulables. Ils s'entêtent juste à vouloir Madame Piétri-Duval comme interlocutrice depuis le premier échange.

- Donc, vous n'avez à aucun moment pris part directement aux discussions ?

- Mon Dieu, non ! Les membres de la Direction ne parlent pas avec le petit personnel.

- Est-ce une règle imposée par Émilie ?

- Non. C'est du bon sens !

- Donc par suffisance, vous avez laissé la situation devenir ainsi. J'ai à présent une bonne vision d'où se situe le problème. Pourquoi sont-ils inquiets pour leur site ?

Robert Chaniac s'était tassé dans son fauteuil. Edouard Echerbay prit à son tour la parole.

- Nous avons envisagé de nous séparer de ce site et de délocaliser la production dans un pays émergeant.

- Qui prend cette décision ? A-t-elle été prise ?

- Seule Madame Piétri-Duval a autorité, et maintenant vous. Non, elle n'a pas encore statué.

- Pour prendre une décision, elle doit avoir des éléments, n'est-ce pas ?

- Nous sommes en phase d'études sur la rentabilité d'une telle opération. Nous envisageons de créer cette structure en joint-venture financé en IDE…

- Faites simple ! Je ne suis pas un financier ! Mais si je lis entre les lignes, vous en êtes au début de l'étude sans réellement savoir si l'opération sera rentable avec un montage financier complexe.

- Euh… oui.

- Alors, comment cette information qui devrait être confidentielle est arrivée aux oreilles du site ?

- …

- Y a-t-il un problème de sécurité ? Ou vos processus de classification de l'information sont inexistants ou défaillants ?

- Peut-être qu'un des employés du Siège a diffusé l'information.

- Donc, j'en reviens à mes précédentes interrogations. Madame Lagne, vous me donnerez accès aux documents organisationnels.

- Oui, Monsieur Di Maria.

- Monsieur Echerbay, je vous remercie de me faire une synthèse simple de ce projet pour demain matin 8 h. Je souhaiterai aussi avoir des éléments financiers sur l'usine et sur l'impact de la grève.

- Quel niveau de détails désirez-vous ?

- Mon mot d'ordre est la simplicité. Considérez-moi comme un cancre qui a séché les cours de gestion et qui devient PDG. Et, qui n'a surtout pas de temps à perdre avec du blabla technique et inutile !

- … Bien Monsieur.

- Monsieur Chaniac, je vous remercie de me faire parvenir pour demain matin 8 h, l'ensemble des revendications mercantiles des employés ainsi que des propositions chiffrées pour y répondre et l'impact financier. Dans le même style que monsieur Echerbay, je souhaite aussi pour demain matin, la cartographie RH du site, répartitions par type de contrat de travail, primes, intéressements, avantages, etc. Si vous ne pouvez pas financièrement accepter leur demande, il faut identifier les leviers pour négocier.

Le directeur RH prit la parole.

- Ce n'est pas notre politique. Si nous cédons aujourd'hui, cela va devenir un fâcheux précédent.

- Il est temps de changer, monsieur Chaniac. On voit où votre attitude et votre politique ont mené ce conflit. Nous devons faire un virage à 180° pour obtenir le déblocage de l'usine. Madame Lagne m'a fait un bref topo sur la problématique de changer de points de production.

Violaine De Rocher intervint.

- Nous avons envisagé d'augmenter la production de notre site américain situé près d'Oklahoma City pour prendre en charge les commandes de Parisot. Mais cela va générer un surcout de huit centimes d'euros par unité.

- Unité ?

- C'est le packaging de quatre boites contenant chacune quatorze comprimés.

- Pourquoi un tel surcout ?

- Pour honorer en temps et en heure les commandes, nous allons devoir acheminer nos produits par avion, au lieu du bateau. Ensuite, nous devrons faire face au cout douanier puis d'acheminement jusqu'aux grossistes ou aux clients finaux.

- En y réfléchissant cet après-midi, l'objectif ne serait pas de répondre aux commandes mais plutôt de reconstituer le stock tampon de Parisot par l'autre usine. Cette dernière passerait en flux tendu permettant de fournir son stock tampon pour remplir un avion et d'en constituer un nouveau pour un autre cycle si besoin. Pensez-vous que ce soit envisageable ?

- Et bien, nous avions tablé sur des expéditions correspondant à des commandes. Je vais générer de nouvelles projections et vous les communiquerai avant minuit. Cela pourrait nous faire économiser deux à cinq centimes d'euros.

Le directeur Financier s'immisça.

- Cela nous laisserait quand même avec un surcout conséquent. Vous devez valider une augmentation du prix des produits commandés.

- Les clients ont négocié les produits à un prix. Comment pouvez-vous l'augmenter ?

Mathieu Goupard, directeur Commercial, intervint.

- Les contrats prévoient ce cas de figure. Nous indexons le prix sur différentes valeurs permettant de facturer avec des variations tarifaires de 20 à 40 %.

- Les clients signent un tel contrat ?

- Disons que nous n'attirons pas leur attention sur ces petites lignes.

- Utilisez-vous souvent ces variations ?

- Essentiellement sur les petits clients et lors de problématiques diverses comme aujourd'hui.

- N'est-ce pas dangereux pour l'image de l'entreprise ?

- Notre image est excellente grâce à la qualité de nos produits et leur efficacité reconnue.

- Madame Lagne, organisez une réunion avec le directeur Juridique demain à 9 h. Cette décision ne doit pas être prise sans tous les éléments.

- Bien Monsieur Di Maria.

Filippo se leva.

- Je vous remercie d'avoir répondu à mes interrogations. Dès réception de vos différents documents, je réfléchirai au meilleur moyen de sortir de ce conflit rapidement. Bonne soirée.

Il quitta la salle et se rendit dans le bureau d'Émilie. Il alla directement au lit parapluie. Il constata qu'Amélia dormait toujours. Pierre lui confirma qu'elle ne s'était pas réveillée.

On frappa à la porte. Pierre se précipita et regarda qui était le visiteur. C'était Miriam. Filippo lui fit signe. Pierre l'invita à entrer.

- J'ai demandé au service Informatique de vous fournir un laptop et de créer les accès à nos différents systèmes. Vous avez les mêmes que Madame Piétri-Duval. Puis-je ?

Filippo l'y autorisa. Elle posa un volumineux dossier puis une sacoche. Elle plaça l'ordinateur sur la station d'accueil et elle l'alluma. Elle utilisa des identifiants pris sur une feuille et vérifia le bon fonctionnement de ceux-ci. Satisfaite, elle passa de l'autre côté du bureau et attendit que Filippo le manipule.

- Je souhaiterais avoir aussi accès à la messagerie d'Émilie et à ses archives.

- Il faudra faire signer un protocole de confidentialité à Jean Gouelips, directeur Informatique. Sinon, il n'autorisera pas l'accès.

- Je m'en occupe. Il sera signé dans l'heure.

- Merci Pierre. Madame Lagne, vous avez peut-être des obligations familiales ?

- Je me suis arrangée.

Filippo vit qu'elle ne disait pas la vérité.

- Asseyez-vous. Je vais être bref pour vous permettre de partir rapidement.

- Je vous assure…

- Je préfère les gens qui jouent franc jeu avec moi, même si leurs réponses me contrarient. L'honnêteté est une valeur que je place bien au-dessus des autres et qui aura toujours ma clémence. Je n'ai jamais travaillé dans votre domaine ni dans ce type de structure. Les codes, les us et coutumes d'un siège social me sont inconnus. L'improvisation et l'aléa autour de la complexité sont mon monde. Je vous laisserai la gestion humaine et relationnelle quotidienne qu'Émilie devait effectuer, pour me concentrer sur la grève. Comme vous avez pu vous en rendre compte, certaines attitudes de supériorité m'insupportent au plus haut point. Je ne suis pas là pour être en conflit avec l'équipe qu'Émilie à sélectionner.

- Si vous faites référence à Robert Chaniac, il était en poste avant l'arrivée de Madame Piétri-Duval.

- Peu importe, elle l'a laissé dans ses fonctions. Donc à ses yeux, il devait faire l'affaire. Quoi qu'il en soit, vous pouvez y aller.

- Bien Monsieur Di Maria.

- Ah, autre chose. Nous nous appellerons par nos prénoms. Travaillons dans la convivialité.

- Avec plaisir, Monsieur. Je vous laisse le dossier sur les éléments rassemblés par la cellule de crise.

Elle quitta la pièce. On l'entendit ranger ses affaires à la hâte et sortir du bureau.

- Pierre, vous pouvez y aller aussi. Nous allons rester un peu, surement jusqu'à 21 h. Puis nous rentrerons.

- Il y a un office juste à côté avec un micro-ondes. Je vous laisse sous la supervision de mes collègues du site, joignable au 505. N'hésitez pas à les solliciter, ils sont à votre disposition.

- Merci Pierre. Bonne soirée.

Il quitta à son tour le bureau.

Filippo prit le dossier et alla s'installer sur le canapé près d'Amélia. Il ne put le parcourir qu'une trentaine de minutes car une demoiselle réclama de l'attention puis son biberon.

Il reprit la lecture quarante-cinq minutes plus tard, et cette fois-ci, il put aller au bout. Les éléments complétaient et approfondissaient le contenu de la réunion de tout à l'heure. Il utilisa l'ordinateur pour chercher d'autres informations. Étonné, il ouvrit les documents envoyés par Robert Chaniac.

Il est au moins efficace, se dit-il.

Il s'intéressa aux revendications. Elles lui semblèrent acceptables et sensées. L'analyse et les projections du directeur RH montraient que le cout ne pourrait pas être supporté dans son intégralité.

Une trame se dessina dans son esprit sur le moyen d'aborder ce conflit et de le régler. Il se servit de l'ordinateur et la matérialisa dans un document. Insatisfait, il recommença plusieurs fois. Mais le résultat ne lui convenait pas car il était à l'avantage uniquement de la Direction. En tant qu'ouvrier, cela le gênait que l'argent n'aille que dans un seul sens. Il travailla jusqu'à ce qu'il faille donner un nouveau biberon. Et puis, un autre.

Filippo prit conscience de l'heure. Il envoya un message à Miriam pour qu'elle organise une réunion de crises demain matin à 9 h 30. Il en adressa aussi un à Pierre pour lui signifier son programme. Puis ils rentrèrent.

Comme Filippo s'y attendait, la réunion de crises ne se passa pas bien. Son plan de bataille ne plaisait pas du tout à ses membres directeurs. Il écouta leurs objections. Mais aucune ne trouva une vraie justification à ses yeux. Il leur démontra que le sacrifice financier consenti ne serait rien si l'objectif était atteint. Si le conflit n'était pas réglé avant l'épuisement du stock tampon, le chiffre d'affaires englouti ne pourra être compensé qu'après une dizaine de mois. Malgré cette évidence, ils ne changèrent pas d'avis. Surement parce que Filippo ne voulait pas augmenter le tarif.

Il avait échangé avec le directeur Juridique. Ce dernier tomba des nues quand il lui parla de la clause de variabilité des prix. Il déconseilla vivement son utilisation expliquant qu'en cas d'actions en justice, ils perdront et seront sommés de revenir au montant vendu et de payer en plus un dédommagement. Sans parler du préjudice à leur image.

Assis à la place passager, Pierre le sortit de ses réflexions.

- Filippo, nous serons dans quelques instants à l'usine.

Deux Maserati Levante Trofeo noires entouraient celle de Filippo, conduite par Camille. Pierre lui avait justifié ce déploiement de force par l'explosivité de la situation et qu'il avait amenée Amélia avec lui. Filippo n'avait pas eu le courage d'en discuter.

- Rappelez à vos camarades qu'ils seront considérés comme des membres de l'entreprise et qu'ils pourraient être pris à parti. Ils ne doivent pas ruiner mes chances de négocier.

- Rassurez-vous, ils ont été briffés. Vous êtes sûr que nous devons utiliser l'entrée principale. Les rapports signalent que le gros des manifestants y a fait des barricades.

- Justement. Vous ne devez pas intervenir.

- Compris.

Camille stoppa le véhicule. La colonne s'était arrêtée dans un rond-point. La route menant à l'entrée de l'usine était bloquée par des palettes. Des banderoles de plusieurs syndicats flottaient dans l'air froid. Une centaine de grévistes étaient rassemblés autour de tonneaux dans lesquels un feu diffusait sa chaleur bienfaitrice. Intrigués, ils regardèrent en direction du cortège.

Filippo jeta un coup d'œil à Amélia. Elle dormait paisiblement. Il sortit de la voiture. Toujours vêtu de son Jean, de ses baskets usées et de son blouson, il se dirigea vers un des tonneaux sous le regard des grévistes.

- Bonjour. Ça caille ce matin !

- Ouais. Vous êtes qui ?

- Je viens du Siège. C'est qui le responsable ici ?

- Oh, Antoine ! Y a un mec du Siège !

La personne s'approcha avec une quarantaine de ses collègues. Ils le regardèrent de la tête au pied.

- Vous êtes qui déjà ?

- Je viens du Siège pour discuter avec les délégués du personnel. Je suis Filippo Di Maria.

- Vous pouvez y repartir et dire à la patronne de venir elle-même. On ne parlera à personne d'autre.

Ils firent demi-tour.

- Mais pourquoi elle ? Pourquoi pas Robert Chaniac, le directeur RH ? Ou Édouard Echerbay, le directeur Financier ?

Ils se retournèrent. Il avait capté leur attention.

- Chaniac est un connard qui méprise les employés. Même chose pour toute l'équipe RH. L'autre ne s'intéresse qu'à prendre le fric sur notre dos.

- Et Piétri-Duval ?

- C'est la patronne !

- Ce n'est pas une réponse ça !

- Elle n'est jamais venue ici !

C'est bien ce que je pensais, se dit Filippo.

- Et bien, je suis là aujourd'hui ! Je suis venu pour vous écouter et discuter de votre avenir !

- Vous ?

- Oui moi ! Je suis ici devant vous après m'être battu ce matin avec Chaniac et Echerbay.

- Mais vous êtes qui ?

- Je suis le nouveau PDG nommé par Émilie Piétri-Duval.

- Nouveau PDG ? On n'en a pas entendu parler !

- C'est normal ! Je n'ai accepté qu'hier après-midi à cause de votre situation.

- Qui peut nous le confirmer ?

- Miriam Lagne, la secrétaire d'Émilie. Par contre, on pourrait entrer dans l'usine. Ma fille dort sur le siège arrière de ma voiture. Il va bientôt être l'heure de son biberon.

- Votre fille ? Biberon ?

Filippo entraina Antoine vers la Maserati. Il lui montra le cosy.

- J'avais tellement à cœur de venir rapidement que je n'ai pas pu m'organiser pour la faire garder. Pour être honnête, depuis sa naissance il y a seize jours, je n'arrive pas à me séparer d'elle. Alors, on peut entrer dans l'usine ?

Le cortège s'arrêta une quinzaine de minutes plus tard devant le bâtiment principal contenant les bureaux administratifs. Un homme accueillit Filippo.

- Bonjour, je suis Jacques Grisseau, directeur de l'usine de Parisot.

- Bonjour, Filippo Di Maria.

- Madame Lagne m'a informé de votre nomination et de votre venue. Je suis étonné que les grévistes vous aient permis d'entrer.

- Comme quoi, il y a de l'espoir pour régler cette situation aujourd'hui.

- Aujourd'hui ?

- Oui. Je vous laisse organiser la réunion pour 11 h 30. J'aurai besoin d'une pièce isolée pour installer ma fille le temps des négociations.

- Euh… d'accord.

Précédé par Pierre et quatre de ses subordonnées, Filippo entra dans la vaste salle du premier étage avec des dossiers et son ordinateur portable. Il avait été dressé sur une estrade, une longue table où le directeur de l'usine avait pris place avec ses responsables de secteur ainsi que l'équipe RH en charge des négociations. Face à eux, il y avait une centaine de chaises, toutes occupées. Le directeur se leva et indiqua le siège à côté de lui.

Filippo y posa ses affaires et démarra son ordinateur. Puis il s'assit.

- Je m'excuse pour mon retard. Ma fille refusait de s'endormir. D'habitude, elle est réglée comme une horloge.

- Ce n'est pas grave.

Il leva la tête. Il désigna la table et la salle.

- C'est quoi cette installation ? Comment peut-on discuter ainsi ?

- …

Filippo reprit ses affaires et descendit de l'estrade. Il s'y assit face au premier rang en posant ses biens à côté de lui.

- Là, on se voit. Là, on peut discuter.

- …

De nombreux visages acquiescèrent dans l'assistance.

Filippo montra le babyphone à sa ceinture.

- D'abord, ne soyez pas offensé si je vous demande de faire une pause brutalement. Ma fille compte plus que tout et je ne supporte pas de l'entendre pleurer. Je pense que nombre d'entre vous sont parents et me pardonneront. Mais je vous rassure, je ne partirai pas de cette usine sans que nous ayons trouvé un accord bénéfique pour l'ensemble des parties. Je m'appelle Filippo Di Maria, PDG intérimaire. Je voudrais commencer par m'excuser pour l'attitude de vos divers interlocuteurs jusqu'à présent. Ils semblent suivre des règles d'un autre âge. Nous allons changer cela. Je vais vous donner la parole pour un échange direct et convivial sans tout le formalisme de ce type de rencontre officielle. Donc à vous.

- Antoine Issard, délègue FO. Notre principale revendication est sur les bruits insistants de délocalisation de notre site. Nous sommes deux-mille-cinq-cents familles dépendant directement de cette usine. Je ne parle même pas de tout le tissu économique et social qui s'est créé autour d'elle.

Filippo attrapa un des dossiers. Il sortit un papier.

- Un projet de délocalisation a été initialisé en juin de cette année sous la houlette du directeur Financier, Édouard Echerbay, suite à sa participation à un symposium sur l'attrait fiscal des pays émergeant. Il a mis son idée à l'ordre du jour, lors du Comité de Direction de septembre dernier. Émilie a été étonnée de cette proposition et a demandé qu'elle soit étayée par des arguments chiffrés. Le projet a été renvoyé au Comité suivant mais il n'y a pas eu plus d'éléments. Ni au suivant. Pour en avoir discuté hier avec le directeur Financier, mon sentiment est que ce projet est très très loin d'aboutir. La proposition ne contient aucun élément tangible prouvant l'intérêt d'une délocalisation. Et puis, la conjoncture de l'entreprise n'est pas propice à ce type d'actions lourdes et destructives. J'ai regardé la rentabilité de votre site, elle est excellente. Alors, je me suis interrogé sur le réel but de cette proposition. J'aimerais vérifier quelque chose avec vous.

Depuis quand êtes-vous au courant de ce projet et par quel biais avez-vous eu l'information ?

- Les bruits ont commencé à être persistants dès juillet.

- Et votre source ? Son nom ne m'intéresse pas. Je ne cherche pas à blâmer qui que ce soit. Je veux juste prouver mes soupçons. L'information ne venait pas du Siège, n'est-ce pas ?

- En effet. Nous l'avons eu par notre syndicat FO.

- Cela confirme mes craintes. Vous avez été manipulé pour provoquer une grève.

- Manipulé ?

- Par qui ?

- C'est n'importe quoi !

Un fort brouhaha envahit la salle. Antoine força ses collègues à faire silence.

- Monsieur Di Maria, comment pouvez-vous affirmer une telle chose ?

- Quand on m'a indiqué votre revendication principale, ma première réaction a été un dysfonctionnement au niveau du Siège et a une mauvaise qualification de ce projet. En raison de son impact sur les emplois et la mauvaise presse générée, ce type de projet se constitue sous le couvert de la confidentialité absolue et après de très longues études. Le projet a bien été classifié confidentiel dès l'évocation. Donc à moins de disposer d'un contact dans l'entourage privé d'Édouard Echerbay, il était impossible que vous soyez au courant dès juillet et surtout avec la mention d'un projet bien avancé. J'ai fait quelques recherches. Pour aboutir, un projet de délocalisation nécessite un à deux ans de constitution puis la même durée pour le passage à l'acte. La conclusion logique est qu'une personne cherche à déstabiliser le Groupe Piétri-Duval.

- C'est tiré par les cheveux !

- Reconnaissez l'étrangeté de la situation. Moi, ce qui m'inquiète, c'est l'absence de canaux de communication entre le Siège et vous. Et l'escalade en conflit ouvert.

- J'ai plusieurs fois tenté de joindre madame Piétri-Duval. Sans succès.

- J'ai été témoin de sa réaction. Je dois admettre qu'elle n'était pas conforme à sa position de PDG.

- Vous n'avez pas répondu sur la délocalisation.

Filippo leva un dossier.

- Ce dossier contient l'étude réalisée jusqu'à présent. Comme vous pouvez le constater, il est affreusement vide et n'a pas évolué depuis deux mois. Pour arrêter ce projet définitivement, cela doit être fait en Comité de Direction. Le prochain aura lieu mi-décembre. J'y soumettrai l'abandon de ce projet qui n'a de toute façon aucun sens et ne se justifie pas.

- Comment vous croire ?

- Vous y serez conviés en tant qu'invités.

- Mais c'est dans quinze jours ! D'ici là, vous pouvez changer d'avis.

- Je suis ici car j'ai relevé de nombreuses anomalies au Siège dans la gestion de cette crise. Le seul moyen de remettre les choses en ordre était de venir en parler avec vous et de faire en sorte que jamais plus cela ne puisse se reproduire. Il n'est pas question que je change d'avis !

Il fut applaudi copieusement.

- Il reste nos autres revendications.

- Je vous écoute.

La réunion se poursuivit avec une pause forcée pour le biberon d'Amélia. Filippo avait anticipé et fait commander un buffet-brunch par l'entremise de Pierre et de Camille pour l'ensemble des participants. Il contribua activement à ce moment d'échange, Amélia dans les bras. Cela rendit ensuite les discussions plus conviviales. Même s'il ne pouvait répondre favorablement à plusieurs revendications, il fit de nombreuses contre-propositions qui eurent un accueil enthousiaste. Il négocia aussi avec eux un redémarrage immédiat de la production et le travail exceptionnel de toutes les équipes demain samedi pour reconstituer une partie du stock tampon.

Il avait acquis un profond respect des participants qu'ils soient employés, dirigeants ou membres RH présent. Il quitta le site épuisé mais fier d'avoir obtenu ce qu'il était venu chercher. Il s'endormit dans la voiture, à côté d'Amélia.

Le lendemain, Filippo et Amélia reprirent leur routine.

Ils restèrent plus longtemps avec Émilie. Il avait beaucoup de choses à lui raconter. Cependant, Filippo garda le contact avec l'usine pour suivre le redémarrage de la production.

La journée de dimanche se déroula de la même manière.

Lundi, Filippo prépara Amélia pour leur promenade matinale. Il opta pour la poussette et il passa la porte métallique.

- Bonjour.

- Bonjour Miriam. Vous m'attendiez, je vois.

- Je voulais vous féliciter pour avoir réglé en une demi-journée le conflit. La cellule de crise sera dissoute en fin de semaine. Le stock tampon est en passe d'être reconstitué. Mais vous le savez déjà. Et, vous n'avez pas répondu à mes sollicitations depuis votre retour de l'usine.

- Miriam, je vous l'ai dit. Je suis intervenu uniquement pour la grève. Je vous laisse le reste. Au revoir.

Il s'éloigna. Elle le rattrapa et marcha à côté de lui.

- Depuis l'accouchement, il y a de nombreux dossiers en suspens.

- Occupez-vous-en.

- Vos actions à Parisot se sont répandues comme une trainée de poudre. De nombreuses personnes souhaitent ardemment vous rencontrer.

- Elles vont être déçues. Car, je ne compte pas m'impliquer plus. Ma dernière participation sera lors du Comité de Direction pour l'abandon du projet de délocalisation.

Filippo traversa au passage piéton et remonta la coulée verte.

- Justement, lors du CODIR du 16 décembre, il y a déjà une trentaine de points inscrits.

- Je vous l'ai dit. Je n'y connais rien à la gestion d'entreprises.

- Ce n'est rien par rapport à ce que vous avez accompli avec la grève. Il faut juste prendre connaissance des dossiers et statuer.

- Miriam, faites le nécessaire pour que je vous délègue mes pouvoirs.

- Monsieur Di Maria ne…

- On n'avait pas parlé de convivialité ?

- … Filippo, ne me laissez pas tomber. Depuis plusieurs mois, Madame Piétri-Duval était aux abonnées absentes. Tout le monde me harcelait pour avoir un rendez-vous téléphonique ou une entrevue, qu'elle refusait systématiquement.

- Vous savez pourquoi maintenant.

- Oui. Je la comprends. Mais tous estiment que je filtrai à l'excès. Ma vie sociale au sein de l'entreprise est devenue difficile. Tous les employés m'évitent. Seuls les directeurs dialoguent avec moi mais ils m'en font baver. Hiérarchiquement, je ne peux pas leur dire le fond de ma pensée ni les recadrer quand ils partent en sucette, comme pendant le conflit.

- Justement, je vais vous déléguer mon pouvoir.

- Cela ne fonctionnera pas. Personne ne m'acceptera. Je suis une assistance de direction, pas un manager.

Si vous saviez qui je suis réellement, se dit Filippo.

Il entra dans la boulangerie avec la poussette.

- Bonjour Filippo, ça va ? Et la demoiselle ?

- Bonjour Chantal, ça va. J'ai essayé. Elle a adoré.

- Je vous l'avais dit. Les bébés adorent les massages après le bain. Mes filles adoraient ça. Comme d'habitude ?

- Oui. Miriam, vous aimez quoi en pâtisserie ?

- Mille-feuille.

- Vous pourriez lui en mettre un dans une boite à part. Merci Chantal. Miriam, je ne peux rien pour vous. Je vous le répète, je n'y connais rien à la gestion d'entreprise. Et puis, Amélia monopolise toute mon attention.

- Vous avez pu concilier votre fille et la résolution de la grève avec brio.

- C'était exceptionnel. Il y avait aussi urgence.

- Là aussi ! Je n'en peux plus ! Je suis en plein burn-out !

Filippo vit qu'elle était sur le point de pleurer. Il la guida vers une chaise. Il s'accroupit et lui prit les mains.

- Miriam, il ne faut pas se mettre dans un tel état. Prenez quelques jours de repos.

La patronne de la boulangerie arriva avec un verre d'eau. Elle avait suivi de loin la conversation. Miriam l'avala.

- Je ne peux pas. Regardez mon téléphone. Je suis avec vous depuis quinze minutes, j'ai eu dix appels. Cela ne s'arrête jamais, même la nuit.

- Même la nuit ?

- Oui. Nos filiales aux USA et en Asie n'ont plus que moi en tant que contact décisionnel.

- Vous ne pouvez pas déléguer ?

- À qui ? Ce ne sont que des décisions nécessitant l'aval de la plus haute autorité. Mais il n'y a personne. Votre femme ne répond plus à mes appels depuis l'accouchement. Je n'en peux plus.

Son téléphone vibra à nouveau. Miriam n'osa pas le retourner pour voir l'appelant. Filippo le lui prit.

- Filippo Di Maria.

- Euh… je cherchais à joindre Miriam Lagne.

- C'est bien son mobile. C'est à quel sujet ?

- Eddy Lombard, du service Commercial Grand Compte. Nous avons une demande urgente émanant du cabinet du ministre de la Santé. Il souhaite acquérir rapidement une tonne d'unités contre le typhus murin pour une mission au Kenya démarrant demain.

- Pourquoi appelez-vous madame Lagne ?

- Pour qu'elle nous donne son accord d'établir la cotation et d'organiser l'envoi en urgence, dès que nous aurons reçu la commande signée.

- N'est-ce pas au directeur Commercial de donner son accord ?

- Euh… il n'est pas là aujourd'hui.

- Il a bien un second ?

- Elle n'est pas là non plus.

- Ils ont bien un téléphone mobile. Contactez-les.

- Je vais me faire taper sur les doigts si je les dérange. Miriam ne pourrait pas simplement donner son accord ?

- Contactez-les en disant que vous appelez de ma part, Filippo Di Maria. Si vous n'avez pas de réponse dans les quinze minutes, rappelez Miriam. Je prendrai les choses en main.

- Euh… oui Monsieur. Au revoir.

- C'est ça les appels que vous traitez toute la journée. Mais c'est quoi cette organisation !

- Depuis que votre femme a pris de la distance, tout part à la dérive.

- Miriam, je n'y connais rien en gestion d'entreprise. Je vais avoir besoin de vous pour m'apprendre. Êtes-vous d'accord ?

Elle lui fit un énergique oui de la tête.

Est-ce vraiment moi ?

Filippo ajusta son élégant costume en s'aidant du large miroir de sa chambre. Il avait abandonné les cheveux mi-longs pour une coupe militaire. Il attrapa son carton d'invitation. Il descendit de dix étages grâce à l'ascenseur express du luxueux hôtel et il se rendit dans l'immense hall. Dans une magnifique robe de gala, Miriam vint à sa rencontre et désigna son col.

- Tu aurais pu faire un effort.

- Je déteste les cravates. Tu le sais.

- C'est une soirée importante pour notre entreprise.

- Je sais. Allons-y.

Ils se dirigèrent à l'extérieur où Pierre les attendait près d'une Maserati. Encore.

Elle les déposa au cœur de La City. Le trio passa la sécurité et monta au 35ème étage.

Ils présentèrent leurs invitations. Ils furent guidés vers le bar où une coupe de Champagne leurs fut proposée.

Filippo fut attiré par l'immense baie vitrée externe qui s'ouvrait sur Londres et ses lumières chatoyantes. Il passa la porte à tambour pour rejoindre le balcon. La vue y était incroyable.

- Sensationnelle, n'est-ce pas ?

Moulée dans une robe de soirée échancrée à la limite du raisonnable, une sculpturale brune se plaça à côté de lui. Elle but avec élégance une gorgée de sa coupe. Filippo lui répondit dans la même langue, l'anglais.

- Effectivement. C'est vraiment à faire.

- Martina Svasbraky.

Filippo savait à présent qui était en face de lui. Elle était l'actionnaire majoritaire du consortium pharmaceutique russe, Skakia, un de leurs concurrents.

- Filippo Di Maria.

- Je ne vous ai jamais rencontré.

Elle lui tendit sa carte de visite.

- C'est exact. Je suis nouveau dans ce monde.

Il lui donna la sienne.

- Voilà la raison pour laquelle je ne vois pas Émilie ce soir. Félicitations. J'espère que nous pourrons entretenir une excellente relation.

Elle lui attrapa le bras en le lovant du regard.

- Tant que nos parts de marché sont en progression par rapport aux vôtres.

Elle lui rendit son bras et se dirigea vers la porte à tambour.

- Vous êtes vraiment comme elle !

- Je le prends comme un compliment !

Il ne resta pas longtemps seul. Un homme trapu vint à côté de lui et parla aussi en anglais.

- Martina est une véritable hyène. Et son corticoïde n'est pas si efficace. Josh Mertens, des lab Globus.

- Filippo Di Maria.

À nouveau, des cartes de visite changèrent de main.

- Cela explique l'absence d'Émilie sur la négociation des gros contrats gouvernementaux. Et donc, vous voilà !

- Me voilà !

- Votre nom ne m'évoque rien dans des postes de cette envergure. J'ai pourtant une excellente mémoire concernant les personnes de pouvoirs ou aspirant aux pouvoirs.

- Je vais vous dire un secret. Je suis un ouvrier qui a été promu sur un malentendu.

L'interlocuteur de Filippo se mit à rire.

- Monsieur Di Maria, votre sens de l'humour est très… anglais ! Je suis sûr que votre parcours doit être passionnant.

Filippo s'approcha et lui parla sur le ton de la confidence, prenant un accent gallois.

- Pas vraiment. En punition, j'ai été pistonné par le pasteur de mon village. J'ai refusé sa fille. Elle était vraiment trop moche.

Son interlocuteur fut emporté par un rire sonore et puissant qui inonda la terrasse déserte. Son fou rire fut communicatif et entraîna aussi Filippo. Ils trinquèrent et entrèrent se calmer. Miriam le rejoignit.

- Que lui as-tu raconté pour le faire pleurer de rire ? Il est réputé pour être assommant.

Il reprit l'accent gallois.

- Ma sœur, voguons à nos affaires.

Elle ne put s'empêcher de sourire en le suivant vers un attroupement.

Filippo passa la soirée à discuter et à échanger avec les patrons des sociétés pharmaceutiques concurrents, les représentants des structures médicales européens et de différentes institutions privées ou gouvernementales. L'objectif principal était de montrer que le Groupe qu'il présidait était présent et en bonne forme. Des bruits insistants laissaient entendre que l'entreprise était en difficulté. Il est vrai qu'ils avaient été absents de certains appels d'offres majeurs.

Filippo avait dû se concentrer sur l'organisation interne qui était partie à la dérive depuis quelques années. Il n'avait pas chômé en six mois.

Son plus grand stress avait été son passage devant le Conseil d'Administration extraordinaire, quatre jours après sa décision de prendre le poste à plein temps. Les pouvoirs transférés par Émilie devaient être légitimés officiellement. Miriam l'avait préparé intensivement et du mieux qu'elle avait pu. À leur grand étonnement, l'actionnariat valida unanimement son investiture en cinq minutes, chrono en main.

Filippo n'avait même pas eu à s'exprimer. Il avait compris que les actes et surtout les résultats étaient la seule chose qui importait. Alors, il s'était mis au travail.

Il avait recadré Mathieu Goupard, le directeur Commercial. En explorant les contrats signés par son entremise, Filippo s'était rendu compte de la très grande liberté qui avait été prise au détriment des clients. Au passage, il s'attribuait aussi des commissions devant être reversées à ses équipes. Bien que les éléments à charge étaient suffisants pour se séparer de lui. Filippo avait préféré s'expliquer entre quatre yeux et lui donner une chance. Et, le service Commercial s'était remis en ordre de marche pour le plus grand plaisir de ses membres, et indirectement de ses clients.

Il s'était concentré ensuite sur Robert Chaniac, le directeur RH. À ses yeux, il n'était pas à la hauteur de son poste, pas à cause de ses compétences mais de sa profonde suffisance et de ses racines aristocratiques. Alors, il le challengea par petites touches, l'entrainant dans des défis de plus en plus loin de sa zone de confort. Et à son grand étonnement, cela eut l'effet escompté. Même s'il restait encore beaucoup de travail, leur réputation commençait à s'inverser positivement, poussé par son ouverture d'esprit.

Le service Financier, en la personne d'Édouard Echerbay, avait eu aussi besoin de son intervention. Filippo avait été pris à partie par les Commissaires aux comptes. Ils avaient trouvé un certain nombre d'anomalies inquiétantes démontrant une gestion hasardeuse et peu en phases avec les standards actuels. Avec l'assistance de Miriam et d'un cabinet externe, Filippo avait lancé un grand audit sur l'ensemble de la branche financière. Il s'avéra que le manque de formations et de sang neufs dans ce service avait mené à une atrophie des compétences et des méthodes de travail. Il avait alors engagé un vaste programme de revues des connaissances et de recrutements. Ce chantier était un des deux gros dossiers en cours.

L'autre était l'informatique. Son directeur, Jean Gouelips, était jeune et bardé de diplômes. L'infrastructure était d'un autre temps et il n'avait pas osé y apporter des modifications à cause de la criticité de nombreux systèmes. En plus, il ne savait pas vendre l'importance et la centralité de son service. Il n'avait jamais pu obtenir de lignes budgétaires pour investir. Mais une panne attira l'attention de Filippo. En visitant la salle informatique, il prit la mesure de la vétusté et des anciennes technologies employées. Filippo exigea un plan d'urgence en lui donnant comme objectif la performance, la redondance, la sécurité et l'évolution. Il intégra Excellium pour ajouter une couche cyberdéfense. Il en profita aussi pour élever les gammes des équipements à destination des utilisateurs et rationaliser les besoins. Ce projet eut un effet bénéfique sur son directeur. Il intervint beaucoup plus dans les CODIR pour faire entendre sa voix et faire progresser les outils.

Par contre, on y entendait beaucoup trop Stéphane Lacroix, directeur Recherche et Développement. Il donna son avis sur tout et rien, sous prétexte que son service était le cœur de l'entreprise. Sans ses recherches médicamenteuses et ses développements d'équipements médicaux, la société ne pourrait pas vivre selon ces dires. Filippo dut intervenir quand il devint médisant et méprisant envers les autres. Il le convoqua dans son bureau et lui expliqua sa vision du travail en équipe. La discussion fut houleuse car son interlocuteur était pédant et usait sans vergogne de terme volontairement incompréhensible pour un néophyte. Filippo en fit un de ses plus gros challenges personnels. Il arriva à lui démontrer que sans les autres services, le sien ne pouvait pas non plus vivre. Alors son discours devint plus respectueux.

Il dut aussi s'attaquer au sous-département Lobbying du service Marketing, mené par sa directrice Martha Pirat. Il fut pris à partie lors de sa participation à un évènement. On reprocha au Groupe de se livrer à des pressions sur des sociétés privées et publics pour forcer les achats. Il absorba les critiques et il les posa devant Martha. Elle en reconnut presque la totalité, arguant que ces méthodes étaient communes dans la profession. Il lui dit qu'ils ne devaient pas être une entreprise comme les autres. Ils devaient se démarquer et montrer leur différence. Filippo voulait s'orienter vers une démarche respectueuse et transparente dans ses activités de lobbying. Il ne lui cacha pas qu'il aimerait plutôt dépenser de l'argent en faveur de programmes à destination des malades ou de la recherche. Il fut surpris d'entendre qu'elle était de son avis et qu'un tel virage serait bénéfique pour leur image aux yeux de la clientèle et du monde médical. Alors, elle lui présenta un plan d'actions et de communication qui l'enthousiasma.

Il avait dû s'occuper de nombreux autres dossiers du Siège et des filiales. Mais les résultats étaient là. Les employés étaient ravis d'avoir retrouvé un PDG disponible à leur tête.

Aujourd'hui était le premier jalon pour faire un travail similaire à l'extérieur de l'entreprise.

Il y avait aussi un deuxième objectif en la personne qui avait observé Filippo toute la soirée mais était restée à distance jusqu'à présent. Il intégra discrètement le groupe formé autour de lui. Ce dernier vit le signe de Pierre. Il n'interrompit pas sa conversation vantant leurs produits et dissertant sur l'efficacité et l'efficience médicamenteuse.

Il avait beaucoup lu d'ouvrages issus de la bibliothèque d'Émilie. Plusieurs fois, il avait surpris Miriam et les directeurs par ses remarques pertinentes sur le sujet. Il avait aussi dévoré livres et revues conseillées par sa secrétaire sur de nombreux thèmes autour de la gestion d'entreprises.

Filippo conclut la discussion par une pirouette sur un besoin pressant, faisant rire l'assemblée. Puis il se dirigea vers les toilettes. Il en ressortit rapidement car ce n'était qu'un prétexte pour se débarrasser de son audience. Il attrapa une coupe de Champagne au bar et il alla sur la terrasse externe. Et comme il l'espérait, l'homme le rejoignit. Il s'exprima en français.

- Cette vue à 360° de Londres est vraiment unique.

- Je vous crois sans mal. Filippo Di Maria.

Il lui tendit sa carte. Il en reçut une en échange.

- Mike Percy. J'ai été très étonné par la disparition soudaine d'Émilie. Elle aimait tant gérer et faire fructifier son Groupe.

- Sa vie a pris un tournant inattendu. Alors, elle a souhaité recadrer ses priorités et s'accorder plus de temps pour elle-même.

- Ah. C'est quand même bizarre qu'elle ne m'en ait pas parlé.

- Pardonnez-moi mais pourquoi l'aurait-elle fait ?

- Ah oui, vous êtes nouveau dans le monde pharmaceutique. Je suis le cousin de sa grand-mère et co-fondateur du Groupe Piétri-Duval.

- Vraiment ? Je ne me souviens pas d'avoir vu votre nom dans les statuts de l'entreprise.

Filippo vit les efforts faits par Mike pour dissimuler sa rage derrière un masque d'indifférence.

- À l'époque, une parole avait plus de valeur qu'un écrit.

- C'est vrai. Mais il est dommage que vous n'ayez pas eu cet écrit. Le Groupe a pris beaucoup d'ampleur depuis son regroupement en une seule entité juridique. Vous auriez pu participer à son développement et en récolter les fruits.

Filippo vit qu'il appuyait là où il fallait.

- J'ai été surpris d'entendre que vous avez accédé au poste d'Émilie par un pouvoir qu'elle avait fait à votre attention.

Il a donc bien une taupe parmi les directeurs, se dit Filippo.

- C'est exact. J'ai moi-même été très surpris. J'ai beaucoup hésité avant d'accepter. Mais la conjoncture m'y a forcé.

- La grève à l'usine de Parisot. D'ailleurs, vous l'avez maté en un temps record.

- J'ai eu de la chance.

- De la chance ? Cela ne ressemble pas à ça. Vous semblez très habile dans le management humain.

- Vous me flattez. Mais ce n'est que du dialogue et du respect.

- Émilie a choisi sagement son successeur.

La lueur dans ses yeux hurlait le contraire.

- Merci.

- Êtes-vous en contact avec elle ? Je n'arrive pas à la joindre depuis plus de six mois. Je commence sérieusement à m'inquiéter.

- Je vous rassure. J'échange régulièrement avec elle. Elle se déplace à travers le monde. Honnêtement, je ne sais pas ce qu'elle recherche mais sa situation actuelle semble la satisfaire. Oh, ma secrétaire m'appelle. Monsieur Percy, cela a été un plaisir de vous rencontrer.

- De même, monsieur Di Maria.

Ils échangèrent une poignée de main. Filippo passa la porte à tambour et emboita le pas à Miriam. Pierre les attendait près de l'ascenseur. Ils s'y engouffrèrent quelques instants plus tard. La voiture les ramena à leur point de départ. Miriam prit congé en donnant rendez-vous demain matin à son patron. Elle lui rappela que leur vol retour était à 7 h 35.

Filippo rejoignit sa chambre accompagnée de Pierre. Le garde du corps ferma la porte derrière eux et il s'installa près de Filippo, en train de composer un numéro de téléphone.

- Bonsoir Hector.

- Bonsoir Filippo.

- Avez-vous suivi la conversation ? Pour moi, il est notre homme. Cela ne fait aucun doute !

- Ton instinct a vu juste. Il est en possession d'informations diffusées sous protocole de confidentialité. Le plus dur est à venir. Il faut déterminer son ou ses contacts parmi les sept personnes dans la confidence.

- Six. Miriam est à exclure. Le but est surement de prendre possession du Groupe. J'ai contrecarré son plan d'affaiblir l'entreprise par la grève de l'usine de Parisot. Pourquoi Miriam serait-elle venue me rechercher et me former au poste de PDG ?

- J'entends tes arguments. Mais nous devons la garder comme suspect. Nous ne pouvons pas exclure que l'informateur soit peut-être dans son entourage, par exemple familial. Je ne mets pas en cause sa loyauté. Mais parler à son conjoint ou à une amie d'une journée de folie, pour justifier de ses horaires extrêmement, est dans l'ordre du possible. Nous ne sommes que des humains.

- Je comprends.

- Le bon point est qu'il ne semble pas au courant pour Madame Piétri-Duval ou ta fille.

- Cela confirme la mise hors soupçon de Miriam. Elle est la seule à savoir qu'Amélia est sa fille ou que nous sommes mariés.

- C'est un argument qui va dans ton sens, je te l'accorde. Pour corroborer ta discussion de ce soir, nous allons mettre en place une cellule de contremesures et continuer de laisser des traces de Madame Piétri-Duval. Nous devons aussi complexifier et sécuriser tes visites à l'hôpital. Car s'il te fait suivre, il pourrait remonter jusqu'à elle. De notre côté, nous allons élever le niveau de sécurité autour de toi, sans impact visible, je te rassure. Il est vraiment dommage que nous ne puissions pas administrer son traitement dans un environnement maitrisé et hors de cet hôpital public.

- Le Professeur Mercan a été malheureusement clair. Le traitement est expérimental et nécessite des ajustements quotidiens qui ne peuvent être faits que par le personnel local. Bien qu'il commence à porter ses fruits de manière concrète sur le cortex cérébral, la rémission sera longue.

- Nous allons faire une enquête poussée sans éveiller son attention. Mais il est possible que nous soyons obligés de sortir du cadre légal de la loi.

- Faites ce que vous avez à faire. J'ai lu dans ses yeux qu'il fera tout ce qu'il faut pour prendre ce qu'il croit être à lui. J'espère seulement qu'il ne passera pas à des actes plus brutaux, plus physiques.

- Tu penses qu'il en est à ce point ?

- Il rumine et se sent lésé depuis la fondation en 1985. Il y a de quoi emmagasiner un sacré tas de rancœur. J'attends beaucoup de votre enquête.

- Connaissant la cible, elle devrait être beaucoup moins longue que la première. Il faut reconnaitre qu'il sait habilement se masquer. Sans un concours de circonstances en notre faveur, nous n'aurions pas pu remonter jusqu'à lui.

- Justement, cela m'inquiète encore plus. Il lui suffirait de gratter le vernis autour de moi pour découvrir la vérité et me mettre à terre. Il n'y aurait plus personne pour protéger l'entreprise.

- Ne t'inquiète pas. Nous avons déjà tout verrouillé de ce côté.

- Que veux-tu dire ?

- Après notre première rencontre, nous t'avons fabriqué un passé en correspondance avec ton présent actuel et laissé des traces suffisamment éparses pour qu'un enquêteur puisse reconstruire le passé fictif mis en place. Je te communiquerai son contenu.

- Tu aurais dû le faire plutôt ! Aujourd'hui, j'ai dû esquiver les interrogations sur mon parcours.

- Je m'en excuse. Comment souhaites-tu que nous opérions pour identifier l'informateur et son implication avec K ?

- J'adore ce nom de code ! Ça fait vraiment opération secrète ! C'est nouveau pour moi tout ça ! J'ai déjà quelque chose en tête et notre premier directeur a testé.

Ils atterrirent à Toulouse à l'heure. Et comme à l'aller, ils traversèrent les contrôles à vitesse grande V. Un membre de l'aéroport et deux gardes du corps attendaient dans la passerelle de débarquement et les prirent en charge jusqu'aux voitures, des Maserati bien sûr.

Le transfert ne dura pas plus de quinze minutes, ce qui est quand même un exploit. Dans le véhicule, Filippo dit à Pierre qu'ils en faisaient vraiment trop. Il rétorqua qu'ils auraient dû faire mieux. Filippo tenta de prendre Miriam à témoin mais elle s'esquiva amuser, comme d'habitude.

Ils furent déposés trente minutes plus tard devant l'entrée et les voitures quittèrent rapidement la cour intérieure. Pierre les abandonna ici et se dirigea vers le poste de sécurité, son domicile. Filippo et Miriam se rendirent à leurs bureaux. Sur le chemin, de nombreux employés les saluèrent. Ils furent accueillis par Sandra, l'assistante de Miriam. Filippo les laissa débriefés et pénétra dans son bureau. Il sortit de son sac à dos, son ordinateur portable et quelques dossiers. Il alluma son poste radio installé près de ses écrans puis il se mit au travail.

Comme d'habitude, ce fut Miriam qui le força à prendre une pause déjeuner. Elle déposa leurs repas commandés sur la table rectangulaire. Car dès le début, il lui avait imposé de manger avec lui si elle le forçait ainsi. Et au fur et à mesure, les directeurs s'étaient joints à eux, selon leurs propres occupations et envies. Le maitre mot de Filippo était convivialité. Lors de ces moments, il y avait une seule règle, on ne parlait pas boulot.

Cela lui permit de connaitre les personnes derrière les fonctions et d'établir des liens. Ils se découvrirent même entre eux, travaillant pourtant ensemble depuis plusieurs années. Miriam l'appelait l'effet Filippo.

Après le repas, Filippo sécha la grande table pour la réunion à venir. Il était tant de lancer l'appât et de voir si le poisson allait mordre. Edouard Echerbay fut annoncé par Miriam. Il entra et s'installa à l'invitation de Filippo. Il posa quelques dossiers et son ordinateur. Filippo le rejoignit avec le sien.

- Bien, je t'écoute.

- Comme tu me l'as demandé et sous le sein de la confidentialité, j'ai cherché un moyen de renforcer notre présence sur le marché sud-américain où nous sommes peu connus. Deux options sortent du lot, faire un partenariat avec un grand labo ou un groupe pharma. Ou faire leur acquisition partielle ou totale.

- Avons-nous les fonds pour une acquisition ?

- Nous pouvons mobiliser en fond propre jusqu'à cinq-cent-millions d'euros. Au-delà, nous devrons opter pour une vente de nos actions ou contracter un prêt.

- Et notre capacité d'emprunt ?

- Le regroupement en une seule entité juridique a été effectué pour absorber les pertes de la branche Pharma-Pro et ne plus avoir recours aux banques. Charlotte Piétri-Duval ne voulait pas d'endettement. Mais je me renseignerai.

- Dans la plus grande discrétion, bien sûr. As-tu procédé à une sélection des candidats potentiels ?

Édouard lui tendit un dossier.

- Notre meilleur choix serait le laboratoire argentin Riberao. Ils sont en difficultés financières. Ils ont placé tous leurs actifs dans le développement d'un nouveau traitement de la maladie de Chagas. Malgré un premier brevet prometteur avec la molécule Benznidazole, il est apparu rapidement des résistances faisant fondre leur revenu.

- Et leur nouveau traitement ?

- Ils prétendent pouvoir aboutir, d'ici un ou deux ans.

- Et la maladie ?

- Pouvant être mortelle, elle touche huit à dix-millions de personnes en Amérique centrales et du Sud. Et potentiellement 25 %, soit cent-millions d'autres, peuvent être exposés à une possibilité forte de contracter la maladie.

Filippo parcourut le contenu du dossier. Puis il plaça les mains derrière la tête. Il avait lancé Édouard sur ce projet pour déterminer ou non son implication avec K. Il n'avait pas prévu de s'engager dans ce type d'action, bien au-delà de ses compétences. Mais il était en train de voir le potentiel en matière d'images, de développements à l'étranger, et accessoirement, de chiffres d'affaires.

- OK. Fais ce qu'il faut pour déterminer si l'opération est viable. Édouard, excellent travail.

- Merci Filippo.

Édouard sortit avec le sourire aux lèvres, heureux d'avoir marqué des points avec son patron.

Filippo téléphona à Pierre. Il lui commanda une enquête sur le laboratoire en question et il l'informa qu'il irait à l'hôpital, voir Émilie avec Amélia. Puis il demanda à Miriam de planifier une réunion demain matin avec Stéphane Lacroix, Directeur Recherche et Développement.

Il rangea ses affaires. Il rappela à Miriam qu'elle devait aussi rentrer tôt puis il se rendit à la maison.

Quand il avait décidé de prendre le poste de PDG à plein temps, il s'était vite rendu compte qu'il ne pourrait pas gérer seul Amélia. Il avait laissé Pierre recruter une assistante maternelle. La sélection avait été complexe. Car au-delà de ses compétences professionnelles, la candidate devait répondre à tous les critères de sécurité et de contraintes horaires. Elle devait s'accommoder aussi de la présence continue de Camille, la garde du corps d'Amélia.

Mais ils avaient déniché la perle rare en Inaya, quinquagénaire pétillante, très expérimentée et possédant plusieurs diplômes universitaires autour de la petite enfance. Elle donnait de nombreux conseils à Filippo et lui programmait des activités avec Amélia pour stimuler son développement affectif, intellectuel et social.

Il les trouva dans le salon où Inaya avait colonisé l'espace devant le canapé. Un parc bébé y avait été installé ainsi qu'un large tapis d'éveil. Des jouets étaient éparpillés sur le sol, rendant cette pièce vivante.

Il salua Camille et lui imposa le silence. Elle sourit puis prit congé sachant ce qu'il allait faire.

Il se mit à quatre pattes et s'approcha doucement d'Amélia, assise de dos et appuyée sur Inaya. Il déposa un bisou sonore sur sa joue. Surprise, elle lâcha le lapin en bois qu'elle tenait. Un large sourire se dessina sur son visage. Elle gazouilla puis elle tendit les bras vers lui. Ils se firent un gros câlin. Il ne s'était pas vu depuis une journée.

Il la rassit pour qu'elle puisse accéder à nouveau aux jouets puis il discuta avec l'assistante maternelle. Cette dernière lui raconta les moments manqués puis elle prit congé en prenant connaissance du planning à venir. Il lui dit reprendre les horaires habituels et lui donna rendez-vous demain à 7 h.

Filippo quittait généralement le bureau à 17 h 30 et continuait de travailler de la maison selon les activités programmées par Inaya. Dans tous les cas, Amélia passait toujours avant tout le reste. Miriam et l'ensemble de ses interlocuteurs le savaient et attendaient qu'il reprenne contact avec eux.

Ils jouèrent puis ils allèrent voir Émilie. Il avait espacé les visites pour Amélia à une par quinzaine. Il en avait parlé à mots couverts avec Inaya, bien qu'elle ait signé un protocole de confidentialité. Elle lui avait conseillé ce rythme plutôt que le sien.

Lui y allait au moins tous les deux jours. Il ne voulait pas le reconnaitre mais il était en manque au-delà. Elle était à ses yeux comme la belle au bois dormant attendant son prince charmant. Mais il ne pouvait pas se voir dans ce rôle. Il était conscient de leur différence de statut et de milieu. Il savait qu'à son réveil, chacun réintègrerait son monde clos et inaccessible. Mais il était un humain, il espérait.

Il lui raconta longuement son voyage à Londres et les bons contacts qu'il y avait noués. Il lui parla aussi de K et de son plan pour mettre à l'abri le Groupe de ses attaques.

Filippo ferma son manteau. L'air était frais et la météo mitigée. Pierre l'invita à pénétrer dans la deuxième Maserati noire. Filippo s'y engouffra. Les véhicules démarrèrent et se dirigèrent vers leur destination à une heure de là, au luxueux hôtel Hilton de Buenos Aires.

Accompagné de Pierre, Filippo venait de passer 16 h 30 dans les avions. C'était un record personnel de durée mais aussi de distance.

Il regarda ce pays qui était au centre de son attention depuis quatre mois. Le projet avait traversé toutes les étapes critiques avec succès et avait obtenu le feu vert du Conseil d'Administration.

Il était devenu depuis un mois, un projet officiel sur lequel il avait communiqué en interne. Il n'y en avait pas eu d'aussi ambitieux depuis la fondation de l'entreprise. L'adhésion des employés avait été immédiate. Tous étaient conscients de l'impact qu'aurait sur eux, ce laboratoire situé à l'autre bout de la planète.

Mais il restait encore une étape décisive à passer, convaincre son propriétaire. Filippo était en Argentine pour cela. Il comptait bien réussir.

Le convoi des Maserati s'arrêta devant la majestueuse entrée de l'hôtel. L'équipe de sécurité argentine organisée par Pierre avait tout pris en main. Il prit possession de sa suite dans un temps record, sans même avoir vu un membre du personnel.

Il se doucha longuement, s'habilla décontracter et sortit de sa chambre. Un garde du corps le guida jusqu'à une salle de réunion. Elle était leur quartier général depuis deux mois. Il y trouva Stéphane Lacroix et Édouard Echerbay. Ils avaient chacun amené avec eux deux collaborateurs. Il y avait aussi des Argentins recrutés localement. Il les salua tous.

Après les politesses, ils lui firent un compte rendu détaillé de la situation, des écueils à venir et du profil complet du propriétaire. Ils lui confirmèrent que la rencontre avec ce dernier aura bien lieu ce soir lors d'un dîner organisé à l'hôtel. Filippo les félicita et les somma de prendre un peu de repos jusqu'à l'ultime briefing prévu à 20 h, deux heures avant le repas.

Il savait qu'ils avaient fourni un gros travail pour analyser la viabilité et l'intérêt du laboratoire Riberao, tout cela à partir de documents publics. Stéphane avait étudié leurs précédentes publications, comparé les équipes de développement, leurs processus et protocoles. Chercheur et professeur universitaire, le propriétaire s'était entouré d'un groupe jeune, autonome, motivé et talentueux. Stéphane avait fait des recommandations et émis le souhait de pouvoir les recruter les cas échéants. Édouard avait disséqué avec finesse leur bilan financier et évalué un juste prix d'investissement selon l'option que Filippo choisirait.

Précédé de Pierre, Filippo entra dans le restaurant de l'hôtel. Ils furent guidés jusqu'à la table réservée à son nom. Comme à son habitude, Pierre se mit en retrait, observant les allées et venues.

Filippo s'installa. Son invité n'était pas encore arrivé. Son téléphone vibra. Inaya venait de lui envoyer une vidéo. Il se repassa le film plusieurs fois. Il prit conscience qu'une personne se tenait devant lui. Il se leva et il s'adressa à lui en espagnol.

- Pardonnez-moi. J'ai reçu une vidéo de ma fille qui faisait ses premiers pas. Enchanté, Filippo Di Maria, PDG du Groupe Piétri-Duval.

- Bonjour, je suis Lucas Moueres, propriétaire du laboratoire Riberao. Vous désiriez me rencontrer.

- En effet. Voulez-vous commander et parler en mangeant ?

- Je préfèrerais connaitre l'objet de cette rencontre.

Il lui fit signe de prendre place. Il s'assit à son tour.

- Notre Groupe n'est pas présent en Amérique du Sud. Je souhaiterai l'y implanter. Mais pas n'importe comment. Je désire acquérir ou nous associer avec une entreprise qui a un vrai projet et un impact fort. Votre laboratoire correspond à ma vision. Votre expertise sur la maladie de Chagas est indéniable et serait un formidable et prestigieux tremplin pour nous faire connaitre sur la scène locale mais aussi internationale. On ne parle de groupes comme le nôtre qu'en termes de machine à engranger des bénéfices, en vendant les produits à des prix prohibitifs. Je souhaiterai faire de la future molécule un médicament phare sur laquelle la marge sera réduite au minimum pour autofinancer sa fabrication et qu'un pourcentage sera utilisé pour constituer un fond à destination des malades.

- Mais comment gagnerez-vous de l'argent ?

- Ce n'est pas le but de mon projet. Mon objectif est d'attirer l'attention sur notre démarche, et par extension, sur l'excellence de nos produits.

- Bien que votre idée soit louable, votre business plan est hasardeux. Cela ne fonctionnera pas.

- J'ai pleinement confiance dans la capacité de votre équipe et dans votre laboratoire à créer une molécule de qualité.

- La confiance est une denrée rare qui n'a pas lieu d'être dans le business. De toute façon, mon laboratoire n'est pas à vendre.

- Si vous ne souhaitez pas vendre, nous pouvons envisager un partenariat.

- Je ne veux pas m'allier avec votre Groupe.

- Puis-je connaitre la raison d'une décision si rapide et ferme ? Nous n'avons même pas parlé de notre apport au-delà de l'argent.

- Je ne veux pas avoir à faire avec un Groupe qui vampirise et dépouille des petits laboratoires comme le mien.

- Notre Groupe n'a pas fait d'acquisitions ni de partenariat depuis sa création.

- Il s'est bâti dessus.

- Que voulez-vous dire ?

- On m'a raconté comment votre Groupe s'est constitué et les dégâts qui en ont résulté. Je ne permettrai jamais que cela arrive à mon laboratoire. Monsieur Di Maria, choisissez une autre proie. Au revoir.

Le propriétaire se leva et se dirigea vers la sortie. Filippo le rattrapa suivi de Pierre.

- Professeur Moueres, je souhaiterais connaitre qui vous a raconté cela. Nous faisons face depuis plusieurs mois à des attaques malveillantes pour nous décrédibiliser. Nous savons depuis très longtemps qui tire les ficelles. Mais prouver ses agissements et l'amener sur le terrain de la loi est beaucoup plus complexe.

- Quoi qu'il en soit, je ne veux pas m'impliquer avec une entreprise avec ces difficultés. Cela démontre aussi que vous manquez d'expériences.

- Votre informateur a bien fait son travail. Marchez avec moi et laissez-moi vous raconter ma vérité. N'ayez pas qu'une seule source d'informations et laissez passer une opportunité de développer votre laboratoire.

- Soit, je vous accorde quinze minutes.

Filippo l'invita en direction du Rio Dique puis ils se dirigèrent vers la promenade longeant le port nautique.

Lucas fut pris d'un fou rire en voyant la tête de Filippo. Ce dernier avala un verre d'eau sans s'arrêter. Cela faisait trois Fernet Branca coca qu'il buvait d'un trait. Et, chaque fois, sa gorge était consumée par l'alcool à 40°, entrainant une grimace et une détresse hilarante sur le visage du PDG.

Filippo se tourna vers Pierre. Il était à la place où aurait dû se tenir le barman de l'hôtel. Il se retenait aussi de ne pas rigoler. Filippo s'exprima en espagnol.

- Et ça te fait rire ! T'es censé me soutenir ! T'es un faux jeton !

- T'en prends pas à lui, mon ami. C'est avec moi que tu bois.

- Toi au moins, tu assumes. Lui, il rit sous cape. Je l'ai vu.

- Tu vas faire quoi en rentrant en France ?

- Je vais faire un énorme câlin à ma fille. Puis j'irai voir Émilie. Je lui prendrai la main et je lui raconterai mon voyage en Argentine. Je lui dirai que tu m'as saoulé au Fernet Branca !

- Des études ont montré que les patients comateux percevaient les voix familières. Tu crois qu'elle t'entend ?

- J'espère que là où est son esprit, elle ressent la chaleur de ma main. Si elle pouvait juste ouvrir ses magnifiques yeux verts, je serais l'homme le plus heureux du monde. Et, j'ai vraiment envie de voir mère et fille jouer ensemble et être heureuse.

Lucas prit Filippo dans ses bras.

- Mec, c'est tout ce que je te souhaite.

- Merci Lucas.

- Pour le business…

- Je suis arrivé ce matin. Je repars dans cinq jours. Réfléchis à ma proposition tranquillement. Renseigne-toi sur nous. Interroge ton informateur. Compare nos versions. Ne laisse rien au hasard. Et si tu veux plus d'éléments, nous te les donnerons sans censure ni restriction. C'est ainsi qu'agissent des partenaires !

- Tu sais que tu es hallucinant ! Tu n'as pas peur que je lui balance tout ?

- Si. Et, j'ai vraiment peur qu'il décide de faire du mal à Émilie et à Amélia pour prendre l'entreprise plus rapidement. Mais, j'ai confiance en la vie et dans les gens.

- C'est ton plus gros défaut !

- Moi, je dirai que c'est mon plus gros atout. Sans confiance dans les autres, tu ne peux pas tisser de liens ni trouver le bonheur.

- T'es vraiment un mec à part, Filippo.

- Lucas, là, je vais aller me coucher. Le Fernet Branca, ce n'est vraiment pas mon truc. Pierre, fais le nécessaire pour que mon ami rentre chez lui en sécurité.

La dernière phrase fut exprimée en français car son garde du corps ne comprenait pas l'espagnol.

Pierre fit signe à un de ses hommes interdisant l'accès au bar. Il lui donna des consignes en anglais. Il convia Lucas à le suivre. Pierre accompagna Filippo jusqu'à sa chambre. Filippo retira ses chaussures et tomba comme une masse dans l'immense lit. Il nota qu'il était presque 5 h du matin avant de sombrer dans le sommeil.

La journée fut pénible pour lui, à cause de la gucule de bois. Il fit quand même un compte rendu à son équipe en leur donnant des consignes strictes. Ils devaient coopérer sans restriction.

Il eut une autre réunion avec Pierre et Hector. Il leur fit part de l'intervention de K pour faire capoter le projet. Hector lui apprit que leur cible était en Suisse dans un symposium. Il n'était donc pas l'informateur. Lucas lui avait dévoilé qu'un Européen, parlant anglais, était venu à son laboratoire. C'était surement un homme de paille dont il sera difficile d'obtenir des renseignements. Ils devaient abandonner cette piste. Filippo leur dit aussi avoir révélé à Lucas de nombreuses choses pour gagner sa confiance. Il le devait sinon aucune discussion n'aurait pu être établie. Il conclut cette réunion et retourna dans sa suite pour travailler. Car même si la France était loin, il était sollicité de toute part.

Il passa les jours suivants à visiter des locaux pour s'implanter, rencontrer des membres de diverses institutions privées et gouvernementales, visiter l'université de médecine et participer à un forum sur la santé.

Il s'arrêta au bar de l'hôtel accompagné de Pierre. Il sirota son café avant de prendre la direction dc l'aéroport où son avion pour Paris partait dans trois heures.

Il avait échoué.

Lucas Moueres n'avait pas pris contact avec lui ni demandé d'informations. Il avait mis beaucoup d'espoirs dans ce projet. Personnellement, cet échec lui minait le moral. Mais ils faisaient partie de la vie. Il fallait les accepter, les surmonter et poursuivre sa route.

Les deux Maserati se garèrent devant l'entrée. Leurs bagages y furent chargés et l'on vint les chercher. Ils passèrent l'immense porte à tambour.

- Filippo ! Filippo !

Filippo se retourna et aperçut Lucas Moueres sortant d'un taxi. Il fit de grands signes et se mit à courir dans sa direction. Pierre intervint avant que les autres gardes maitrisent l'homme.

- Lucas, te voir avant de rentrer me fait plaisir.

- Tu partais sans dire au revoir ?

Pierre lui désigna sa montre.

- Je ne voulais pas que tu te méprennes sur mes intentions. Lucas, j'espère sincèrement que les travaux de ton labo aboutiront et que tu trouveras les fonds pour continuer. Si un jour tu passes en Europe, appelle-moi. Porte-toi bien.

Filippo serra chaleureusement la main de Lucas et il se dirigea vers la porte ouverte de la voiture.

- Ça y est, t'as fini ?

- Quoi ?

- On le fait ce business ?

- Sérieux ?

- Je veux travailler avec personne d'autre ! Va prendre ton avion et retrouver tes femmes. Dis à tes gars de venir au labo cet après-midi.

Ils se firent une accolade. Filippo monta dans le véhicule, suivi par Pierre. Les Maserati filèrent vers l'aéroport.

Toute la partie administrative fut bouclée en un mois. Dans la foulée, le contrat d'acquisition à hauteur de 45 % fut signé à Buenos Aires par Filippo.

L'équipe de recherche locale délégua les fastidieux traitements statistiques des essais cliniques aux Français beaucoup mieux dotés en équipements. Cela abaissa à six mois le temps estimé pour le démarrage des tests de phase II sur les humains.

Petit à petit, Filippo passa la main de la gestion du projet pour se concentrer sur la partie communication avec le service Marketing.

Ils créèrent une campagne internationale multisupport validée en CODIR et commencèrent à la diffuser. À cela s'ajoutèrent des interviews publiés dans des magazines médicaux et grand public, pour mettre en valeur le laboratoire Riberao et le partenariat avec le Groupe.

La compagne eut un franc succès. Et comme prévu par Filippo, le chiffre d'affaires des autres produits de la compagnie augmenta de façon exponentielle.

Il restait toujours un point dont il ne parvenait pas à se débarrasser, K. Il l'avait muselé avec le partenariat argentin et réduit au silence avec la campagne mondiale de communication. Mais il était intimement convaincu que le retour de flammes sera intense et destructeur.

Malgré l'énorme travail d'Hector et de son équipe, ils n'arrivaient pas à restreindre son pouvoir de dangers. K avait tissé des liens forts dans tous les milieux et bénéficiait de fonds conséquents. Il mettait toujours une barrière en travers de leur route. Il était un poisson glissant et insaisissable.

Mais contre toute attente, une éclaircie se dessina mi-décembre après une banale réunion du Comité de Direction.

- … campagne bat son plein aux USA, où nous avons une excellente réponse de la communauté médicale.

- Merci Martha. Nous avons fini avec le CR du Marketing. Merci à tous pour vos CR. Ce comité est donc clos.

Filippo se leva imité par l'ensemble de ses directeurs et il alla vers son bureau. Il fut rattrapé par la directrice Logistique.

- Pourrais-je te parler en privé ?

- Bien sûr, Violaine.

Il la fit entrer et l'invita à s'asseoir. Il lui proposa un café mais elle refusa. Elle posa une lettre sur la table basse les séparant.

- Voici ma démission. Je souhaiterais quitter mon poste immédiatement.

Filippo la regarda extrêmement surpris.

- C'est très soudain. Pourquoi ?

- Je dois juste quitter mon poste aussi vite que possible.

- Violaine, il me faut au moins une raison pour me séparer d'un bon élément comme toi.

Il fut pris au dépourvu quand il vit des larmes coulées sur ses joues. Il n'aurait jamais pensé qu'une personne forte comme elle pourrait perdre son contrôle. Il fit le tour et s'assit à côté d'elle en lui présentant une boite de mouchoirs. Elle essuya ses yeux.

- Filippo, je ne veux pas faire de mal à l'entreprise.

- Violaine, pourquoi dis-tu ça ?

- On me demande de faire des choses pour surement nuire au Groupe.

Filippo comprit aussitôt.

- Qu'est-ce qu'on te demande de faire ?

Elle sortit de sa poche une banale clé USB.

- La mettre sur un des serveurs de notre salle informatique.

Filippo prit son mobile.

- Pierre, élève immédiatement le niveau de sécurité de tous nos sites. Notre réseau IT est la cible d'une attaque. Oui. Viens dans mon bureau.

- Je ne voulais pas. Mais ils me font chanter. Je ne savais plus quoi faire.

- Violaine, tu as fait ce qu'il fallait. Quand devais-tu le faire ?

- Aujourd'hui. Je l'ai reçu dans le courrier de ce matin avant d'entrer en comité. Il n'y avait pas d'expéditeur.

- L'as-tu branché sur un ordinateur pour voir son contenu ?

- Bien sûr que non ! J'ai suivi les formations sur la sécurité !

On frappa à la porte. Pierre entra sans préambule, le téléphone à l'oreille.

- Oui. En alerte rouge. Désactivation immédiate de tous les badges d'accès aux salles informatique, sauf les nôtres, et visite immédiate des salles. Je veux un rapport dans les dix minutes. Passage en mode protection, de toute l'infra pare-feux avec isolation par type d'équipement et par zones. Activation de la cellule de cyberdéfense. Désactivation du cloning et mise en sécurité des infrastructures de PRI primaire et secondaire. Oui, je confirme. Seuls les infra tertiaire et quaternaire restent en ligne.

Il raccrocha.

- Ouah ! Je ne savais pas que nous avions de tels processus IT de protection.

- Avec Jean et Pierre, nous avons complètement repensé la protection de notre système informatique. Nous nous sommes préparés aux pires situations.

- Le fameux projet informatique !

Filippo tendit la clé USB à Pierre.

- On veut surement détruire ou limiter nos moyens IT en branchant ça sur un de nos serveurs. Elle l'a reçu par le courrier de ce matin. Pas d'expéditeur.

Pierre passa un nouvel appel.

- Viens dans le bureau de Monsieur Di Maria, j'ai le vecteur d'attaque dans la main. C'est une clé USB reçuc par courrier. Oui, mets quelqu'un pour tracer le livreur.

Il raccrocha à nouveau.

- Violaine, qui te fait chanter ? L'as-tu rencontré physiquement ?

- Oui.

- Pierre, montre-lui les photos. Est-ce un de ceux-là ?

Le garde du corps les fit défiler sur son mobile.

- Non, aucune de ces personnes. Que fait Mike Percy dans ces photos ? C'est un ami de Madame Piétri-Duval.

- Tu le connais ?

- Oui. Il vient parfois à certains évènements du Groupe.

- Toi qui étais là avant la fondation du Groupe, te souviens-tu de lui ?

- Pourquoi ? Je devrais ?

- Je l'ai rencontré il y a quelques mois et il s'est présenté comme co-fondateur du Groupe.

- Tu sais ça fait plus de trente ans.

- Nous avons fait des recherches. Nous avons trouvé sa trace dans le labo Pharma-Pro en tant que responsable recherche.

- Ah ! Oui ! Je m'en souviens. J'ai dû faire quelques réunions avec lui. Il avait des idées très arrêtées sur la manière de diriger les choses et les autres, qu'ils soient sous son autorité ou non. Il dénigrait en permanence son patron. Il était hautain et imbu de sa personne. C'était un homme détestable. J'avais complètement oublié !

- Tu penses qu'il m'a menti alors ?

- Non, il était si imbu de lui, qu'il a pu s'en convaincre tout seul. Ah si ! Il y a eu une grosse opération. Il a fallu bouger plusieurs tonnes de médocs vers l'Afrique. Il me semble qu'il était l'initiateur de ce projet, qui a permis de faire entrer massivement du cash frais accélérant la création du Groupe. Mais il y a eu aussi un truc autour de la légalité. À l'époque, je n'étais pas dans les hautes sphères. Donc ce n'est que des bruits de couloir.

- Pierre, creuse de ce côté et vois ce que tu pourras trouver.

- Tu sembles croire qu'il est derrière mon problème. Pourquoi ?

- Nous avons des preuves indirectes qu'il est derrière la grève de l'usine de Parisot.

- Quoi ? Mais comment ? Et pourquoi ?

- Avant de t'en dire plus, je voudrais te poser une question. Depuis combien de temps te fait-on chanter ?

- Euh… et bien, cela fait quinze ans.

- Quinze ans ! Mais avec quoi ?

Elle regarda vers Pierre.

- Tu peux parler devant Pierre.

- J'ai… j'ai eu un divorce très compliqué après dix-neuf ans de vie commune. Il était mon premier. Il me trompait depuis le début avec d'autres femmes. Alors, je me suis dévergondé et j'ai exploré la sexualité tous azimuts. J'ai été filmé et pris en flagrant délit par la Police avec des personnes que je n'aurai pas due. Un homme m'a sortie de là. Il m'a permis d'assouvir mes envies en sécurité. Je le croyais. Puis, les demandes ont débuté. Les premières étaient bénignes, comme rendre un service à un ami en lui communicant une information sur une ouverture de marché ou une commande. Les choses se sont durcies ensuite quand j'ai voulu tout arrêter. Le chantage et les menaces ont commencé. Depuis dix ans, je vis dans la peur que mes enfants et ma famille découvrent la vérité. Je suis même parti à l'étranger en abandonnant tout. J'ai adopté le nom de mon arrière-grand-mère. Il m'a retrouvé et m'a forcé à reprendre mon poste au Siège.

- Tu avais toujours la même personne face à toi ?

- Oui. Il s'appelle Janus Lechartier. Je n'ai ni adresse ni numéro de téléphone. Il arrive toujours à me contacter, même quand je change de numéro ou d'adresse.

- Depuis mon arrivée, que t'a-t-il demandé ?

- Beaucoup d'informations sur toi. Comment tu t'es retrouvé PDG, ta manière de faire, ton parcours, tes objectifs, ta vie privée, etc. Toujours les mêmes demandes autour de nos marchés, nos commandes majeures, nos recherches. Il m'a interrogé aussi sur l'Argentine.

- Tu lui donnes des documents ?

- Oui, parfois. Des copies des contrats commerciaux, des formules chimiques, des comptes rendus, etc.

- Te rends-tu compte qu'avec tout cela, la divulgation de tes pratiques sexuelles à tes proches sera des broutilles ? Tu pourrais finir en prison et ne pas en sortir avant longtemps !

- Je… je…

Elle se mit à pleurer franchement. Le téléphone de Pierre sonna. Il s'éloigna pour prendre l'appel tandis que Filippo tendit à nouveau la boite de mouchoirs.

- Calme-toi.

- Envoie-moi en prison. Je le mérite ! Mon calvaire s'arrêtera enfin.

- Calme-toi. Violaine, on ne peut pas changer le passé mais on peut contrôler le futur. Tu es notre meilleur atout pour ça. Aujourd'hui, nous subissons des attaques sans moyen de les anticiper. Avec toi, nous allons pouvoir identifier clairement qui nous attaque, nous en protéger et contre-attaquer.

- Mike Percy est derrière tout ça ?

- J'en suis persuadé. Veux-tu le combattre avec moi ?

- Oui !

Avec cette nouvelle alliée, Filippo put commencer la contre-attaque.

CHAPITRE II

Est-ce ses yeux verts ?

Ce mois de mai était particulièrement agréable. Le soleil rayonnait et illuminait les journées. La végétation était luxuriante dans le parc de l'entreprise. Filippo y faisait le tour des employées réunies à la garden-party organisée pour les remercier de leur implication sur l'année écoulée, célébrer les succès du Groupe et inaugurer les aménagements en un espace enfin utilisable par les salariés. Plusieurs buffets avaient été dressés sous des tonnelles. Des tables avaient été éparpillées à l'ombre des grands arbres.

Bien qu'il soit samedi, tout le personnel du Siège était là, du simple employé au directeur, dans l'esprit que Filippo aimait.

Un spectacle qui n'aurait pas pu exister il y a un an et demi. Voir Robert, le directeur RH, dialogué et plaisanté avec les membres du support téléphonique, rendait Filippo vraiment heureux et fier de ses actions jusqu'à présent.

Tous les directeurs avaient évolué par touches successives pour devenir ce qu'ils étaient aujourd'hui. Même s'il ne voulait pas le reconnaitre, il était leur exemple et leur inspiration.

D'après Édouard, le directeur Financier, le Groupe avait progressé de manière spectaculaire en matière de chiffres d'affaires mais aussi de notoriété depuis son arrivée.

Toutes ces félicitations mettaient mal à l'aise Filippo. Car même s'il pouvait s'en attribuer le mérite sans honte, il était parvenu là sur un simple malentendu. Sa conscience le tourmentait au fur et à mesure que son statut de PDG s'affirmait, notamment aux contacts des autres managers d'entreprise. Il se sentait inférieur juste parce qu'il n'était à la base qu'un ouvrier.

Mais cela fut un avantage indéniable pour faire avancer les choses.

Pour contrer K, un de ses objectifs était de rendre les salariés dévoués au Groupe. Des employés heureux sont moins enclins à saboter leur société.

Il se souvint de ses premières réunions CSE et CSSCT. Il s'y était invité pour évaluer les points d'améliorations et échanger sur les demandes des représentants du personnel.

Ils furent épiques. Il en aurait dégouté plus d'un. Mais pas lui. Cela eut l'effet inverse. Sa motivation en fut exacerbée.

Il réussit à établir un vrai dialogue. Ensemble, ils firent progresser les conditions des employés pour atteindre un taux record de satisfaction.

Il abandonna ces pensées et se mêla à ses collaborateurs.

Filippo et Amélia se rendirent dimanche à Saint-Pierre-La-Mer, sur la côte méditerranéenne, accompagnés de leurs gardes du corps attitrés. Après un déjeuner rapide, ils profitèrent d'un ensoleillement et de température très agréable pour aller à la plage.

Aidé par Camille, Filippo disposa sur le sable tiède une grande serviette tandis que Pierre tenait la main de l'enfant malhabile sur le sol meuble. Elle s'assit lourdement sur le bord de cette dernière. Filippo prit place à côté d'elle et lui donna le kit acheté plutôt. Elle prit le râteau et se mit au travail.

Camille s'installa sur sa propre serviette et enleva sa robe. Sous sa silhouette de pin-up, elle était une redoutable garde du corps, formée à toutes les disciplines de combat nécessaires à son métier. Possédant un master de psychologie, son intelligence n'était pas en reste. Son apparente décontraction n'était qu'un trompe-l'œil. Derrière ses lunettes de soleil, elle était aux aguets, observant et analysant tous les mouvements autour d'eux, prête à agir.

Pierre lui avait expliqué que sa surqualification était indispensable car les malfaisants s'attaquaient souvent aux enfants, cibles plus crédules et plus faciles d'accès.

Filippo regarda Pierre.

- Tu vas rester debout ?

À contrecœur, Pierre s'assit aussi à côté de la fillette.

- Pie.

Amélia tendit le râteau à Pierre et elle prit la pelle.

- Sans toi, elle ne peut pas faire son travail, n'est-ce pas Méli ?

Elle sourit et continua à transférer du sable vers le seau. Elle joua un long moment à le vider puis à le remplir. Filippo avait placé un chapeau sur sa tête et regretta de ne pas avoir acheté un parasol.

- Papa soif.

- Tiens, Méli. Bois doucement. Camille, tu en veux une ?

Il lui donna une petite bouteille d'eau.

- Merci Filippo.

- Pierre ?

Il lui en tendit une.

- Non merci.

- Arrête de faire le gros dur ! Il n'y a que nous !

Pierre prit la bouteille et but une grande gorgée.

- Pie soif.

- Oui Méli. Pierre avait soif aussi.

- Pfff…

Pierre soupira en rendant le râteau demandé par l'enfant.

Son métier nécessitait de ne pas s'impliquer dans la vie de ses clients et de rester neutre émotionnellement.

Pierre, Camille et Adèle avaient tout faux avec cette mission.

Ils avaient réussi pendant les six premiers mois à garder leurs distances. Mais sous l'insistance du père et de la fille, ils avaient cédé. À l'un, ils lui avaient accordé leur amitié. Et l'autre, de la prendre dans leurs bras à sa demande.

Ils devaient reconnaitre que c'était plutôt agréable d'entrer dans leur maison et d'être accueilli en tant qu'ami.

Ils avaient aussi cédé à une autre requête de Filippo. Ils lui apprenaient à combattre un assaillant. C'était un bon élève même si son caractère ne lui permettrait jamais de porter un coup fatal. Il savait se défendre et maitriser un attaquant. C'était son objectif.

Filippo donna l'ordre du départ. Mais il essuya un non catégorique de l'enfant. Il lui accorda une quinzaine de minutes supplémentaire. Elle refusa à nouveau.

- Amélia Émilie Charlotte !

Elle soupira bruyamment et se leva en boudant. Elle savait que la discussion était terminée à l'énoncé de ses prénoms. Elle tendit la main vers Pierre. Ils se dandinèrent vers la jetée proche. Aidé par Camille, Filippo rassembla et rangea leurs affaires. Ils les rejoignirent quand ils atteignirent le bitume et ils marchèrent à leur niveau. Amélia prit la main de son père, mettant fin à son opposition et à sa mauvaise humeur.

Ils la firent sauter jusqu'à la voiture pour son plus grand plaisir. Elle s'endormit près de Filippo dès qu'ils pénétrèrent sur l'autoroute. Camille conduisait avec Pierre à ses côtés. Ce dernier engagea la conversation.

- Tu prévois d'autres déplacements à l'étranger ?

- Je vais devoir retourner à Shanghai en milieu de semaine.

- On en est revenu vendredi soir !

- Je sais. J'arrive à peine à récupérer des six heures de décalage. J'ai eu quelques bons contacts que je dois approfondir rapidement. Ton mandarin facilite mes échanges.

- Tu ne devrais pas passer la main cette fois ? Inaya et Camille m'ont appelé à plusieurs reprises quand nous étions là-bas. Amélia te réclamait en pleurant.

- Je confirme. Une fois, ni Inaya ni moi n'arrivions à la calmer. J'ai dû faire le pitre et tomber dans la piscine pour changer son humeur.

- Merci Camille.

- C'est un plaisir de s'occuper de ton bout de chou.

- Je sais que dernièrement j'ai beaucoup été absent. Je dois maintenir la cohésion du Groupe et ne laisser aucune place où K pourrait s'immiscer.

- Ne te préoccupe pas de lui. Nous l'avons à l'œil. Il ne peut plus rien faire sans que nous soyons informés.

- Mais on n'a rien pu trouver contre lui. Il restera une menace tant que nous ne serons pas en mesure de le mettre face à la justice et de le priver de tous ses moyens.

- Filippo, laisse-nous régler le problème à notre façon.

- Tu sais bien que ma réponse sera toujours non. Cela nous rabaisserait à son niveau. Et ça, c'est hors de question !

- OK. OK.

- Pour Shanghai, je vais en parler à Mathieu, le directeur Commercial. Tu te comportes vraiment comme un oncle pour Amélia.

- Pfff...

Filippo sourit.

Comme chaque lundi, Miriam faisait le point avec son patron sur les dossiers en cours, à traiter et à venir. Elle les organisait selon leurs urgences ou leurs criticités. En général, ils finissaient en milieu de matinée.

Comme il avait été absent toute la semaine dernière, la réunion dura jusqu'à 13 h. Miriam ouvrit les portes pour aller dans son bureau récupérer leurs repas.

Il y avait foule.

Tous les directeurs faisaient le pied de grue attendant de déjeuner avec eux. Ils ne se firent pas prier quand elle leur donna le feu vert. Ils s'installèrent sur la table rectangulaire, provoquant une montée du volume sonore et de la bonne humeur dans la pièce. Chacun avala son sandwich ou son plat avec gaité.

Pierre entra brusquement. Immédiatement, Filippo se leva et sut qu'il y avait un problème.

- Ton mobile !

Filippo se précipita vers son bureau et retourna son téléphone. Il décrocha.

- Bonjour. Quoi ? Vraiment ? J'arrive !

- Une voiture est déjà dans la cour intérieure.

Filippo sortit en courant suivi par Pierre, sous le regard inquiet de ses collaborateurs. Ils interrogèrent Miriam mais elle n'en savait pas plus qu'eux.

Ils montèrent à l'arrière. Un agent bloquait la circulation permettant à la Maserati de s'engager rapidement dans la rue. Feux de détresse allumés, le véhicule fonça et s'accorda beaucoup de liberté avec le Code de la route, mettant moins de dix minutes pour atteindre sa destination, là où il en fallait minimum le triple à cette heure de la journée.

Filippo profita de la montée lente de l'ascenseur pour reprendre sa respiration et tenter de calmer les battements de son cœur.

Les portes s'ouvrirent. Il se dirigea vers la droite. Il s'arrêta et inspira profondément plusieurs fois.

Puis, il entra dans la chambre d'Émilie.

Il s'approcha et s'assit à la place qui était la sienne depuis un an et demi.

Il lui saisit la main.

- Bonjour Mèl. Je suis vraiment heureux de revoir tes yeux verts.

Filippo ne put retenir ses larmes.

Émilie regarda dans sa direction. Son regard était lointain. Mais sa main répondit à sa chaleur tandis qu'une larme apparut et coula sur sa joue. Elle ferma les yeux, épuisée par cet effort.

Il essuya la larme et écarta une mèche de ses cheveux châtains pour dégager son front. Il se sécha le visage. Il prit conscience qu'il n'était pas seul dans la chambre. Il se leva.

- Bonjour Monsieur Di Maria.

- Désolé, Professeur. Désolé, vous tous.

- Ne le soyez pas. Ce moment fort était à vous deux, uniquement à vous. Lors de la visite de routine de 13 h 30, nous avons noté qu'Émilie avait les yeux ouverts. Pour l'instant, elle est en coma éveillé. Nous devons rester prudents et ne pas immédiatement nous réjouir.

- Il y a deux semaines, vous avez dit que toutes les lésions de son cerveau avaient été résorbées.

- Oui. Cependant, nous devons attendre que son état de conscience passe de minimal à haut et que nous puissions échanger avec elle pour l'évaluer réellement.

- Que puis-je faire ?

- Restez avec elle. Ancrez-la dans la réalité. Rassurez-la. Parlez-lui comme vous l'avez toujours fait depuis le premier jour.

- Puis-je amener Amélia ?

- Je vous le déconseille. Le réveil d'un patient comateux est émotionnellement très éprouvant pour lui. On doit le protéger. Il est fragile, vulnérable et hypersensible. Un enfant sera de trop. Nous avons aussi rangé les cadres photo. Cela aurait provoqué du stress.

- Je comprends. Merci Professeur. Merci à vous tous. Continuez à bien prendre soin d'elle.

Le médecin sortit accompagné de ses deux assistants et des deux infirmières.

Filippo se rassit et reprit la main d'Émilie. Il lui raconta son déplacement en Chine. Elle ouvrit plusieurs fois les yeux. Elle le regardait puis elle paraissait se rendormir. Il guettait ses moindres tressaillements et espérait y voir un mieux.

Il n'eut lieu que 72 h après son premier réveil. Son regard était plus éveillé. Elle semblait enfin consciente de son environnement.

Le Professeur Mercan l'ausculta et détermina que l'on s'approchait de l'état de conscience haut.

Il fut atteint 48 h plus tard. Même si pour l'instant, elle n'arrivait pas à s'exprimer verbalement, elle avait réagi de manière satisfaisante à des interrogations simples. Cependant, le praticien réservait son jugement. Certaines questions ne pouvaient être posées car il fallait plus qu'un oui ou un non pour y répondre.

Filippo avait réorganisé son emploi du temps et travaillait de la chambre d'Émilie, où un lit supplémentaire avait été installé. De fait, il ne l'avait pas quitté depuis une semaine.

Le plus dur à gérer était Amélia. Il avait tenté de lui expliquer pourquoi il ne pouvait pas être avec elle. Mais elle était encore trop jeune pour assimiler correctement ses propos. Par contre, elle avait bien compris qu'il était avec Maman. Inaya et Camille la conduisaient à l'hôpital pour qu'ils se rencontrent dans le vaste hall d'entrée.

Il profitait des longues siestes d'Émilie pour se consacrer au Groupe.

Il s'appuyait complètement sur Miriam. Il avait pleinement confiance en elle.

Contre l'avis d'Hector et de Pierre, il l'avait emmené voir Émilie quelques jours après leur retour de Londres et sa confrontation avec K.

Elle avait fondu en larmes quand elle l'avait découverte ainsi.

Il lui raconta tout à partir de l'accouchement, omettant sa rencontre fortuite avec l'héritière. Parler à quelqu'un d'Émilie lui fit énormément de bien. Il n'avait personne à qui se confier.

Car depuis qu'il avait rendu son appartement quelques semaines après son investiture, il n'avait eu aucun contact avec ses amis et ses connaissances. Même à eux, il n'aurait pas pu en discuter librement.

Il l'informa aussi de la menace de K sur le Groupe. Il l'inclut dans le cercle très restreint des personnes connaissant la bataille qu'il menait. Son apport éclairé fut incontestable dans leurs réunions.

Cela renforça leur symbiose professionnelle et créa une profonde amitié.

Elle s'étendit à son mari Frédéric et à ses deux enfants Noé et Lucie, plus âgés qu'Amélia d'un an et demi. Ces derniers la prirent sous leur aile et le trio devint rapidement inséparable.

Il était impatient qu'Émilie puisse voir l'amitié que sa fille avait construite.

Elle avait déjà atteint un palier important en se réveillant enfin.

Il était toujours à porter pour lui prendre la main, dès qu'elle s'agitait dans son sommeil. Cela avait un effet radical. Elle se calmait et redevenait paisible.

Le Professeur Mercan lui expliqua qu'un patient fraichement sorti du coma avait des difficultés à retrouver un sommeil paradoxal apaisant. Cela provoquait de l'anxiété et du stress.

Émilie réclamait aussi. Elle cherchait la main de Filippo quand elle n'était pas dans la sienne. Il était son point de fixation dans ce monde étrange et inconnu où chaque chose était effrayante.

Car elle leur apprit une semaine plus tard que sa mémoire était défaillante, lors d'un test où elle put s'exprimer avec des mots simples. Ses souvenirs étaient confus et lui généraient des maux de tête quand elle essayait de les rassembler.

Le médecin les rassura. Cela était normal. Les liaisons synaptiques devaient se réactiver après un an et demi de non-sollicitation. Il était très confiant et prévoyait une disparition de ces problèmes en quelques semaines.

Filippo savait une seule chose.

Elle était en paix quand il était prêt d'elle, et anxieuse, quand il ne l'était pas. Il ne pouvait s'éloigner d'elle très longtemps. Elle devait au moins l'avoir dans son champ de vision. Le Professeur Mercan avait dû interrompre un scanner car son anxiété était trop importante. Il avait dû le réaliser avec Filippo à ses côtés.

Filippo eut enfin l'autorisation pour amener Émilie à l'extérieur. Mais il n'y avait pas de vraie zone verte accessible par un fauteuil roulant et pouvant être protégé discrètement par l'équipe d'Adèle. Filippo avait demandé à cette dernière de rendre invisible le service de sécurité. Il ne voulait pas l'effrayer plus qu'elle ne l'était déjà. Il lui avait présenté Pierre comme un ami proche, ce qu'il était. Elle s'était réfugiée contre lui et avait serré plus fort sa main comme chaque fois qu'elle était face à une personne autre que lui ou le Professeur Mercan.

Filippo obtint l'exclusivité de l'accès au toit pendant une heure en fin de matinée, autorisant Pierre et Adèle à sécuriser l'endroit.

Filippo porta Émilie jusqu'au fauteuil roulant et mit une couverture sur ses jambes. Elle l'interrogea du regard. Il lui dit qu'elle devait fermer les yeux car il avait une surprise pour elle. Intriguée, elle obtempéra.

Il la guida devant les portes vitrées menant au toit et il lui prit la main. Il la plaça dans le champ du détecteur. Elles s'ouvrirent laissant entrer l'air tiède et les senteurs externes.

Émilie ouvrit grand les yeux sur la terrasse et le monde extérieur. La panique s'empara d'elle. Filippo s'agenouilla face à elle. Tremblante, elle se blottit contre lui. Il s'écarta doucement et il la regarda. Il lui assura qu'elle ne regretterait pas d'avoir le courage de passer cette porte. Elle lui fit un oui timide de la tête.

Filippo se releva et il poussa lentement le fauteuil roulant, à l'extérieur sur une allée balisée. Émilie mit sa main pour se protéger du chaud soleil. Il stoppa à l'est, face à l'arrêt du tramway, trente mètres en contrebas. Il s'assit par terre. Il se tourna vers elle et il sourit. Ses grands yeux verts exploraient avidement le paysage, pétillants comme un enfant découvrant le monde. Il attira son attention sur la Garonne à cinq-cents mètres d'eux à vol d'oiseaux. Il lui désigna et nomma aussi les différents quartiers de Toulouse. Puis, ils restèrent ainsi en silence, profitant du soleil et du doux vent tiède.

Pierre signifia discrètement à Filippo qu'ils devaient libérer les lieux, l'heure était passée. Filippo se leva et dit à Émilie qu'ils devaient rentrer. Mais il lui assura qu'elle pourrait venir ici une heure par jour pour jouir de la vue et du grand air.

Ils retournèrent dans la chambre. Filippo la déposa sur le lit. Mais Émilie ne retira pas ses bras de son cou. Elle le serra fort contre elle. Pris au dépourvu, Filippo s'assit hésitant sur la conduite à tenir. Elle déposa un baiser sur sa joue et elle relâcha son étreinte. Elle ajouta un merci et s'allongea en lui attrapant la main. Elle ferma les yeux et s'endormit paisiblement.

Filippo la regarda.

Bien qu'elle ne l'avait jamais interrogé sur leur relation, elle avait surement fait le rapport entre leur patronyme commun sur les documents hospitaliers et les bribes de conversations des infirmières.

Il brulait d'envie de lui dire toute la vérité. Mais il ne pouvait pas. Pas pour l'instant.

Elle ne le supporterait pas.

Les séances de kinésithérapie, d'ergothérapie, d'orthophonie, de psychologie, et d'autres disciplines avaient été intensifiées jusqu'à occuper l'ensemble de la journée d'Émilie de 6 h à 21 h.

Un mois après son réveil, les résultats étaient là.

Elle s'exprimait quasi normalement, bougeait ses membres selon ses désirs, gérait presque seule son quotidien, même si elle se fatiguait rapidement et suivait un traitement pour stabiliser sa mémoire fluctuante.

Elle avait associé Filippo à toutes ses activités. Il l'encourageait, la soutenait et valorisait ses efforts. Il était le centre de sa vie.

Émotionnellement, elle était toujours dépendante de lui. Les séances avec le psychologue étaient les seuls où les progrès étaient faibles aux yeux de Filippo, mais pas à ceux du praticien. Elle arrivait à maitriser son angoisse en son absence pendant un certain temps. Le psychologue décida qu'il était tant de rompre le cordon ombilical et de ne venir que pendant les heures de visites.

Ce souhait fit débat entre eux pendant plusieurs jours. Ils convinrent d'essayer à partir du lundi suivant.

La mort dans l'âme, Filippo rentra à la maison dimanche soir.

Camille lui dit que Inaya et Amélia dormaient dans leur chambre. Il alla à son tour se coucher, encore plus déprimer.

Le lendemain, il se rendit au bureau. L'accueil fut chaleureux. Rapidement, il fut débordé par les différents directeurs en quête d'échanges avec lui, en face à face. Cela lui fit oublier quelques instants Émilie.

Mais contrairement à elle, il trichait. Adèle lui adressait des comptes rendus réguliers. Mais il ne pouvait dialoguer avec elle. Il décida d'y remédier le soir même. Il lui remit son mobile en ayant préalablement ajouté son propre numéro. Puis ils se racontèrent mutuellement leur journée. À l'issue des heures de visites, ils se séparèrent. Mais ils continuèrent à discuter grâce à leurs mobiles. Émilie s'endormit au son de sa voix, comme quand ils étaient ensemble.

Les jours passèrent, émaillés de ces appels et de ces visites à l'hôpital.

Puis l'inattendu se produisit une semaine et demie après le début de leur séparation. Filippo était en réunion dans son bureau. Il discutait sur la stratégie pour le lancement de la phase III de la molécule contre la maladie de Chagas. Pierre entra sans préambule avec son téléphone à l'oreille et alla vers Filippo qui ne l'avait pas vu.

- Filippo, K est à Toulouse !

- Quoi ?

- Il se dirige vers Mèl. Donne-moi l'autorisation de l'intercepter et de le neutraliser !

- Combien de temps on a ?

- Quinze à vingt minutes max.

- Merde ! Et merde ! Et merde !

L'assemblée suivait cette conversation dont ils ne comprenaient rien.

- Filippo ?

- Laisse-moi réfléchir !

- On perd du temps ! S'ils se rencontrent, cela compromet tout le travail effectué depuis un an et demi.

- Je sais ! Je sais.

- Tenez-vous prêt à l'intercep…

- Non ! On ne peut pas. On ne doit pas.

- Filippo, je t'en prie. Ne fais pas ça.

- On n'a pas le droit de faire ça. Assure-toi discrètement que la sécurité de Mèl soit effective.

- Filippo, s'il te plait !

- Tu sais bien que je ne changerai pas d'avis. Alors, répercute les instructions.

- Adèle, laisse-le prendre contact. La protection passe en alerte rouge et en mode invisible.

Pierre regarda une dernière fois son ami puis il sortit.

- Excusez-moi pour ça. Pourriez-vous poursuivre dans une des salles de réunion ?

Ils plièrent leur affaire et ils quittèrent le bureau de Filippo.

Il s'assit sur son siège, les yeux dans le vague, maudissant son impatience. Car il était sûr que K avait pu la contacter grâce à son mobile. Il imaginait sans mal la facilité avec laquelle K avait pu obtenir des informations d'Émilie. Il s'en voulait de ne pas lui avoir parlé de tout ça. Les choses allaient se compliquer grandement. Il mit les mains derrière sa nuque et chercha un moyen de limiter la casse.

Filippo inspira lentement plusieurs fois. Puis il se plaça dans l'encadrement de la porte de la chambre d'Émilie. Elle était assise à la table ronde avec Mike Percy.

- Oh, excuse-moi ! Je ne savais pas que tu avais un invité.

Elle se leva, lui prit la main et l'entraina vers la table.

- Filo, viens. Je voudrais te présenter mon oncle Mike.

Filippo se planta face à lui et lui tendit la main.

- Enchanté, Filippo Di Maria.

L'invité la serra.

- Mike Percy.

- On ne se serait pas déjà rencontré ?

Émilie se tourna vers Mike.

- Ah bon ?

Filippo ne le laissa pas répondre.

- À Londres. Au Garden sky. Il y a quelques mois, lors d'une soirée organisée par la fondation Hillness, n'est-ce pas ?

- Oui. Vous avez une bonne mémoire.

- Vous m'aviez dit connaitre Émilie. Je ne vous avais pas cru. Je m'en excuse. Mais comment avez-vous su où la trouver ?

- C'est moi qui lui ai dit quand il m'a appelé.

- Tu as bien fait. Il était inquiet pour toi. Émilie vous a raconté les énormes progrès qu'elle a faits depuis son réveil du coma. Elle a été très courageuse et déterminée.

- Arrête, tu me gênes.

- Même l'équipe médicale est stupéfiée par ses progrès.

- Émilie a toujours été une battante.

- Je veux bien vous croire. Mèl, Mike, je vais vous laisser. Vous avez surement de nombreuses choses à vous raconter.

- Tu t'en vas déjà ? Reste. On ne sait pas vu depuis hier soir. Je n'ai pas eu mon quota de Filo.

Elle lui sera plus forte la main, qu'elle n'avait pas lâchée depuis son arrivée.

- Ça ne vous gêne pas, Mike ?

- Pourquoi veux-tu que ça le gêne ? Allez, assieds-toi.

- OK. OK. Peut-être que Mike peut combler ou compléter les parties de ta mémoire confuse ou manquante. Vous la connaissiez enfant ?

- Oui. C'était une petite fille intelligente, autonome et volontaire. Je me souviens pour ses 11 ans…

Filippo l'avait amené là où il le souhaitait. Il voulait vérifier qu'il avait bien été présent dans son enfance et par la même occasion se servir de lui pour enrichir la mémoire d'Émilie.

Mike leur raconta un nombre conséquent d'anecdotes. Émilie sembla s'en souvenir.

Les questions que craignait Filippo ne furent pas posées. Il s'y était pourtant préparé avec assiduité. Mike fit mine de ne pas s'intéresser à lui et à ses rapports avec Émilie.

Il prit congé quand l'infirmière apporta le plateau du dîner. Émilie le prit dans ses bras pour une grande accolade et lui fit promettre de revenir bientôt.

Ils l'accompagnèrent jusqu'à l'ascenseur et ils regardèrent les portes se fermer avant de regagner la chambre.

- Heureuse d'avoir vu ton oncle ?

- Oui. Mais encore plus heureuse que tu aies pu le rencontrer. Je lui ai beaucoup parlé de toi.

- Ah oui ? Voilà pourquoi il ne m'a posé aucune question.

- Je suppose. Tu avais moins de travail aujourd'hui ? Tu es venu plus tôt.

- Ah. Désolée. Je vais y aller.

Il fit mine de partir. Elle lui attrapa la main.

- Ce n'est pas ça que je veux dire.

- Je sais. Je te taquine. En fait, je souhaitais te faire une surprise. Mais j'avais besoin de l'avis et de l'accord du Professeur Mercan. Donc, j'ai pris mon après-midi pour en discuter avec lui.

- Et ?

- Demain, voudrais-tu échapper à tes séances de rééducation ? Aller à la mer, ça te dit ?

- Oui ! Où tu veux, cela m'est égal !

Elle s'était jetée dans ses bras.

- OK. Alors plage !

- Mais je n'ai rien à me mettre.

- Ne t'inquiète pas. Demain, j'amènerai maillot de bain, robe, sandale, chapeau, lunette de soleil et crème bronzante.

- Merci ! Merci ! Merci !

- Tu as travaillé dur pour te rétablir. Allez, mange ton dîner.

Filippo démarra sa Maserati et quitta le parking de l'hôpital. Émilie regardait à l'extérieur émerveillé. L'horloge affichait 9 h. Il faisait déjà 25° et pas un nuage à l'horizon.

Il était arrivé une heure et demie plus tôt avec un sac bien fourni, contenant plusieurs exemplaires de ce qu'il avait annoncé la veille. Les essayages furent longs.

Il engagea la voiture sur le périphérique puis sur l'autoroute. Émilie s'assoupit au bout d'une quinzaine de minutes. Il positionna son fauteuil pour qu'elle soit plus à l'aise. Il se doutait qu'elle n'avait pas réussi à trouver le sommeil hier.

Il roula à bonne allure malgré le trafic dense. Il regardait sans cesse dans son rétroviseur cherchant à voir si K les faisait suivre. Il savait aussi que les équipes de Pierre n'étaient pas loin et qu'elles s'en chargeraient discrètement.

Aujourd'hui, rien ne devait troubler le programme qu'il avait établi. C'était un jour important pour deux personnes qui lui était cher.

Justement, il reçut un message de Pierre. Il écrivit être sur place. Filippo lui demanda si on les avait pris en filature à la sortie de l'hôpital. Il regarda angoisser l'écran de son téléphone. La réponse tomba. Oui mais plus depuis quinze minutes. Pierre lui apprit plus tard qu'une équipe avait intercepté le véhicule en provoquant un accident léger, leur faisant perdre suffisamment de temps pour que Filippo puisse se noyer dans le trafic.

Filippo était épuisé d'avoir raison. Il avait eu une réunion de crises à son retour de l'hôpital avec Hector et Pierre. Il leur avait exposé ses intentions pour cette journée spéciale et les difficultés qui allaient se profiler. Leur expertise amena d'autres problèmes auxquels il n'avait pas pensé. Mais des contremesures furent mises en place dont l'anti-filature était un bon exemple.

Filippo ralentit et pénétra dans le parking annoncé complet. Les hommes de Pierre étaient en civile et lui indiquèrent discrètement un emplacement entre quatre Maserati noires. Il se gara comme elle en marche arrière, prêt à bondir hors du stationnement par la sortie toute proche. Il laissa le moteur tourné pour bénéficier de la climatisation.

Émilie ne s'était pas réveillée pendant le trajet de presque deux heures. Elle dormait paisiblement. La journée sera très éprouvante pour elle. Mais il n'avait plus le choix.

Il posa la main sur son épaule et la secoua doucement.

- Mèl, on est arrivé.

Comme à chaque fois qu'elle ouvrait ses grands yeux verts, son cœur s'emballa. Elle s'étira en regardant autour de la voiture.

- Elle est où la mer ?

Filippo descendit sa fenêtre. Une forte odeur d'iode envahit l'habitacle.

- Pas loin. On y va ?

- Oui !

Filippo remonta sa vitre puis il arrêta le moteur. Il attrapa un sac à dos sur la banquette arrière et le glissa sur son épaule. Émilie mit son chapeau, fit le tour et le rejoignit sur l'allée piétonne reliant le centre-ville au rivage. Elle lui saisit la main, sentant l'angoisse reprendre possession d'elle, à la vue de la foule utilisant le chemin de terre.

- Inspire profondément. Les gens seront plus épars sur la plage.

- Je…

- Tu veux retourner dans la voiture ?

- Non. Mais, ne me lâche pas.

- Il n'y a aucune chance.

Elle fut rassurée par le lumineux sourire de son guide. Au fur et à mesure que la mer apparut, son angoisse fondit. Le chemin de terre se transforma en allée bitumée puis bétonnée. Arrivée au bout, il fallait marcher dans le sable chaud pendant une trentaine de mètres pour l'atteindre.

Elle ne s'arrêta qu'au bord de l'eau. Elle regarda le doux flux et reflux de la Méditerranée. Des larmes se mirent à couler sur ses joues.

- C'est magnifique !

- Un peu de courage, pour une grande récompense.

Elle le serra dans ses bras, le prenant encore au dépourvu. Elle relâcha son étreinte.

- Merci de prendre soin de moi.

- Ça te dirait d'aller dans l'eau ?

Elle ne se fit pas prier. Elle enleva robe et chapeau tandis que Filippo posa son sac sur la plage puis retira son tee-shirt. Il sortit deux serviettes. Ils entrèrent doucement et avancèrent jusqu'à ce qu'elle atteigne leur taille.

- C'est agréable !

- Le monde est plein de choses agréables. Elles seront à ta portée avec un peu de courage.

Ils se mouillèrent entièrement puis ils jouèrent un long moment dans l'eau, alternant aspersions, fou rire et nages. Ils quittèrent la mer à regret et regagnèrent la plage. Filippo l'entoura dans une des serviettes et il l'invita à s'asseoir dans le sable. Il se plaça à ses côtés et fouilla dans son sac. Il attrapa un sandwich et il le lui tendit.

- Tu as même prévu un piquenique !

Il en sortit un pour lui ainsi que deux bouteilles d'eau.

- J'ai même prévu un dessert. Quand j'organise, j'essaye de bien le faire.

- Je vois ça !

Ils mangèrent en regardant la mer et les autres plagistes. Comme il le lui avait dit, la foule s'était éparpillée se diluant en petits groupes.

- As-tu encore faim ?

- Non, je suis pleine.

Elle se coucha sur le sable et s'étira longuement. La fine et discrète cicatrice de sa césarienne apparut, donnant l'occasion à Filippo d'aborder le sujet.

- Elle n'est pas douloureuse ?

Elle fit courir sa main dessus.

- Non. Je ne ressens rien.

- Nous n'en avons jamais parlé. Mais sais-tu pourquoi elle est là ?

- Filo, je n'ai pas envie de parler de ça.

- Mèl, tu fuis le sujet. Personne ne pourra jamais comprendre ce que tu as vécu pendant ton coma. Mais tu ne dois pas fuir. Tu dois y faire face et avancer. Tu dois reprendre ta vie en main.

- Ma vie actuelle me plait.

- Mais elle n'est que transitoire et temporaire. Ton monde ne doit pas se limiter à ta chambre d'hôpital. Je sais qu'elle est familière et sécurisante. Mais il est tant d'élargir ses frontières pour y inclure une personne de plus. Cette personne t'attend depuis un an et demi.

- Filo, j'ai peur. Je ne suis pas prête pour ça.

- Mèl, tu as le droit d'avoir peur. Mais tu n'as pas le droit de la priver de ta présence. Tu sais ce qu'elle ressent et ressentira en grandissant si tu continues à fuir.

- Filo, je ne suis pas prête.

- Je comprends Mèl. Cette personne est sous le parasol orange. J'y vais. À toi de voir si tu nous rejoins ou si tu vas à la voiture. La clé est dans la poche externe.

- Ne me laisse pas seule ici, s'il te plait.

- Je serai juste là-bas. Je garderai un œil sur toi. Ne t'inquiète pas.

- Je t'en prie, Filo.

- Un peu de courage, pour une grande récompense.

Il se leva et se dirigea vers le parasol. Amélia y jouait avec Pierre. Il tentait de faire une tour en sable à l'aide d'un seau. Mais il était indéniable qu'il était meilleur garde du corps, que bâtisseur. Filippo s'assit lourdement à côté d'eux, provoquant l'effondrement du peu de construction encore debout. Elle se jeta dans ses bras pour un monumental câlin.

Père et fille se mirent à rire en voyant la mine renfrognée de Pierre. Elle alla lui faire un bisou sonore sur la joue. Ce dernier l'attrapa et lui fit des chatouilles lui tirant de gros éclats de rire. Entrainés par les siens, les garçons ne purent se retenir.

Toujours assise au même endroit, Émilie les regardait angoisser. Son esprit balançait d'un extrême à l'autre. Un coup, elle était résolue à les rejoindre et faire connaissance avec son enfant. Et l'autre, elle voulait retourner dans sa chambre d'hôpital.

Comme Filippo l'avait deviné, elle savait depuis longtemps qu'elle avait donné naissance à une petite fille. Même si elle paraissait dépourvue de curiosité, ce n'était pas le cas. Elle avait ouvert par hasard l'armoire contenant les vingt cadres. Filippo avait pris une photo par mois du couple mère-fille et il l'avait mis à l'intérieur. Elle avait pu constater leur évolution. Mais cela lui avait aussi fait peur. Elle arrivait depuis peu à s'occuper d'elle. Elle ne pouvait envisager d'en faire plus.

Sa bataille interne dura un long moment permettant à la plage de se peupler plus largement. Des familles commencèrent à l'encercler. La chaleur devenait également étouffante.

Elle regarda vers le parasol. Il n'y avait plus ni Filippo ni l'enfant. La voyant angoissée, Pierre lui indiqua le bord. Elle les localisa rapidement.

Amélia était assise dans l'eau à côté de Filippo. Elle jouait avec un bateau.

Émilie se dirigea vers eux, laissant les affaires sur place. Prudemment, elle s'installa dans l'eau à son tour, mais à distance, les yeux fixés sur la fillette. Sous son chapeau, elle avait de jolis et fins cheveux châtains. Elle compara son visage actuel à celui de la première photo. Elle avait perdu ses rondeurs et ses traits commençaient à s'affiner.

Sous l'impulsion de Filippo, Amélia alla vers sa mère. Elle se plaça en face d'elle et lui envoya le bateau. Émilie le lui renvoya. Le navire fit plusieurs allers-retours avant qu'Amélia le garde exclusivement pour elle. Puis elle s'installa sur les jambes croisées de son père.

Émilie vint près d'eux. Filippo posa un bisou sonore dans le cou de la fillette. Elle se trémoussa.

- Papa 'rête.

- Méli, où est Maman ?

Elle désigna Émilie.

- Maman là.

- Que faisait Maman à l'hôpital ?

- Gros dodo.

- Je suis… réveillée… maintenant.

Les larmes se mirent à couler sur les joues d'Émilie. Les voyant, Amélia se leva, passa ses petits bras autour du cou de sa mère et elle lui fit un câlin.

- Bobo ?

- Non, je n'ai pas bobo. Je suis juste heureuse de te rencontrer.

Émilie l'enlaça à son tour affectueusement. L'enfant se libéra et tendit les bras vers Filippo. Elle se calait sur son épaule.

- Tu veux faire dodo ?

- Vi Papa.

- D'accord. Je te ramène au parasol.

Il l'allongea sur la serviette à l'abri du soleil. Leurs affaires avaient été rapatriées par Pierre, qui s'était excentré. Émilie s'assit près d'Amélia et la regarda s'endormir paisiblement.

- Elle est magnifique.

- Elle est ta famille. Ta précieuse fille.

- Notre précieuse fille.

Le visage de Filippo s'assombrit. Le moment fatidique était arrivé.

- Pierre.

- Je reste avec Amélia.

- Émilie, allons marcher.

Il se leva puis il se dirigea vers le chemin bitumé. Émilie le rejoignit et lui attrapa la main.

- Filo, pourquoi fais-tu cette tête ?

- Émilie, quels sont tes souvenirs d'avant ton coma ? Je sais que tu en as.

- Filo, ils n'ont pas d'importance. Je veux vivre dans le moment présent.

- Ne fuis pas.

Il l'entraina vers l'allée aménagée longeant la plage.

- Je pense… que je n'étais pas une bonne personne. J'étais autoritaire, arrogante, hautaine et odieuse. Je ne vois… personne autour de moi, à part Oncle Mike. Et cela me fait peur. Car…

- Tu ne me trouves pas dans tes souvenirs, n'est-ce pas ?

- Oui. Cela m'effrayait. Je t'ai peut-être fait du mal et tu t'es éloigné de moi.

- Ce n'est pas le cas. Et sur ton travail ?

- Je me vois en blouse blanche dans un laboratoire utilisant des éprouvettes et des machines compliquées.

- Rien d'autre sur le travail ?

- Non. Je pense que je gagnai bien ma vie. Je me vois dans une voiture jaune. Cela le fit sourire.

- Et ta famille ?

- Rien sur mon père. Ma mère est morte en me mettant au monde.

- Te souviens-tu d'autre chose ?

- Filo, je t'assure, rien d'autre. Parfois, j'ai des sensations mais je n'arrive pas à les saisir et les apprivoiser.

- Émilie…

- Je n'aime pas quand tu m'appelles ainsi. J'ai l'impression que tu veux prendre de la distance avec moi.

- Allons sur ce banc à l'ombre.

Il s'assit silencieux en regardant la plage et la mer. Elle s'installa à ses côtés.

- Filo, qu'est-ce qu'il y a ?

- Émilie, j'espérai que ta mémoire reviendrait d'elle-même et que je ne serai pas obligé d'avoir cette conversation. Mais il devient de plus en plus dangereux de te laisser dans l'ignorance.

- Filo, tu me fais peur.

- Tu te nommes Émilie Charlotte Marjorie Piétri-Duval. Ta fortune personnelle est estimée à quatre-vingt-dix-milliards d'euros. Parmi les quatre-mille-cinq-cents entreprises que tu détiens…

Elle s'était levée.

- Quoi ? Moi ? Je suis une milliardaire ?

- Oui. Toi. Le danger s'est approché de trop près pour que je te laisse retrouver la mémoire par toi-même.

- De quel danger parles-tu ?

- Ton Oncle Mike n'est pas l'homme bon et désintéressé que tu crois.

- Tu… tu… pourquoi tu t'en prends à ma seule famille ?

- Il n'est qu'un très très lointain cousin de ta grand-mère. Ta famille est là-bas, sur la plage !

- Tu… tu…

Émilie se tint la tête chancelante. Filippo l'attrapa avant qu'elle s'écroule inconsciente. L'équipe menée par Adèle convergea vers eux. Ils aidèrent Filippo à l'allonger sur le banc. Un des gardes du corps tira de son sac à dos une trousse médicale.

Il l'ausculta et les informa que ce n'était qu'un simple évanouissement.

Filippo le remercia et demanda à Adèle d'approcher un véhicule puis de prendre un peu de distance pour qu'elle ne se sente pas oppressée lors de son réveil. Il plaça la tête de la jeune femme sur sa jambe et attendit en regardant la mer.

Il avait parlé longuement avec le Professeur Mercan et le psychologue. Ils étaient contre son projet du jour car pour eux, trop violent émotionnellement. Il leur dit qu'il n'avait plus le choix. Ils l'avaient prévenu qu'elle pourrait perdre connaissance. Il avait donc demandé à Pierre de lui adjoindre un médecin.

Émilie ouvrit les yeux. Il l'aida à s'asseoir puis il lui tendit une petite bouteille d'eau.

- Tu t'es évanoui il y a une quinzaine de minutes.

Elle but une gorgée et resta silencieuse un long moment. Elle se tourna vers lui.

- Filo, c'est difficile de croire tes propos.

Il appela Pierre.

- Te connaissant, tu as dû prévoir une couverture aérienne. Si, si. Tu peux demander au pilote qu'il passe nous faire un coucou. Je dois prouver à Émilie qu'elle est une personne importante. Oui. Je sais. Et Amélia ? Elle dort toujours. D'accord. À tout à l'heure.

- C'est ainsi que tu vas m…

Les six gardes du corps de tout à l'heure se rassemblèrent au pas de course, à quarantaine mètres sur leur droite. Ils coupèrent l'allée en deux puis ils stoppèrent les promeneurs et les vélos. Surgi de nulle part, un petit hélicoptère étonnamment silencieux se positionna en vol stationnaire à quelques centimètres du bitume de l'allée, au centre de l'espace dégagé. Filippo leva le pouce. L'appareil bondit vers le ciel et y disparut. Les gardes se volatilisèrent aussi. Le tout n'avait pas duré plus de trente secondes.

- Ils m'émerveillent quand ils agissent ainsi.

- Tu veux dire que…

- Tu viens d'avoir une démonstration d'une partie de l'équipe qui assure notre protection.

- Notre protection ?

- Oui. Toi, Amélia et moi. Nous sommes sous leur protection depuis la naissance de ta fille. Tu as mis en place un protocole avec Hector, Hector Giraud, le PDG d'Excellium. Pierre est responsable de notre sécurité. Il est un peu trop perfectionniste à mon goût mais on se sent en sécurité avec lui. Et puis, Amélia l'aime beaucoup.

- Mais tu l'as présenté comme ton ami ?

- Il l'est devenu avec le temps. Mais j'ai eu du mal.

- Je suis vraiment riche alors.

- Oui. Tu es même considéré comme une ultra riche.

- Mais les gens ne me traitent pas ainsi. Regarde à l'hôpital.

- Oui car tu es enregistré sous mon nom. Pas sous le tien. Seuls le psychologue et le Professeur Mercan savent qui tu es vraiment. Le Professeur Mercan a dû le faire car il y a eu une fuite lors de ton accouchement. L'hôpital a été envahi de paparazzis. J'ai même dû sortir Amélia d'urgence pour la protéger des photographes qui avaient localisé votre chambre. Elle avait dix-neuf heures. On a dû se réfugier dans ta maison à côté du Siège du Groupe.

- Mais pourquoi les paparazzis étaient après nous ?

- Uniquement après toi et ta fille. Tu es tellement mystérieuse qu'un infime morceau de ta vie est comme le Saint Graal. Cette vermine voulait exposer ton accouchement et ta fille.

- Pourquoi seulement nous et pas toi ? Nous sommes mariés. C'est aussi une information cruciale sur ma vie.

Il est temps, Filippo.

- Nous ne sommes pas mariés. Je ne suis pas le père biologique d'Amélia. Nous n'avions aucun lien deux heures avant sa naissance.

- Je ne comprends pas.

- Je ne suis rien pour toi et ta fille. Personne. Un simple inconnu qui t'a conduit à l'hôpital pour cinq-mille euros.

- Attends ! À l'hôpital, tout le monde me prend pour ta femme. Ils m'envient tous.

- Laisse-moi t'expliquer…

- Ils disent que j'ai de la chance de t'avoir. Ils disent que sans toi je n'aurai pas survécu. Je serai morte.

- Émilie…

- Ils disent que tu venais tous les jours avec Amélia. Que tu étais si triste. Que tu t'occupais de moi. Que tu me lavais et me brossais les cheveux. Qu'on a pleuré ensemble quand je suis sorti du coma. Que tu…

- Émilie…

- Ne m'approche pas ! Ne me touche pas !

Filippo fit signe aux gardes du corps. Ils accoururent.

- Je comprends. Adèle et son équipe vont te ramener à l'hôpital. Quand tu seras prête, appelle-moi n'importe quand, à n'importe quelle heure. Je te raconterai tout et je répondrai à tes questions.

Il la regarda monter dans une des Maserati noires et disparaitre dans la circulation. Il tenta de contrôler ses larmes mais il n'y arriva pas.

Il n'avait pas vu ou parlé à Émilie depuis dix-sept jours. Les rapports d'Adèle disaient qu'elle était à la dérive et ne suivait plus aucune séance de rééducation. Filippo avait rencontré le Professeur Mercan et le psychologue pour trouver un moyen de la redynamiser. Mais rien n'avait fonctionné. Il ne pouvait pas se résoudre à lui faire face si elle ne le souhaitait pas.

Il savait aussi que Mike était venu plusieurs fois et que parfois il était accompagné de juristes et d'avocats. Il devinait sans mal ses intentions. Il s'y était préparé assidument.

Il ne se l'avoua pas mais il était aussi à la dérive. Mais à la différence d'elle, on ne le laissait pas tranquille.

- Filippo, tu dois trancher pour le plan marketing de la rentrée.

- Nous devons mettre en place un appel d'offres pour sélectionner nos transporteurs logistiques pour la zone sud-américaine.

- Nous devons aussi anticiper la réussite de la phase III de la molécule contre la maladie de Chagas et lever des fonds pour produire en masse le médicament. Il nous faudra ajouter une unité de fabrication automatisée à celle existante.

- N'oublions pas de budgéter le recrutement pour renforcer toutes nos équipes.

- S'il vous plait ! J'ai pris connaissance de tous vos messages et documents. Je répondrai dans les deux jours.

- Ce ne sera pas nécessaire !

Mike Percy était dans l'encadrement de la porte entouré d'Hector, de Pierre et de quatre personnes de la sécurité. Il s'approcha et il lui tendit un document. Signé par Émilie, c'était un pouvoir faisant de Mike le nouveau PDG et révoquant toutes les prérogatives de Filippo sur le champ.

Le pire des scénarios.

- Je vois que vous avez obtenu ce que vous convoitez depuis si longtemps.

- Ce qui me revenait de droit ! Sortez-le immédiatement de mon bureau.

Édouard et Mathieu se levèrent et s'interposèrent entre Filippo et les gardes.

Jacques attrapa le document laissé sur la table de réunion.

- Filippo doit céder son poste à cette personne. Ce document est en règle.

- Il l'est. Émilie l'a signé ce matin. Elle ne veut plus jamais vous voir près d'elle ou de sa fille. Vos affaires ont été retirées de la maison et sont dans le bureau de la sécurité.

- Quelle fille ?

- Elle a aussi une fille ?

- Je la trouve un peu dure avec Filippo.

- Un peu dure ? Il doit assumer les conséquences de ses actes. Il l'a manipulé et il lui a menti.

- On parle de moi ou de vous ? Parce que là, cela n'est plus clair pour moi.

- Sortez-le du bâtiment et assurez-vous qu'il ne s'en approche plus jamais.

Filippo s'adressa aux directeurs médusés.

- Prenez soin de vous, de vos équipes et du Groupe. Cela a été un honneur et un privilège de travailler avec vous.

Il préleva dans son portefeuille, son passeport et une belle liasse de billets. Il posa sur la table l'objet en cuir contenant encore cartes bancaires, carte grise, entre autres choses. Il posa aussi son badge d'accès, son téléphone mobile et son trousseau de clés. Il mit les mains dans ses poches puis il sortit de la pièce après y avoir jeté un dernier regard entouré des quatre agents de sécurité.

Il fut accompagné jusqu'à la porte piétonne car il ne voulut pas récupérer son volumineux sac.

De la rue, Filippo observa le Siège puis la maison à ses côtés.

Tu as une nouvelle vie à démarrer. Celle-là vient de se clôturer, se dit-il.

Il prit la direction du centre-ville. Il fit une halte dans un café, consomma un demi puis passa un appel téléphonique dans la cabine locale réservée au client. Il parla une quinzaine de minutes et raccrocha. On le rappela cinq minutes plus tard. Il discuta à nouveau une dizaine de minutes. Il continua vers le Capitole marchant nonchalamment et flânant comme un touriste.

Brusquement, il s'engouffra dans un car dont les portes se fermèrent sur lui. Le véhicule démarra et prit la direction de la banlieue ouest. Comme il le soupçonnait, il était filé par deux couples.

Filippo descendit à l'arrêt suivant et se précipita vers la bouche de métro. Il attrapa le premier à quai. Il partit immédiatement en direction du sud. Filippo descendit deux stations plus loin car il se souvenait qu'il y avait une petite galerie marchande attenante. Il entra dans le premier magasin de vêtements. Il se débarrassa de son élégant costume et tout ce qu'il portait, pour une tenue décontractée, short en jean, tee-shirt, basket et casquette. Il s'adjoignit un sac à dos dans lequel il plaça d'autres habits et une paire de lunettes de soleil.

Il en ressortit méconnaissable. Il prit le premier bus arrivant et il y monta. Il s'assit de manière stratégique, observant discrètement les allées et venues à l'extérieur. Le car démarra.

Personne de suspect pour l'instant, se dit-il.

Mais il ne se relâcha pas pendant les sept jours que dura son voyage pour rejoindre sa destination. Il avait alterné, trains, bus et ferry traversant la France, l'Allemagne, la Pologne, le Danemark, la Suède et enfin la Norvège.

Hammerfest, la ville la plus septentrionale du monde, n'était pour lui que le dernier point de passage vers sa destination, à presque trois-cents kilomètres des côtes, dans la mer de Barents. C'était une plateforme pétrolière en construction.

Eirik l'attendait au port à sa sortie du ferry. Ils se firent une accolade qu'on aurait pu interpréter comme autre chose que de l'amitié. Les deux hommes ne s'étaient pas vus depuis presque huit ans. Ils allèrent prendre la navette héliportée sur le ponton de l'opérateur pétrolier. Ils embarquèrent avec dix personnes.

Eirik lui dit que l'hélicoptère arrêterait les trajets dans quelques jours pour minimum dix mois. Donc il devait rapidement décider s'il restait ou pas.

L'appareil décolla une dizaine de minutes plus tard et fila rapidement vers le large.

Filippo n'avait pas l'intention de quitter cet endroit.

Il regarda la côte disparaitre dans la brume.

Tel était son objectif. Disparaitre et s'isoler du monde.

Et tout oublié.

Puis-je vraiment revenir ?

Les premières semaines avaient été éprouvantes et exténuantes. Puis son organisme s'était adapté aux conditions de travail et au froid arctique. Son aversion pour le froid s'était peu à peu estompée. Il ne se lassait pas des aurores boréales et de l'agitation apaisante de la mer.

Le travail était abrutissant et difficile. Il adorait ça car son esprit était complètement vidé et le sommeil l'emportait sans préambule. Les journées s'enchainaient sans qu'il ait le temps de penser à autre chose.

Graduellement, il prit du gallon. Il passa de chef d'équipe à responsable du pôle technique. C'est à ce titre qu'un hélicoptère le déposa à Hammerfest cinq mois après son arrivée.

La ville était totalement différente. Elle était plongée dans la nuit polaire, recouverte d'un épais manteau neigeux et balayée par le vent arctique. Il arrêta la Jeep de la compagnie devant l'hôtel. Son assistant et lui y pénétrèrent. Ils retirèrent leurs lourdes parkas marquées à leurs noms et les accrochèrent au mur.

Magnus le guida vers le bar vide, en contre bas de la porte d'entrée, et à côté de l'escalier menant aux chambres. Il passa derrière le comptoir et il leur servit une bière. Il déposa le montant de leur consommation dans le pot en verre dédié. Comme le bar, l'hôtel était en gestion libre. Les convives y dormaient, payaient le prix indiqué et partaient. Le personnel n'était présent le matin que s'il y avait eu des clients. Magnus lui apprit qu'ils étaient inexistants pendant cette période. Filippo s'exprima en anglais.

- C'est quoi déjà son nom ?

- Gultorsenbirkerland.

- Bonjour, monsieur Gutourzan… je n'y arriverai pas.

Son assistant sourit de ses autres essais infructueux pour prononcer le patronyme correctement.

- C'est facile pourtant, Gultorsenbirkerland.

- Ah, ça m'énerve ! Pourquoi je dois venir accueillir cet ingénieur gouvernemental ? Il va nous aligner parce qu'on n'aura pas respecté à la lettre les consignes de sécurité. Je vais aux toilettes.

- Cette fois-ci, pense à baisser ta salopette.

Il se mit à rire. Filippo se dirigea vers les sanitaires en maugréant.

Il avait pris une cuite.

Une seule.

Eirik avait convié quelques collègues proches à son anniversaire et avait sorti les bouteilles. Emporté par l'ambiance, il avait enchainé les verres. Tout, ce qu'il avait enterré sous le travail, ressortit brutalement. Émilie, Amélia, le Groupe, il leur raconta de manière décousue cette vie-là où il avait été un PDG. Tous éméchés, ils n'en firent pas cas, et chacun recensa ses échecs, ses succès et ses fiertés.

Il revint quelques minutes plus tard dans le bar, la tête baissée sur la fermeture éclair qui refusait de passer son nombril.

- Très drôle, Magnus. J'ai oublié une seule fois. J'étais bou…

Il s'arrêta net en relevant la tête quand il eut réussi. Il reconnut deux silhouettes positionnées dans le hall d'entrée. Ils ne l'avaient pas encore vu. Il fit marche arrière en évaluant les options d'évasion possible.

Il se figea. Une petite fille déboula de l'escalier menant aux chambres et se précipita vers lui quand elle l'aperçut. Elle passa en courant devant l'assistant, incrédule en observant le reste de la scène.

- Papa ! Papa !

- Méli !

Instinctivement, il s'accroupit. Elle lui sauta au cou et le serra très fort.

Il l'enlaça également en se relevant.

- Papa manquer moi ! Beaucoup, beaucoup !

- Tu m'as aussi beaucoup manqué. Comme tu as grandi ! Comme tu es jolie !

- Pince !

Elle lui montra la barrette ornée d'une fleur qui maintenait ses cheveux.

- C'est vrai, elle n'est pas mal. Mais tu es plus jolie !

Elle lui fit un bisou et le serra à nouveau dans ses bras en mettant sa tête sur son épaule.

Hector et Pierre s'approchèrent.

- Cela n'a pas été facile de te débusquer.

Hector lui tendit la main. Filippo la serra ainsi que celle de Pierre.

- Où ai-je fauté ?

- Tu es monté dans la hiérarchie de la compagnie pétrolière. Ils ont interrogé ton casier judiciaire.

- Je vois. Pourquoi me cherchez-vous ?

- Notre patronne veut te parler.

- Méli, va avec Pierre. Je n'ai pas le temps pour ça. Magnus, on bouge !

- Euh… oui Patron.

L'assistant se leva précipitamment, rejoignant Filippo dans le hall d'entrée.

Amélia se mit à pleurer et à se débattre pour quitter les bras de Pierre. Filippo voulut prendre sa parka mais elle n'était plus accrochée au mur. Émilie l'enfila comme otage.

- T'es là toi aussi ! T'as pas mieux à faire de tes milliards ? Retournez tous à Toulouse et laissez-moi tranquille !

- Filo, tu nous manques. Tu me manques. On a fait dix heures d'avion et attendu plusieurs jours pour te voir. S'il te plait.

Il prit la direction de la sortie.

- Papa ! Papa !

Amélia s'accrocha à sa jambe juste au moment où il ouvrit la porte. Malgré le sas, le froid arctique pénétra massivement dans le hall faisant immédiatement et drastiquement baisser la température. Magnus se précipita et enveloppa la fillette dans sa parka.

- Patron ! L'enfant ! Patron !

Filippo regarda dehors vers la liberté. Il lâcha la porte. Elle se referma, arrêtant net l'arrivée de l'air polaire. Il prit Amélia dans ses bras et la ramena dans le bar. Il l'installa près d'un des trois poêles au gaz et il lui frotta doucement les mains pour la réchauffer. La fillette reniflait bruyamment en le fixant, les yeux pleins de larmes. Émilie lui tendit un mouchoir en papier. Filippo l'attrapa, essuya les joues de l'enfant puis le présenta à son petit nez. Elle se moucha, en ne le quittant pas du regard, de peur qu'il s'en aille à nouveau sans elle. Elle lui tenait également le pantalon. Émilie s'assit à côté d'eux.

- Filo, tu as dit que tu me raconterais tout.

- Hector connait aussi l'histoire.

- Elle n'a jamais voulu m'écouter.

L'intéressé s'installa au bar avec Pierre et Magnus. Ce dernier était intrigué par ces visiteurs ayant un tel impact sur son patron.

- Filo, je veux que ce soit toi qui me racontes notre histoire.

- C'était il y a cinq mois qu'il fallait demander ! Avant que tu me vires comme un malpropre !

- J'étais en plein désarroi et en pleins doutes. Mike s'en est servi pour me manipuler.

- Comment va-t-il ?

Pierre intervint.

- Il te maudit chaque jour. Il t'a baptisé de noms d'oiseaux que je ne connaissais même pas.

Puis Hector.

- Il te recherche activement. On a fait en sorte qu'il cherche loin d'ici.

- Vous ne m'aviez pas parlé de ça ! Pourquoi recherche-t-il Filo ?

- Je ne sais pas. Mais cela le met dans une rage folle. Voilà pourquoi nous devions le trouver avant lui.

- Filo ?

- Disons que j'ai fait en sorte de protéger le Groupe de son avidité.

- Protéger le Groupe ? Il est en train de l'avaler et de l'intégrer à son consortium. Le Groupe Piétri-Duval n'existera bientôt plus. Il détruit le travail de ma mère et de ma grand-mère.

- Il t'a viré de ton entreprise au bout de deux mois ? Trois ?

- Trois. Ça a l'air de t'amuser !

- Il est si prévisible !

Magnus l'interrompit.

- Patron. Il est là.

Un homme carré venait de passer la porte d'entrée de l'hôtel.

- Le travail m'appelle.

Amélia se leva en même temps que lui, en ne lâchant pas son pantalon.

- Avec toi !

- Ce n'est pas possible, ma grande. Là où je vais, les petites filles n'ont pas le droit de venir.

Amélia se remit à sangloter. Magnus se présenta au nouvel arrivant.

- Bonjour, monsieur Gultorsenbirkerland. Bienvenue à Hammerfest. Je suis Magnus Erkierick du pôle technique de VIMM.

- Où est monsieur Sidar ?

- Je suis là. Je règle un problème et nous vous conduisons à la plateforme pétrolière.

Magnus s'approcha de lui.

- Patron, tu sembles avoir pas mal de choses à régler. Laisse-moi lui faire la visite.

- Tu es sûr ? Et pour le niveau 35 a3 ?

- T'inquiète pas ! On sait ce qu'on doit faire.

- OK. Magnus va vous accompagner et nous ferons la synthèse lors de votre retour. Bonne visite.

Magnus fit un clin d'œil à Amélia puis il entraina l'inspecteur vers la sortie.

- Sidar ?

- C'est le nom de jeune fille de ma mère.

Il prit Amélia dans ses bras et il alla s'asseoir sur l'unique canapé. Elle se blottit contre lui quand il lui chantonna une des nombreuses comptines espagnoles qu'elle affectionnait. Elle s'endormit en quelques minutes. Pierre posa la bière de Filippo devant lui et attrapa Amélia. Hector monta avec lui pour la mettre au lit.

Émilie s'installa à côté de Filippo. La pièce était à nouveau vide.

- Raconte-moi notre histoire.

Il but une gorgée.

- Arrêté sur l'aire de Carcassonne-Arzen pour prendre de l'essence, une Maserati jaune…

Il parla longuement. Il avala sa dernière gorgée en guise de conclusion.

- Grâce à une infirmière, tu nous as protégés et tu t'es occupé de nous.

- Cela a été un enchainement dû au hasard sinon je vous aurai laissé à vos vies. J'aurais surement dû le faire.

- Je suis heureuse que le destin t'ait gardé près de nous. Mais, tu es vraiment ouvrier câbleur ?

- Oui. Je suis un simple ouvrier qui même en trimant toute sa vie n'arrivera pas à économiser pour s'acheter une Maserati.

- Je me suis sentie beaucoup plus riche sur un toit d'hôpital, sur une plage à regarder la mer ou à découvrir ma fille pour la première fois. Tout cela s'est produit grâce à toi. Ne te dévalorise pas parce que tu n'as pas d'argent. Mon argent n'est que le résultat du travail acharné de ma famille. Je ne suis qu'une rentière.

- Ne te dévalorise pas non plus. Tu es une personne avec un impressionnant bagage scientifique. Tu as cinq masters ! Tu as amélioré la formulation de l'antibiotique maison et épuré ses composants pour obtenir un produit plus efficace, plus facile à fabriquer. Ton brevet est cité comme référence dans le monde pharmaceutique.

- C'est là où je ne comprends pas. Tu as l'air de très bien connaitre la pharmacologie et son écosystème.

- Ta maison toulousaine possède une bibliothèque très complète. J'avais beaucoup de temps à tuer entre deux biberons.

- Filo, je sais que tu as pris ma place au pied levé pour régler une grève.

- Ah. On t'a parlé de ça.

- Évidemment que l'on m'en a parlé ! Tu as résolu une grève en une demi-journée alors que d'autres y travaillaient depuis dix jours !

- K, enfin Mike, avait plutôt mal bouclé son projet. Il a été facile de désamorcer la situation et de reprendre le contrôle. Tu y serais arrivé aussi sans aucun doute.

- Bien sûr que non ! C'est l'effet Filippo ! C'est toi !

- Ah, je vois que tu as également parlé avec Miriam.

- Elle m'a appelé avec l'ensemble des directeurs pour demander ton retour immédiat. Ils m'ont fait ton éloge disant que tu avais remis le Groupe sur les rails du succès et que c'était injuste qu'un autre en récupère les lauriers. Mais c'était quand même elle, la plus vindicative. Elle a démissionné au bout de quelques jours. Elle a jeté à mes pieds, sa lettre de démission, en me disant que tu avais été le meilleur PDG qu'elle n'ait jamais croisé.

- Elle a passé beaucoup de temps à m'enseigner la gestion d'entreprise pharmaceutique. J'ai appris énormément. C'est grâce à elle que j'ai continué à m'occuper de ta société après la grève.

- Vraiment ? Je me suis aussi pris un savon par un Argentin, Luc Mores.

- Lucas Moueres. Il a fait ça ? C'est un sacré personnage. Il m'a saoulé au Fernet Branca. J'en ai encore des haut-le-cœur.

- Explique-moi comment tu peux être un ouvrier câbleur et gérer avec succès une entreprise pharmaceutique internationale.

- Je me suis juste laissé porter par les évènements. J'ai eu de la chance. Mais surtout, j'étais bien entouré. Tes directeurs sont tous hyper compétents et professionnels.

- Ils m'ont dit que tu étais leur mentor et leur lumière.

- Là, ça commence vraiment à me gêner.

- Filo, reconnais que tu t'es éclaté en tant que PDG. Et moi, comme les autres, on s'en fout de ton parcours professionnel. Tu as été moteur dans tout ce que tu as entrepris.

- J'admets que c'était plutôt plaisant d'être pour une fois décideur, au lieu d'exécutant. Mais je suis revenu à ma place ici. J'ai retrouvé mes marques. J'ai soif, tu veux un truc ?

- Non.

Il se leva et alla au bar. Elle comprit qu'il s'esquivait. Elle n'insista pas. Elle ne souhaitait pas le braquer sur l'évidence qu'il niait. Il se rassit quelques minutes plus tard avec une nouvelle pinte à la main.

- Et toi ? Tu en es où ?

- Je suis sortie définitivement de l'hôpital fin août. J'y retourne une fois par semaine. Je n'ai pas de séquelles traumatiques. Je vis presque normalement. Ma mémoire n'est toujours pas entière notamment sur la journée de mon accouchement. J'ai encore un peu de mal pour comprendre certaines choses que je maitrisais avant. J'ai aussi des cachets pour les céphalées, pour renforcer mon cortex cérébral et pour les angoisses. Elles sont toujours là. Mais de ce côté, cela va bien mieux depuis qu'on a retrouvé ta trace et que nous sommes venus ici.

- Amélia ?

- Cela a été très très compliqué avec elle. On s'est rejeté mutuellement. Elle, parce qu'elle avait surement compris que tu étais parti à cause de moi. Et moi, parce que je la considérais à l'origine de mon coma.

- Comment avez-vous résolu ça ?

- On ne l'a pas fait. Inaya, Camille et Pierre s'occupent d'elle. Je reste en retrait. On n'a aucun échange.

- Tu comptes faire quoi ? C'est ta fille. Tu ne dois pas te satisfaire d'un statu quo. C'est à toi d'effectuer le premier pas.

- Elle ne m'accepte pas en tant que mère.

- Il faudrait déjà que tu te considères comme tel et que tu fasses le point sur tes propres rancœurs.

- Je l'ai fait. Tu ne veux pas lui parler ?

- Pourquoi dois-je faire cela ? C'est ta fille.

- Tu es son père, elle t'écoutera.

- Je le suis que sur le papier, et par erreur. D'ailleurs, il faudrait que tu annules ma filiation.

- Quoi ? Jamais ! S'il te plait, ne pense pas ainsi. Elle ne connait et ne reconnaitra que toi comme père. Tu es formidable dans ce rôle. Ne pense plus à ce genre de chose.

- Un jour ou l'autre, cela posera un problème pour ta fortune et vis-à-vis de son père biologique.

- Son père biologique ne fut qu'un faux pas sans lendemain d'une soirée déprimante et trop arrosée. Excellium m'a appris qu'il était décédé pendant mon coma. Pour l'argent, je ferai le nécessaire pour que jamais il n'interfère dans votre relation. Votre lien est trop précieux. Je ne veux surtout pas qu'elle soit privée des personnes qu'elle aime. Je ne veux pas qu'elle vive les mêmes choses que moi.

- Quoi qu'il en soit, tu dois trouver le moyen d'établir le contact avec ta fille. Un peu de courage…

- … pour une grande récompense. Je sais. Filo, tu m'as vraiment, vraiment beaucoup manqué. Un peu de courage…

Elle se rapprocha de lui. Elle voulut l'embrasser mais il la repoussa.

- Ne fais pas ça.

- Nous pouvons commencer une vraie histoire.

- Pour finalement me faire chasser comme il y a cinq mois ? Non merci ! Je devrai remercier Mike. Il m'a rendu un fier service. Il m'a permis de te voir telle que tu es vraiment. Personne ne change. Cet adage te va comme un gant. Ce fut un électrochoc très désagréable mais j'ai bien compris la leçon ! Je ne m'intéresserai plus à ta vie ou à celle de ta fille. Désormais, je m'en fous ! Oh, ça fait du bien de le dire à haute voix ! Je m'en fous ! De toi, de ta fille et de ton entreprise ! J'ai tenu mon engagement, et même bien plus. J'ai perdu deux années de mon existence à pouponner ton monde. J'ai pu m'échapper et couper tous liens avec lui. J'étais enfin libéré. Je pouvais enfin respirer. Retourne à Toulouse et ne reviens jamais.

Il se leva et posa sa pinte sur le bar. Puis il se rendit aux toilettes.

Quand il revint quelques minutes plus tard, Émilie n'était plus là.

Il avait atteint son objectif. La différence sociale était telle qu'il était préférable de mettre fin clairement à tout cela.

Il passa derrière le comptoir, lava son verre et la mit à sécher. Il alla dans le hall et attrapa sa parka.

Le châle d'Émilie était prisonnier de la porte interne.

Il eut un mauvais pressentiment. Il le ramassa et l'accrocha aux porte-manteaux. Il enfila sa parka puis il sortit.

Le vent s'était calmé en autorisant la neige à voleter paisiblement mais le froid était toujours aussi saisissant et mordant. Des traces de pas contournaient l'hôtel par la droite. Il les suivit.

Illuminé par un haut lampadaire au loin, il vit Émilie marchant placidement sur la route et tentant d'attraper les flocons, telle une enfant. Sur le chemin, elle avait retiré son gilet et jeté la barrette qui tenait ses cheveux permettant à ces derniers de flotter dans le vent. Il courut pour la rejoindre en enlevant sa parka. Arrivé à son niveau, il le lui plaça sur le dos.

Il la tourna vers lui. Elle avait le regard vide et lointain, comme lors de sa sortie du coma.

- Viens, il faut rentrer !

- Non !

Elle le poussa et se débarrassa de la parka. Il glissa et tomba sur les fesses. Elle se mit à rire en repartant. Filippo se releva.

- Mèl, rentrons à l'hôtel.

- Je veux pas ! Je veux voir la mer ! Je veux être encore heureuse. Heureuse !

Elle attrapa un flocon et le guida jusqu'au sol en s'accroupissant.

Elle se redressa. Il s'approcha doucement en tendant la parka pour l'y emmitoufler.

- Mèl, je t'en prie. Tu es en hypothermie. Tu vas être gravement malade.

Elle se mit à valser en tournant sur elle-même.

- Je veux m'endormir pour toujours, pour toujours, pour touj…

Elle glissa et s'écroula lourdement dans la neige. Elle se mit à rire. Filippo se précipita et l'enveloppa dans son manteau. À nouveau, elle le repoussa. Cette fois-ci, elle ne réussit pas à l'écarter. Elle se débattit.

- Mèl, reste tranquille !

Il arriva à la maintenir dans la parka. Elle commença à être prise de tremblements.

- Maman vient me chercher ! Amène-moi au paradis avec toi ! Maman ! Mam…

Elle perdit connaissance.

Filippo la souleva et la ramena aussi vite qu'il put à l'hôtel. Il traversa le sas et le hall pour la déposer sur le canapé. Il le rapprocha d'un poêle. Puis il appela à l'aide en retournant à l'entrée. Il attrapa deux kits de survie ainsi que les grosses couvertures stockées là. Il commença à la déshabiller quand Pierre déboula le premier. Il lui demanda d'appeler les secours. Avec l'assistance d'Hector, il l'enveloppa dans une couverture de survie sur laquelle il ajouta deux en laine. À bout de force, il tomba à côté d'Émilie pris de violents tremblements et sombra dans l'inconscience.

Il se réveilla brusquement sortant d'un cauchemar où l'eau le submergeait sans qu'il puisse faire quoi que ce soit.

Il n'était plus dans le bar mais dans une chambre, dans un grand lit.

Il était allongé à côté d'Émilie.

Une large couverture chauffante les enveloppait entièrement et diffusait sa tiédeur bienfaitrice. Hector dormait dans un fauteuil à leurs pieds. Il ne vit pas Pierre. Il supposa qu'il était avec Amélia.

Il se tourna vers Émilie. Il passa son bras sous sa tête. Il la fit basculer vers lui pour qu'il puisse être peau contre peau, accélérant leur réchauffement respectif. Il s'endormit, épuiser par ces quelques mouvements.

Il émergea doucement. Deux yeux verts le fixaient allongés à côté de lui. Il s'étira puis il se mit sur le côté pour lui faire face. Le fauteuil était vide.

- Mèl, comment vas-tu ?

- Ça va. Et toi ?

- Ça va mieux.

- Bien que cela ne me pose aucun problème, pourquoi es-tu dans mon lit ? Et, pourquoi sommes-nous en sous-vêtements ?

- Quel est ton dernier souvenir d'hier ?

- Tu m'as rejeté durement.

- Et après ?

Elle réfléchit.

- C'est vague mais j'avais très froid.

Il lui raconta ce qui lui manquait. Honteuse, elle se cacha sous le drap. Il le tira pour voir son visage.

- Je m'excuse pour mes mots d'hier. J'étais effrayé d'être abandonné encore une fois. De n'être qu'un banal ouvrier accédant à des fonctions bien au-delà de ses prérogatives. D'être… amoureux de toi depuis notre première rencontre. De ne pas pouvoir être à la hauteur de ton statut social et de tes espérances. De ne pas avoir le courage de m'engager avec toi. Je n'ai réussi qu'à contenir difficilement mes sentiments pour te repousser et t'abandonner. Mais ton escapade m'a fait prendre conscience que tu étais beaucoup plus effrayé que moi. Que la vie te terrifie bien plus que la mort. Que ta détresse est immense. Que la solitude t'étouffe depuis l'enfance. Que les blessures dans ton cœur sont profondes. Mèl, pardonne-moi de t'avoir fait souffrir. Pardonne-moi.

Les larmes inondaient le visage de la jeune femme. Il la prit dans ses bras et la serra fort contre lui. Elle pleura un long moment. Elle se calma enfin et s'écarta pour lui faire face.

- Filo, je suis amoureuse de toi pour ce que tu es et non pour ce que tu as. Je me fous de l'argent ou du regard des autres. Tu m'as ancré dans cette vie dont je n'attendais plus rien et que je ne voulais plus. Laisse-moi t'aimer et rester près de toi.

On frappa à la porte.

Filippo posa un doux baiser sur ses lèvres et il s'assit.

- Entrez.

Amélia se glissa à l'intérieur et grimpa sur le lit. Elle se plaça entre sa mère et Filippo, se collant contre ce dernier. Il répondit à son sourire et il lui fit un de ces bisous sonores qu'elle adorait.

Pierre entra à son tour et déposa sur une chaise leurs habits secs.

- Vous avez bien meilleure mine qu'hier. Il faut aussi se nourrir pour reprendre des forces.

- On arrive.

Pierre referma la porte. Ils descendirent une dizaine de minutes plus tard. Chacune d'un côté, Émilie et Amélia tenaient fermement la main de Filippo.

Dans le bar, pas grand-chose n'avait changé. Il avait été juste ajouté dans un coin une table contenant le petit déjeuner.

Les nouveaux venus s'installèrent et mangèrent joyeusement. Hector et Pierre s'assirent près d'eux. Hector entama la conversation.

- Vous nous expliquez.

- Nous devions faire des mises au point…

- … et quelques ajustements.

- Mais cela n'arrivera plus.

- Plus jamais.

- Très bien. Un problème réglé. Restent les autres.

- Quelqu'un prend un deuxième café ? Non. Je m'en ressers un puis vous me faites un topo de la situation.

- Cela veut dire que tu vas revenir ?

- Je ne suis jamais vraiment parti. C'est pourquoi K me cherche.

Filippo se leva et remplit sa tasse. Puis il se rassit. Il but par petite gorgée.

- Il le fait exprès !

- Filo ?

- Après avoir rencontré K et avoir lu votre dossier, j'ai pu cerner parfaitement le personnage et son mental. J'ai donc mis en place des contremesures pour limiter la surface de ses nuisances.

- On les a mis en place ensemble.

- Exacte Hector. Cela ne va pas vous plaire de l'entendre mais j'ai envisagé qu'Excellium puisse se retourner contre nous en faveur de K ou d'un autre. J'ai réfléchi à d'autres contremesures. En discutant à gauche et à droite, j'en ai trouvé et implémenté plusieurs, invisible lors de la mise en place aux premiers abords, mais nettement plus agressifs et invasifs.

- Tu peux nous en parler même si tu n'as pas confiance ?

- Vous avez toujours eu toute ma confiance. Je vous suis reconnaissant à tous les deux de nous avoir aidés et assistés. Je suis pleinement conscient que sans vous, aucun de nous trois ne serait là aujourd'hui. Même si je ne vous le dis pas, je vous considère comme ma famille. Mais on peut se retrouver sous contrainte et sans pouvoir agir. Comme l'a été Violaine. Comme vous l'avez été lors de mon renvoi.

- Vu ainsi.

- J'ai fait dématérialiser tous les documents officiels touchant de près ou de loin le Groupe Piétri-Duval y compris, et j'en suis désolé, l'ensemble de tes biens et participations. Mèl, il faudra que tu t'y intéresses vraiment. Dans ton portefeuille, tu as des perles que tu devrais développer et exploiter. Tu as une participation majoritaire dans une compagnie qui travaille sur un concept de hautes énergies propres. Leur projet et leur progrès sont très très prometteurs. Enfin bref. Il n'existe plus aucun document officiel au format papier.

- En quoi cela pourrait expliquer qu'il te recherche ?

- Dans ce concept, les documents sont signés numériquement et cryptés. J'ai trouvé quelques fonctionnalités supplémentaires et amusantes que j'ai fait implémenter en prévision de mon remplacement contraint à la tête du Groupe.

- Tu avais anticipé cela ? Malgré nos contremesures ?

- Nous avons affaire à une personne intelligente et pourvue de moyens conséquents. C'était une question de temps avant qu'il n'arrive là où il désirait. J'ai eu un peu peur que la démat ne soit pas finie à temps. Mais, elle s'est terminée dans les temps. Pierre, je suis sûr que tu as avec toi mon mobile.

Il sortit le téléphone de sa poche et il le lui tendit.

- Tu es vraiment agaçant quand tu fais ça.

- C'est pour toutes les fois où tu roules des mécaniques pour tes montages sécuritaires.

Émilie se tourna vers Hector tandis que Filippo alluma son téléphone et se signa pour passer toutes les protections.

- Ils sont toujours ainsi ?

- En permanence. C'est la forme que prend leur amitié.

- Je vois.

- Hector, va sur le portail internet du Groupe et va chercher ton contrat.

Il obtempéra. Il tapota quelques instants.

- J'y suis.

- Ouvre-le et parcours-le. Est-ce bien le tien ?

- Oui, c'est bien le nôtre.

- Récupère-le en local et consulte-le

- Oh, je vois ! C'est pour tous ?

Hector montra son téléphone à Émilie et à Pierre. Sous une photo de Filippo, il y avait un message dans une dizaine de langues informant qu'il devait prendre contact avec lui par un lien pour obtenir l'autorisation d'imprimer ou d'exporter le fichier.

- Contrats. Constitutions d'entreprises. Actes notariés, etc. Tous les documents officiels.

- Mais les institutions publiques ou notariales les ont au format papier. Donc, ça rend caduque tes contremesures.

- Les statuts et les constitutions du Groupe Piétri-Duval et de toutes ses filiales sont couverts numériquement à 100 %. Nous étions la première entreprise en Europe à y être passés complètement. Les brevets, 100 %. Les contrats avec les clients et partenaires, 100 %. Les biens de Mèl sont couverts à 70 %. Par l'entremise du cabinet du Premier ministre, j'étais en train de faire pression sur la Chine, le Mexique, la Thaïlande et la Malaisie pour les 30 % manquants. Tu pourrais perdre environ une dizaine de milliards d'euros sur ta fortune.

- Filo, est-ce que tu te rends compte de tes propos ?

- Je suis désolé. Je faisais le maximum ainsi que le cabinet du Premier ministre mais ces pays sont en retard sur la numérisation. Après, il f…

- Mais je me fous des dix milliards ! Tu dialoguais avec le cabinet du Premier ministre pour faire pression sur d'autres pays ! Tu te rends compte de la dimension que tu as pris ! Il ne s'en rend même pas compte !

- Il nous sidérait aussi.

- Quoi ? Qu'est-ce que j'ai fait ?

Émilie l'enlaça.

- Filo, tu es incroyable !

- En faite, pour préserver les 30 %, je t'ai mis sous tutelle, désolé. Donc en principe, il ne pourra rien te prendre.

- Tu es vraiment pas croyable !

- Ben quoi ! C'est aussi l'héritage d'Amélia. Il n'était pas question que quelqu'un l'en prive.

- Protecteur jusqu'au bout !

- Clique sur le lien. Je reçois ta demande. Et, je l'autorise.

- J'y ai accès !

- Donc s'il a le téléphone, c'est terminé !

Filippo sourit.

- Quoi ? Non ?

- Franchement les gars, la sécurité est supposée être votre métier.

- Il se moque en plus !

- Je t'avais demandé de faire casser un programme.

Il montra l'application.

- Ils n'avaient pas réussi.

- C'est moi qu'il faut et un moyen de pression pour me faire coopérer.

- Alors que tu détestes le froid, tu es venu t'isoler ici !

- Exact. Je devais attendre un an et vous envoyer les infos pour vous permettre de retirer ce que j'ai fait mettre en place grâce au téléphone. Je savais que vous le conserveriez.

- Ton plan est époustouflant !

- Je vous l'ai dit plusieurs fois. J'ai beaucoup regardé des films d'action et d'espionnage.

- Filippo, c'est bien au-delà !

- Bref, vous savez maintenant pourquoi il me cherche désespérément. Mais cela ne va le ralentir que quelque temps. Comment ça se passe pour le Groupe ?

- Pas bien. Pas bien du tout, Filo.

Émilie lui raconta que Mike avait licencié tous les directeurs pour y mettre son équipe et avait déplacé le décisionnel dans son holding au Luxembourg. Il avait fait aussi le nécessaire pour les empêcher de retrouver un travail.

La division responsable de la fabrication du matériel médical était celle qui était la plus durement impactée. Il était en train de transférer ces activités dans ses propres entités prétextant réduire les couts de fonctionnement. Mais il n'avait fait que prendre le contenu et laisser les contenants à l'abandon et aux chômages techniques.

Il n'avait pas encore touché aux autres divisions chargées de la recherche, des usines et des laboratoires. Elle pensait que ce seront ses prochaines cibles.

Une faune nouvelle gravitait autour de l'entreprise et de ses filiales, composée de conglomérats connus pour leur peu de respect de l'éthique et des règles. Bien que le grand public ne percevait pas ces changements, ce n'était pas la même chose pour les institutions et la concurrence. Elle lui dit ne pas comprendre ses intentions sauf si cela est pour détruire le Groupe.

Elle avait tenté de reprendre les choses en main. Mais le personnel la détestait autant que le nouveau PDG. Ils lui reprochaient d'avoir congédié Filippo. Elle se retrouva isolée sans pouvoir agir. Ses demandes étaient simplement ignorées. Et puis, elle dut reconnaitre que par le passé, elle ne s'était concentrée que sur la recherche et les développements médicamenteux. Le management et ses rouages lui étaient peu familiers. Cela était pire pour gérer les employés. Elle n'y avait jamais pris part.

Au bout de quelques semaines, elle ne vint plus au bureau. Cela ne servait plus à rien. L'emprise de Mike était totale. Elle prit ses distances et devint une simple spectatrice, remerciée un mois plus tard.

Ce fut au tour d'Hector. Il lui apprit que leur périmètre fut rapidement réduit au strict minimum contractuel. Il fut forcé de licencier plus de 90 % du personnel affecté à la sécurité du Groupe. L'effectif restant fut cantonné dans des tâches de conciergerie.

De fait, les revenus d'Excellium étaient en berne. Car comme par hasard, ses autres clients avaient aussi réduit leur besoin.

Tout en les écoutant raconter les cinq mois couvrant son absence, Filippo mesura le pouvoir de destruction d'une seule personne. Il trouva cela effrayant.

Il s'interrogeait sérieusement si tous n'avaient pas trop d'attente à son propos, et si le meilleur moyen était de disparaitre à nouveau pour lever la pression qu'ils commençaient à lui faire porter.

Mais il ne voulait plus blesser ses trésors. Alors, il plaça ses mains derrière sa tête et commença à réfléchir.

Filippo et Pierre sortirent enfin de cet aéroport sous un soleil écrasant. Ils avaient débarqué il y a une heure et demie. Mais les contrôles douaniers avaient été infernaux. La tension était partout dans ce pays sortant de guerres civiles sanglantes. Le Soudan du Sud n'était pas vraiment une nation où le tourisme était conseillé.

Filippo s'étonna auprès de Pierre que la Maserati n'était pas encore arrivée. Son ami l'ignora et il alla vers un 4x4 poussiéreux. Un Africain était allongé sur le capot moteur tirant sur sa cigarette. L'homme sauta à terre quand il les vit. Pierre lui parla en anglais.

- T'avais pas dit que tu arrêterais la clope ?

- J'ai menti.

Ils échangèrent une chaleureuse poignée de main.

- Filippo. M16.

Une nouvelle poignée de main s'échangea.

- M16 ?

- Ouais, c'est mon flingue préféré.

- Je vois.

- Tu l'as trouvé ? Vraiment ?

- Ouais. Sûr à 100 %. Il a été une petite célébrité dans le passé. Il s'est fait pas mal d'amis… et d'ennemis. Beaucoup le garde à l'œil. Il traine à quatre-cents bornes, dans le Sud-est.

Il leur indiqua son véhicule. Il fit signe aussi au conducteur du 4x4 garé derrière lui contenant cinq hommes. Le convoi s'ébranla et prit la direction du seul pont routier enjambant le Nil blanc. Ils traversèrent la ville de Djouba, la capitale du pays.

Filippo se demanda comment devait être le reste du territoire car l'agglomération ne brillait pas par son urbanisation. Les trottoirs étaient inexistants et le bitume aléatoire. Les constructions n'étaient pas mieux loties. Après, c'était la première fois que Filippo venait sur le continent africain. Il minora son jugement arguant que les besoins et la culture étaient différents. Et puis, il y avait eu la guerre civile.

Ils mirent un certain temps pour atteindre le Nil blanc et le pont. L'indiscipline générale, la circulation chaotique, les barrages et les points de contrôle en étaient la cause. De l'autre côté du viaduc, cela ne s'améliora pas car le large quartier périphérique de Gumbo bordait l'axe routier avec les mêmes problèmes. Puis la chaussée bitumée permit d'élever la vitesse et de voir enfin les grandes plaines du pays. Cependant, on retrouvait les points de contrôle périodiquement.

Regardant le paysage, il repensa à la discussion qu'il avait eue avec Miriam et Édouard, quelques jours auparavant, et motivant ce voyage.

Ne représentant qu'un petit pourcentage de sa fortune globale, il avait proposé à Émilie de se dégager complètement du Groupe Piétri-Duval et de se tourner vers les autres biens de son portefeuille. Il lui avait désigné de très nombreuses entreprises œuvrant dans la recherche et pouvant satisfaire sa soif scientifique. Il avait eu un définitif et catégorique non. Car pour Émilie, il n'était pas question d'abandonner le Groupe Piétri-Duval. Il était le résultat du travail acharné de sa grand-mère et de sa mère.

Elle l'avait supplié de l'aider à stopper l'hémorragie et d'en reprendre le contrôle. Il ne pouvait rien refuser à ses yeux verts. Mais il avait besoin de renforts auxquels il pouvait faire entièrement confiance. Le premier candidat sur sa liste fut Miriam.

Bloquée par K, elle n'avait pas pu trouver d'emploi sur la région toulousaine. Elle avait dû accepter un poste bien en deçà de ses compétences sur Bordeaux, ne revenant que le week-end vers ses enfants et son mari. Sa famille était au bord de l'explosion.

Quand Filippo apparut à son travail, elle lui sauta dans les bras en pleurs. Heureuse de le voir, elle ignora Émilie comme seules les femmes savent le faire. Bien que jalouse des rapports entre eux, Émilie prit sur elle sachant que sa situation était de sa faute.

Filippo proposa à Miriam de rejoindre sa nouvelle équipe. Elle n'hésita pas une seule seconde et accepta. Il n'eut même pas le temps de lui vendre le poste qu'il voulait lui attribuer quand tout serait réglé. Elle lui dit qu'elle s'enfichait tant qu'elle travaillerait avec lui.

Émilie prit toute la dimension du charisme de son bien-aimé. Elle le vit aussi à l'œuvre quand il recruta Édouard et Jacques. Eux aussi n'avaient pas pu trouver d'emploi pour la même raison. Par contre, il s'en accommodait bien. Leur moyen était suffisant pour ne pas travailler pendant une année entière.

Ils établirent leur nouveau quartier général dans un appartement possédé par Émilie et aménagé en bureau, dans la banlieue toulousaine. Ils explorèrent de nombreux scénarios. Mais chaque fois, ils revenaient au même point, bloqué par les actions qu'avait menées K pour protéger sa position.

Le convoi ralentit et s'engagea à gauche sur une large route de terre faisant décroitre fortement la vitesse pour éviter trous et ornières.

Le reste du voyage fut long et pénible. Il était bien loin du confort des Maserati. Pour le taquiner, il le fit remarquer à Pierre lors de l'arrêt pour la nuit.

Même s'il ne lui avait rien dit, Filippo se doutait que son retour l'avait libéré d'un poids et de la culpabilité envers Amélia. L'enfant n'avait surement pas cessé de l'interroger. La connaissant, elle n'était pas du genre à lâcher l'affaire. Elle avait dû le harceler.

C'est le privilège d'être vu comme un oncle, se dit-il.

Cela l'amusa.

Il devinait également qu'il s'était maudit de lui avoir enseigné les moyens pour échapper à une filature et se fondre dans le paysage. Mais il savait qu'il ne pourrait pas lui faire deux fois. Cela le fit aussi sourire.

Il se souvint de son retour de Norvège. La séparation à l'aéroport d'Hammerfest fut éprouvante car il ne pouvait pas rentrer avec elles. Il avait des engagements à tenir et des choses à terminer avant de passer le relais. Il avait dû promettre à ses deux trésors qu'il ne les abandonnerait plus.

Trois semaines plus tard, elles vinrent le chercher à l'aéroport toulousain en début de matinée. Bien qu'il n'y eût avec elles que Camille et Adèle, il apprit qu'une très large équipe supervisée par Pierre avait couvert l'ensemble de la période. Elle était demeurée active jusqu'à son départ pour le Soudan.

Être devant la maison toulousaine lui avait fait bizarre. Il n'avait jamais envisagé un seul instant d'y revenir. Il resta bloqué face à la porte d'entrée. Émilie lui avait pris la main et lui avait dit être chez lui en le tirant tendrement à l'intérieur.

Amélia avait pris le relais et l'avait conduit dans la salle à manger où elles avaient préparé une petite fête de bienvenue. Ils trinquèrent à leurs retrouvailles.

Épuisé par le trajet, il s'était installé dans le canapé du salon et s'était assoupi. À son réveil, il était entouré des filles endormies et blotties contre lui.

Il avait réalisé qu'à présent ils étaient une famille.

Il découvrit aussi une Émilie qu'il ne connaissait pas pendant les vingt jours qui précédèrent son voyage, l'ultrariche héritière.

Elle avait toute une faune de personnes chargées de répondre aux moindres de ses désirs et elle n'avait aucune notion de la valeur des choses ni retenue.

Le jour de son arrivée, il vit débarquer une cuisinière, une femme de chambre et un majordome. Émilie donna ses consignes puis elle retourna au salon continuer son livre, assise à ses côtés. Interloqué, il l'avait interrogé. Le plus naturellement du monde, elle lui avait répondu être incompétente dans une maison. Ils étaient donc là pour s'en occuper. Il lui avait dit qu'il était temps que cette maison devienne vraiment leur foyer.

Il raccompagna tout le personnel à la porte puis ils discutèrent longuement sur la manière dont chacun voyait sa vie commune et son quotidien. Ils firent chacun des concessions et ils s'accordèrent.

Une femme de ménage à mi-temps pour le nettoyage et le linge. Un homme d'entretien à mi-temps pour le jardin et la piscine.

Ils prépareront leur repas ensemble et feront leur course eux-mêmes.

Émilie avait promis de contenir sa mégalomanie dépensière mais il y eut quelques débordements qu'il avait dû corriger.

Raccompagner à la porte une trentaine de personnes qu'elle avait appelée pour présenter les dernières collections féminines des grands couturiers.

Renvoyer une équipe de tailleurs anglais venus pour prendre les mesures familiales pour des tenues de tennis assorties.

Transformer la commande des deux nouvelles Maserati Quattroporte GranSport bordeaux, toutes options, par une seule en décomptant la reprise des jaunes qui ne lui plaisaient plus.

Annuler la privatisation du centre commercial où ils devaient faire leur course et le Hummer-limousine pour les y amener.

Retourner la livraison d'une maison en bois précieux sur pilotis pour faire une cabane pour Amélia.

Ce fut aussi l'occasion de leur première dispute. Elle lui reprocha de l'empêcher d'utiliser son argent comme elle voulait. Il rétorqua que sa fortune lui pourrissait le cerveau et son bon sens. Chacun partit dans un coin opposé de la demeure. Amélia n'avait pas hésité et avait rejoint son père exacerbant la colère de sa mère.

Émilie ne put supporter la solitude bien longtemps. Alors, elle les localisa à la piscine et bouda assise sur un transat tandis qu'ils s'y amusaient.

Il fit le premier pas. Il la jeta à l'eau dans l'espoir de la dérider. Cela fonctionna en ajoutant un câlin de groupe puis un baiser langoureux. Les rires envahirent à nouveau la piscine.

Les choses allèrent bien mieux après. Chacun trouva petit à petit sa place et le contour de leur famille se dessina peu à peu.

La sonnerie du téléphone satellite le tira de ses souvenirs. Il parla longuement avec Émilie et Amélia, comme tous les soirs depuis son départ.

Ils repartirent dès le lever du soleil. Ils furent chahutés par la route toute la journée. Le bivouac fut enfin installé.

M16 discuta avec eux de sa stratégie pour localiser précisément la cible.

Le lendemain fut une journée repos pour Filippo et Pierre tandis qu'un seul homme resta avec eux. Les autres partirent à la recherche de la cible. Ils en profitèrent pour se débarrasser de leur habit européen au bénéfice de la galabeya, vêtement traditionnel de la vallée du Nil, plus adapté à leur environnement.

Un deuxième jour d'attente passa. La radio crépita en milieu de matinée du troisième. La cible avait été repérée.

Ils mirent deux jours pour l'atteindre.

À l'ombre d'un bosquet, Filippo regarda un vaste terrain vierge, parallèle au lit du Loyuro, rivière asséchée en cette période de l'année. Hommes, femmes et enfants, une cinquantaine de personnes en tout, s'activaient pour retourner la terre ocre avec des instruments dignes de l'époque préhistorique, sous un haut soleil brulant. Les troncs d'arbres arrachés précédemment étaient trainés par des travailleurs à l'aide de cordes et rassemblés à l'autre bout du futur champ cultivable. Là, un 4x4 prenait le relais et les amenait près de la route poussiéreuse, située à plusieurs kilomètres et menant à Djouba. La vente à la capitale permettait de tirer un peu d'argent du terrain non encore exploitable.

Pierre interrogea M16 sur la raison des nombreux hommes armés. Les étrangers le comprirent seuls quand l'un des miliciens frappa avec la crosse de son fusil une femme épuisée par la chaleur. Elle s'était agenouillée pour reprendre son souffle. Une des ouvrières intervint. Elle la protégea comme elle put, en l'aidant à se relever. L'homme cessa ses coups pour leur crier dessus. La matriarche du groupe vint à leur secours. Elle sembla lui dire ses quatre vérités, lui clouant le bec. Puis elles soutinrent à deux la femme épuisée.

Les travailleurs étaient donc là contre leur gré.

M16 fit signe aux Européens de le suivre après le crépitement de la radio. Pour passer inaperçus, ils contournèrent le champ en profitant de la végétation haute et du terrain vallonné. Puis ils s'éloignèrent d'un bon kilomètre et ils rejoignirent deux des hommes de M16.

Ils avaient attaché et bâillonné un ouvrier et l'avaient assis face à un arbre. Ils maintenaient sa tête contre le tronc.

Pierre obtint la confirmation de M16. Il lui fit signe de le retourner. Le prisonnier les regarda sans broncher et sans peur, simplement résignée. Sa barbe grisonnante et son teint d'ébène lui conféraient une prestance et une élégance naturelle malgré ses haillons. Il détailla ses geôliers. Filippo désigna le bâillon. M16 lui lança un avertissement en arabe s'il lui venait la mauvaise idée d'appeler au secours. Il sortit son poignard puis il l'enleva. Filippo s'assit par terre face à lui et lui parla en anglais.

- Nous ne vous voulons pas de mal. Êtes-vous Taffir Muhaman ?

M16 traduisit en arabe. Il ne réagit pas plus. Pierre interrogea M16.

- Tu es vraiment sûr que c'est lui ? Il ne semble pas comprendre l'anglais.

- Peut-être qu'il est sourd ?

M16 désigna les balafres sur ses tempes et près de ses oreilles.

- Qu'est-ce qu'on f…

Des cris retentirent. Puis des tirs d'armes automatiques.

M16 se précipita puis rampa en haut d'une petite colline. Il explora avec ses jumelles d'où venait tout ce raffut. Il revint vers le groupe.

- On est découvert ! Ils ont tué deux de mes gars et fait prisonnier le troisième. Il lâchera le morceau pour rester en vie. On doit se barrer immédiatement !

- On fait quoi de lui ?

Pierre avait désigné le Soudanais.

- M16 assure que c'est notre homme. Amenons-le avec nous.

- Filippo, il va nous ralentir. Il va peut-être même le faire exprès !

- Je ne pense pas. On lui offre l'opportunité d'échapper aux hommes armés. Puis on doit être sûr.

- OK. On l'amène.

Le bâillon fut remis au prisonnier. À bonne allure, ils prirent la direction de l'ouest, vers leurs voitures.

Par geste, M16 ordonna l'arrêt au bout quelques minutes. Pierre empoigna son ami. Il le força à s'accourir et à faire silence. Il sortit aussi son arme.
M16 échangea de nombreux signes avec Pierre. Ce dernier ne semblait pas d'accord mais il obtempéra. Il attrapa le prisonnier et il indiqua à Filippo de le suivre en direction du nord. M16 commanda à ses deux hommes d'aller à gauche et à droite tandis que lui prit au centre.

Pierre pressa son ami ainsi que le Soudanais. Pierre ne les laissa pas s'arrêter ou se retourner quand ils entendirent des coups de feu ainsi que deux explosions. Ils marchèrent rapidement, traversant deux lits de rivières asséchées et atteignant l'objectif au bout de deux heures.

Tandis que le soleil se rapprochait lentement de l'horizon, ils prirent de la hauteur dans la zone montagneuse ouvrant largement leur champ de vision sur la plaine d'où ils venaient. Ils virent deux colonnes de fumés noirs côte à côte, correspondant à la localisation de leurs 4x4.

Pierre se maudissait. Il n'avait pas pris le téléphone satellite et son kit de recharge solaire. Il n'avait pas envisagé qu'ils auraient pu perdre les voitures. Il avait aussi fallu choisir entre eau et téléphone. À ce moment, le choix était évident.

L'homme capturé avait assurément parlé. Il préleva dans son sac à dos une bouteille qu'il donna à Filippo. Ce dernier but une gorgée devinant qu'il fallait se rationner. Il montra les liens de leur prisonnier. Pierre sortit son poignard et les coupa.

Le Soudanais retira prudemment son bâillon. Filippo lui tendit l'eau. Il devait être assoiffé. Car Pierre dut la lui prendre pour en avoir un peu. Il s'adressa à lui en anglais.

- Il faut partager. Partager.

Mais il ne sembla pas comprendre. Craintif, il se leva. Filippo lui expliqua qu'il était libre. Il s'éloigna et s'étendit sur un rocher plat. Filippo parla en français.

- Tu penses qu'il est vraiment sourd ?

- Il y a de fortes chances que ce ne soit pas la bonne personne.

- Donc on a fait le déplacement pour rien.

- Je suis désolé, Filippo. J'ai fait confiance à M16. Il n'était pas le genre à affirmer quelque chose sans en avoir la certitude. J'aurais dû me méfier. Il l'a trouvé en moins d'une semaine. Tu penses que c'est perdu ?

- Cela va être compliqué.

- En tout cas, repose-toi. Si M16 s'en est sorti, il devrait nous rejoindre au matin. On verra alors à ce moment.

Pierre continua le chemin pour prendre de la hauteur et avoir une meilleure visibilité.

Filippo regarda en direction de la vallée.

Comme les nuits précédentes, il était en extase devant la Voie lactée. Ce soir, la Lune était aussi de la partie et jouait avec les ombres dans la savane en contrebas. Comme en Norvège, et peut-être encore plus ici, il se sentait en communion avec cette nature sauvage et authentique. Aucune trace des méfaits de l'homme.

Que la végétation, l'air et le ciel ; cela ferait un excellent slogan, se dit-il en s'allongeant également sur une pierre plate.

Il se doutait qu'allumer un feu signalerait leur présence à des kilomètres à la ronde. Alors, il profita de la chaleur émanant de la roche. Le sommeil l'embarqua dans des cauchemars où K le virait encore et encore. Dans un autre, Émilie pleurait la perte de l'entreprise de sa mère et sa destruction à coup d'armes automatiques.

Il émergea brutalement en se demandant où il était. Ce moment de désorientation fut rapidement comblé par une envie pressante. Il se leva et se soulagea face à la vallée. Puis il revint vers son rocher qui était à présent froid.

Le Soudanais n'était plus sur son lit improvisé.

On aura au moins libéré une personne, se consola-t-il.

Mais l'Africain était toujours là. Il s'était simplement décalé. Il scrutait le paysage qui s'étendait devant eux.

Tentons une nouvelle fois, se dit Filippo en se levant.

Il s'approcha. Il montra l'espace à ses côtés. L'Africain le regarda puis ses yeux revinrent sur la vallée. Filippo prit cela pour un accord. Il s'installa et engagea à nouveau la conversation en anglais. Mais il ne vit aucune réaction. Il abandonna. Il parla en français.

- Faire un si long voyage pour un tel résultat. Quelle perte de temps. Quelle folie d'être venu chercher une personne partie depuis trente ans. Tu en penses quoi toi ? Je suis fou, hein ? Ah, je suis comme ça ! Je pense que la vie est une chose merveilleuse et que si l'on est fidèle à ses principes et respectueux des autres, elle nous aide et nous accompagne dans nos tâches. Ouais, je suis fou ! Trouver un professeur agrégé qui a obtenu le Prix Gairdner à vingt-six ans pour ses travaux sur l'attachement biomoléculaire dans un tel endroit, certes magnifique, mais loin de là où un scientifique de ce calibre doit résider. Dans le meilleur des cas, il a quitté le pays avant les guerres civiles. Ou malheureusement, il fait partie des innombrables victimes. Parfois, je perds confiance dans l'homme. Pourquoi faire tant d'efforts pour le sauver ? Pourquoi produire des médicaments pour prolonger sa vie ? Ne devrait-on pas simplement le regarder défaillir devant un banal rhume ?

- Je prends l'engagement solennel de consacrer ma vie au service de l'humanité. Je considérerai la santé et le bien-être de mon patient comme ma priorité…

Filippo avait ouvert grand les yeux quand l'Africain lui avait répondu en français.

- … Je veillerai au respect absolu de la vie humaine. Le serment d'Hippocrate. Vous êtes bien le Professeur Muhaman ?

- Cela fait si longtemps que personne ne m'avait appelé ainsi.

- Je suis enchanté, Professeur. Filippo Di Maria. Je viens de France pour vous parler.

- Vous êtes loin de chez vous, monsieur Di Maria.

- Filippo, s'il vous plait.

- Vous êtes dans le milieu médical ?

- Dans celui de la pharmacologie. C'est un monde que j'ai découvert il y a deux ans, forcé par les circonstances. J'ai dû remplacer ma femme qui a eu un grave problème de santé.

Les mots, ma femme, avaient une résonance particulière depuis quelques semaines. Ils étaient devenus un vrai couple, quelques jours après son retour de Norvège et leur première dispute. Leurs premiers rapports avaient été décevants, pour l'un et l'autre. Car malgré leur physique attrayant, ils avaient très peu d'expérience. Ils durent se découvrir et apprendre. Et avec assiduité, ils progressèrent atteignant rapidement la maturité nécessaire. Et depuis, c'était un feu d'artifice de volupté, de sensualité et de plaisir.

- Vous faisiez erreur. Le prix Gairdner a été attribué à l'ensemble de l'équipe de recherches. Et non à ma seule personne.

- Un quart de la récompense vous revient donc. La communauté médicale a fait l'éloge de votre travail.

- Nos travaux sur l'attachement biomoléculaire détaillaient l'action sur les phospholipides de la membrane plasmique et le transport membranaire vers le cytosol.

- Vraiment hors de portée de mes maigres capacités.

- Vous souhaitiez me parler ?

- Oui. Grâce à ce prix, vous avez eu de nombreuses opportunités, dont celle de travailler avec le Groupe Piétri-Duval.

- En effet. Charlotte m'en avait persuadé. Elle avait un magnétisme et un charme envoutant. Sa rhétorique était aussi très fine et empreinte d'une élégance unique. Une femme qu'il était difficile d'ignorer.

- Émilie, sa fille, a bien hérité des traits de sa mère.

- Vous la connaissez ?

- Oui. C'est ma femme.

- Vraiment ? J'ai appris le décès de Charlotte plusieurs années après. À cette période, mon pays était en pleine guerre civile. Il m'aurait été de toute façon impossible de me rendre à son enterrement, vu mes responsabilités à l'époque. Un de mes plus grands regrets fut d'être parti de France et de n'avoir pas pu garder contact. Votre femme, va-t-elle mieux ?

- Oui, bien mieux. Il y a eu des complications lors de son accouchement. Elle est restée dans le coma pendant un an et demi.

- Votre femme a vécu les craintes de Charlotte. Elle avait peur d'être comme sa propre mère. Elle a consulté des spécialistes chevronnés et fait un nombre conséquent de tests. Le résultat fut définitif et ferme. Elle était en excellente santé et aucune complication ne pourrait entacher son bonheur.

- Malheureusement, ils se sont trompés. Elle est décédée en donnant naissance à sa fille.

- Comment ? C'est impossible ! Impossible !

- Ils ont dû passer à côté de quelque chose.

- Si vous aviez connu Charlotte, vous sauriez que cela n'est pas possible. Elle avait un don agaçant pour aller au fond des choses. Six mois après la fin des premières consultations et avis positif, elle a fait éplucher par un cabinet spécialisé, cinquante années d'accouchements avec complication sur cinq continents. De la synthèse, elle a organisé un symposium et a fédéré les plus éminents experts de la profession et de la planète. Même les cas uniques ont été analysés et écartés avec certitude. Elle n'a pas pu décéder de l'accouchement ou de ses suites. La connaissant, elle a dû s'entourer en plus de l'excellence du métier.

- J'ai peur que malheureusement, cela reste un mystère.

- Il n'y a pas de mystères en médecine qui ne peuvent être résolus.

- Je suis venu pour vous demander votre aide.

- Comme vous le voyez, je ne pratique plus de recherches. Tout s'est arrêté avec mon retour au Soudan en 89. Avec le recul, ce fut une énorme erreur.

- Pourquoi ?

- J'espérai que ma réputation d'homme éclairé me permettrait d'être entendu pour créer une nation juste et forte. Mais je ne suis allé de déception en déception. Nous avons bien obtenu notre indépendance. Mais à quel prix ? Et surtout, pour en faire quoi ? L'argent et les moyens ont été engloutis par la corruption et les intérêts personnels. Les institutions et les administrations sont quasiment inexistantes. Le peuple meurt de faim. Il vit dans la peur et l'insécurité. Le faible est asservi par le fort. Regarder où vous m'avez trouvé, moi qui ai participé à la création des textes de l'Indépendance. Sans votre intervention, je serai toujours en train de préparer la terre pour planter du cannabis, soigner les bobos des uns et des autres, aux mains de cette milice de bouchers, pour rembourser des dettes que je n'ai jamais contractées. Je suis fatigué de tout ça. Tellement fatigué. Alors, je ne sais vraiment pas en quoi je vais pouvoir vous aider.

- En explorant les statuts du Groupe Piétri-Duval, nous avons fait une découverte surprenante. Par un montage très complexe, Charlotte a créé deux portefeuilles d'actions de plusieurs centaines d'entreprises. Quand on suit les différentes participations et actions de ces entreprises imbriquées dans d'autres, il s'avère que votre nom apparait pour celui qui possède 2,5 % des actions du Groupe Piétri-Duval. Nous sommes toujours en recherche pour l'autre à 2 %.

- Je n'en savais rien. Lors de mon départ, Charlotte m'a dit qu'elle m'avait fait un cadeau.

- Le Groupe est en grandes difficultés depuis quelques mois. Émilie a été écartée et l'entreprise a commencé à être pillée. Nous aurions besoin que vous nous accordiez votre vote lors du prochain Conseil d'Administration extraordinaire, qui aura lieu dans quatre jours, pour que nous puissions en reprendre le contrôle et démettre le PDG actuel.

- Je suis à 4500 km de la France. Même si je suis navré de l'entendre, tout cela est bien trop loin de mes propres préoccupations.

- À l'issue du vote, nous pourrons racheter vos actions. Deux fois leurs prix. Nous n'avons pas le temps matériel de le faire avant le vote.

Filippo passa sous silence le contenu du compte à son nom où les intérêts de ses dividendes et résultats d'investissements s'accumulaient. Il était définitivement à l'abri du besoin.

- Regardez autour de vous. Il n'y a nulle part où le dépenser. Puis, l'argent et son pouvoir corrupteur sont ce qui a mené mon peuple à sa perte.

- Dans ce cas, permettez-nous d'utiliser vos actions pour démettre Mike Percy.

- Il est toujours là ce nuisible !

- Vous le connaissez ?

- Il gravitait autour de Charlotte tel un vautour cherchant à l'endormir avec ses costumes onéreux et ses beaux discours. Elle était bien trop intelligente pour se laisser berner. Elle l'a très vite cerné. Quand il a effectué un faux pas, elle l'a viré manu militari. Mais il s'en est sorti sans égratignure judiciaire grâce à ses nombreux contacts. Cependant, sa réputation avait été entachée. Charlotte y avait veillé. Il était hors de lui. Je crois qu'elle a même porté plainte pour menaces.

- À ce point ? Par contre, je n'arrive pas à comprendre comment il a pu se rapprocher d'Émilie et se faire passer pour un oncle aimant et désintéressé.

- C'est étonnant que Charlotte n'en ait pas parlé à Hector. Il est vrai qu'il n'est apparu qu'un peu plus d'un an après son renvoi.

- Qui est Hector ?

- Ce n'est pas le père de votre femme ?

- Elle est orpheline.

- Comment ça ? Charlotte avait enduré tous ces tests pour envisager sereinement l'avenir avec lui.

- Ne serait-ce pas Hector Giraud ?

- Oui. Un militaire de carrière.

- J'en étais sûr !

- Vous le connaissez alors ?

- Il est le PDG de la société qui assure notre protection. Il m'a beaucoup aidé au début du coma d'Émilie puis dans tous les projets que j'ai menés depuis pour défendre le Groupe. Je savais que ce n'était pas l'argent qui le motivait.

- Je suis quasi sûr que votre deuxième portefeuille était pour lui.

- Vous pensez ? Si c'est vraiment le cas, avec vos votes, nous allons arracher le Groupe des griffes de Mike Percy.

- Je vais signer avec plaisir le document vous donnant mon pouvoir.

- Vu l'enjeu et pour n'avoir aucun risque d'invalidation, vous devez venir avec moi au Conseil d'Administration extraordinaire.

- En France ? Je n'ai pas de papier d'identité et aucun moyen de la prouver. Je ne peux déjà pas sortir de mon propre pays ni émigrer dans les limitrophes à cause de mon passé d'activistes. Alors, entrer en France va être impossible.

- Ne sous-estimez pas ma motivation ni les moyens à ma disposition. Si je règle ces problèmes, viendrez-vous avec moi en France ?

- Je n'ai plus rien qui me retienne ici de toute façon. Puis le bouter à nouveau hors de l'entreprise de Charlotte sera un grand bonheur.

- Merci, Professeur. Pour le…

Un caillou tomba derrière eux. Couché sur un rocher en hauteur, Pierre leur fit signe d'aller se cacher. Ils comprirent pourquoi quelques minutes plus tard.

Un homme escaladait la montagne et venait dans leur direction. Pierre se releva et parla en anglais en le maintenant en joue.

- Tu en as mis du temps, M16 !

- J'ai fait un détour pour ravitailler.

Il montra deux besaces. Il les posa avec son arme fétiche sur un rocher et il s'y allongea. Pierre disparut et apparut à côté d'eux quelques minutes plus tard.

- Tu fais quoi ?

- Ben, je me repose !

- Tu ne comptes pas nous dire ce qui s'est passé ?

- Ben, dans l'engagement, des balles ont perforé le réservoir des voitures. Et boum ! Emportant ces salopards et mes deux hommes.

- Comment fait-on maintenant pour rejoindre Djouba et quitter le pays ? On doit être dans moins de quatre jours en France. Pour venir, on en a mis presque trois. Il y a une dizaine d'heures de vol. Il faut rapidement bouger.

Filippo l'avait regardé sévèrement.

- À l'aller, on a fait des détours. En principe, une douzaine d'heures est nécessaire pour regagner la capitale. Mais le problème, on est à pince et surtout sans moyen.

- M16, tu dois trouver une solution !

- J'y réfléchis, mec.

Taffir intervint.

- Pourquoi pas l'aéroport de Lokichogio ?

M16 fit le premier à réagir. Mais Pierre fut aussi surpris.

- Finalement, tu parles anglais. Et tu dis des choses intelligentes ! Normal pour un professeur ! L'aéroport kenyan de Lokichogio est la plateforme logistique de plusieurs associations humanitaires. Il est à soixante-dix kilomètres à vol d'oiseaux.

- Soixante-dix kilomètres !

- Ouais, une grosse journée de marche. Les trois quarts du chemin, c'est de la savane. Terrain facile.

- Mais soixante-dix kilomètres !

- Djouba est à trois-cents bornes.

- À mi-chemin vers le Kenya, il y a une petite ville. On pourra trouver un 4x4 pour terminer le parcours et gagner en temps.

- Filippo, je pense que c'est le meilleur plan pour tenir les délais.

- De là-bas, il y a des vols vers la France ?

- Il n'y a aucun vol commercial. Par contre, il est surement possible d'aller jusqu'à Nairobi pour prendre un vol vers la France.

- OK. On a notre plan. Allons-y.

- Doucement Filippo. Mangeons et hydratons-nous d'abord.

Ils piochèrent dans un des sacs, biscuits et fruits secs, ainsi que de l'eau.

Ils levèrent le camp un peu avant l'aube et ils se dirigèrent au sud-est. M16 ouvrait la marche, suivi de Taffir et Filippo. Pierre fermait la colonne. Ils se déplaçaient à bonne allure dans la savane sous un soleil de plus en plus présent et intense.

Taffir leur dit que son village était sur le chemin et qu'ils pourraient y faire une halte pour se ravitailler en eau.

En début d'après-midi, ils virent les habitations au loin, formés de ghotiyas, des huttes rondes de chaume avec des toits coniques. Composé d'une trentaine éparpillée largement, elles étaient cernées de cultures basses où il était impossible de se cacher.

M16 et Pierre n'aimaient pas le silence qui régnait.

Les deux hommes se séparèrent. Pierre emmena Filippo sur la gauche tandis que Taffir et M16 allèrent à droite.

Une forte odeur de charognes envahit l'air au fur et à mesure qu'ils s'approchaient des premières maisons. Filippo suivait Pierre avec assiduité. Mais rien ne l'avait préparé à leur découverte devant la première ghotiya qu'ils contournèrent.

Devant l'entrée, plusieurs cadavres étaient positionnés en ligne, supposant une exécution. La sauvagerie de l'acte était marquée par la décapitation des cinq membres de cette famille ainsi que par l'acharnement à coup de machettes sur leur corps qu'ils soient adultes ou enfants. Leurs viscères s'épanchaient dans la terre au milieu d'une impressionnante mare de sang.

L'estomac de Filippo se révolta. Il tituba jusqu'à l'arrière de la maison et son contenu bilieux se répandit sur le sol ocre. Aux aguets, Pierre revint à côté de lui. Même pour lui, ce spectacle était dur à soutenir.

- Filippo, il va falloir que tu prennes de la distance par rapport à tout ce que tu vas voir.

- Comment peut-on faire ça à des enfants ?

- Filippo, concentre-toi sur l'essentiel. Nous devons traverser ce village rapidement.

- Pierre, je ne vais pas pouvoir. C'était des enfants !

- Il y a une seule chose à laquelle tu dois penser, c'est à sauver ta vie pour retrouver celles que tu aimes.

- Pierre…

- Ils sont morts il y a moins d'une demi-journée. Nous devons quitter immédiatement cette zone.

Pierre chercha la force dans les yeux de son ami. Elle était en train de reprendre le dessus et de couvrir son dégout et sa peur. Il lui fit signe qu'il était prêt.

Les cadavres étaient tous atrocement mutilés et décapités. Filippo arrêta de les compter à la moitié du village.

Une chose était sûre, Pierre avait raison. Ils devaient sauver leur vie et rentrer près de leurs proches.

Il avait promis à Émilie qu'il resterait loin du danger. Mais à présent, il savait qu'il aura du mal à tenir cette promesse. Il marchait dans cette violence colorée du sang de ces villageois désarmés. La menace sera là tant qu'ils ne voleront pas en direction de la France.

Ils retrouvèrent à la sortie du village M16 et Taffir. Ce dernier pleurait silencieusement en regardant ses amis et connaissances assassinés. M16 reprit la tête, la main sur sa compagne à balles.

Ils atteignirent enfin un petit bois ainsi qu'une rivière asséchée qui leur permirent d'être un peu plus détendus. Un de ses affluents traversait la localité qui était leur destination.

Après le coucher du soleil, ils s'arrêtèrent et se cachèrent à bonne distance de la ville car les derniers kilomètres étaient à terrain découvert. M16 partit en reconnaissance.

- Taffir, mon être n'arrive pas à comprendre ce qui s'est passé dans votre village.

- Filippo, tu as vu ce qu'est l'homme sans contrôle ni garde-fous. Il n'est qu'une immonde bête, avide de pouvoir et de puissance. Donnez-lui un quelconque prétexte, il fera les pires atrocités. Nous ne sommes que du cheptel, des travailleurs, pour ces milices composées d'ex-soldats ou d'ex-rebelles.

- Il faut alerter ton gouvernement et l'opinion publique.

Taffir le regarda incrédule.

- Tu n'es pas en France ! Ici, cela n'a aucune influence sur le quotidien. Malgré l'accord de paix, peu de choses ont changé. Notre nation est gangrénée par ces milices qui profitent de l'absence d'autorité pour faire régner la peur et la mort.

- Dans ce cas, c'est une excellente chose que tu viennes en France. Tu pourras en parler et attirer l'attention sur ton pays.

- Personne ne sera intéressé par nos problèmes.

- Je ferai en sorte que ce ne soit pas le cas. Tu as ma parole, Taffir. On ne peut pas permettre que des enfants soient tués. Ils sont le futur.

Pierre leur conseilla de se reposer car la nuit risquait d'être longue.

Plus tard dans la soirée, Filippo remarqua l'inquiétude de son ami. M16 n'était toujours pas revenu. Ils avaient besoin de lui pour les guider dans ce pays dangereux. Sans ses contacts, ils n'auraient jamais pu sortir de la capitale et rester en vie.

Ils attendirent la deuxième partie de la nuit pour prendre le chemin de la ville. Ils mirent plus de temps que prévu car la Lune illuminait largement la savane et rendait difficile leur progression. Mais surtout, Pierre était excessivement précautionneux.

Depuis cet après-midi, Filippo sentait chez lui un sentiment qu'il ne lui avait jamais vu. Il était anxieux.

Avant de repartir, il lui avait confié une de ses deux armes de poing et il lui en avait expliqué l'usage. Connaissant son aversion pour la violence, ce geste en avait dit long à Filippo sur leur situation. Il avait aussi donné une arme à Taffir qui savait s'en servir.

Ils atteignirent enfin les premières maisons en briques rouges. Ils se faufilèrent parmi les habitations saccagées ou détruites. Ils en rencontrèrent des intactes mais qui semblaient inoccupées depuis longtemps. Ils continuèrent vers le centre de la ville. Mais cela n'y ressemblait pas. Ce n'était qu'un vaste espace poussiéreux.

Ils poursuivirent leur avancée. Les demeures étaient plus nombreuses mais pas trace d'occupants.

Ils trouvèrent la cause. La population s'était massée autour de la piste. Ils confirmèrent aussi les craintes de Pierre.

M16 était aux mains d'hommes armés.

Ils l'avaient attaché avec d'autres, tel un crucifié, sur la seule maison comportant un étage. Il ne faisait aucun doute qu'il était mort. On lui avait sectionné les deux jambes et son abdomen était ensanglanté.

En voyant le regard de Pierre, Filippo comprit qu'il tentait d'encaisser le choc et d'élaborer un autre plan avec ces nouvelles données.

Ils n'avaient rencontré aucun véhicule accessible sans danger. L'alternative était d'abandonner cette idée et de marcher. Filippo fit comprendre à son ami que le Conseil d'Administration n'était plus la priorité. Ils devaient sortir de ce cauchemar en vie.

Pierre fit signe à Taffir, lui indiquant la retraite. Ils se replièrent dans le secteur inoccupé et discutèrent puis ils prirent la direction du sud-est, se déplaçant parallèlement à la piste. Ils marchèrent à bonne vitesse pour quitter la plaine à la végétation rare où il n'y avait aucune possibilité de se cacher.

Ils atteignirent une large zone aux grandes herbes avec quelques arbres épars. Le soleil était déjà haut dans le ciel.

Ils firent une pause qu'apprécièrent Filippo et Pierre. Car même si le garde du corps avait une excellente condition physique, la chaleur était éprouvante.

Filippo était épuisé. Il avait une bonne hygiène de vie mais il n'était pas sportif. Cependant, il ne comptait pas ralentir ses compagnons.

Quant à Taffir, il ne semblait pas souffrir de la chaleur ni de l'effort. Il est vrai que la dureté de cette vie était son quotidien.

Ils reprirent la marche. La savane s'épaissit les forçant à réduire le pas.

Brutalement, ils glissèrent le long d'une paroi de terre abrupte et se retrouvèrent dans le lit asséché d'une large rivière. Elle avait surement emporté la végétation lors d'une crue. Arrachés en amont, des rochers l'encombraient.

Des cris les firent lever la tête en direction de l'autre rive. L'arme au poing, huit hommes quittèrent l'ombre d'un grand acacia. Taffir fut le premier à réagir. Il tenta de remonter la paroi.

Une rafale de mitraillettes l'en dissuada. Il leur fit face et fit feu à son tour. Les attaquants se dispersèrent et se dissimulèrent derrière troncs et rochers puis ils répliquèrent. Pierre attrapa Filippo et le força à s'abriter contre un rocher. Pierre se leva et tira en direction d'une large souche. L'homme, qui s'y cachait, fut transpercé par les balles. Ses compagnons le ciblèrent obligeant Pierre à se réfugier près de Filippo. Ce dernier avait les mains sur les oreilles pour amoindrir le bruit assourdissant des armes automatiques dont le son était amplifié par l'écho.

Pierre se dressa et fit à nouveau feu. Il en profita pour analyser la topographie du terrain. Puis il se jeta près de son ami pour éviter les projectiles. Il força Filippo à enlever ses mains.

- Tu dois gérer ta peur !

- Je sais !

Pierre se releva et tira pour maintenir à distance un des assaillants.

- On doit bouger et sortir rapidement de cette rivière !

- Guide-moi !

Pierre lui désigna un rocher sur la droite, à une trentaine de mètres.

- On va faire comme dans les films ! Tu cours, je te couvre ! Vas-y !

Filippo se leva d'un bond. Il fila aussi vite qu'il put sous les projectiles et se réfugia derrière. Il attrapa son arme pour couvrir à son tour son ami mais il essuya de nombreux tirs l'empêchant de se relever. Pierre plongea vers lui pour échapper de justesse à une copieuse rafale.

Ils se levèrent ensemble et firent feu. Pierre abattit un nouvel adversaire libérant leur flanc droit. Il courut vers une large souche, suivi par Filippo. C'était un mauvais choix que Pierre regretta rapidement car les balles déchiquetaient le tronc. Proche de l'autre rive, il désigna le prochain point à Filippo puis il lui fit signe d'y aller. Il se leva et arrosa copieusement leurs ennemis les forçant à museler leur tir. Il en profita pour rejoindre Filippo. Les projectiles le suivirent fidèlement mais n'arrivèrent pas à l'atteindre.

De son côté, Taffir n'avait pas bougé car il était sous le feu de quatre armes automatiques. Les tireurs se déplacèrent pour le prendre en tenaille. Il choisit ce moment pour répliquer. Il en abattit deux d'un coup calmant sévèrement l'ardeur des deux autres. Ils se replièrent précipitamment vers des rochers sous les balles. Taffir fit mouvement vers la position qu'occupaient précédemment les Européens pour reproduire leur cheminement et les rejoindre.

Ces derniers avaient atteint la rive et se hissèrent sur la berge protégée par une petite anse naturelle. Les deux assaillants s'étaient repliés eux aussi vers le bord mais ils ne furent pas assez rapides. Pierre les abattit quand ils y prirent pied. Il revint en longeant la rivière, se positionna et put éliminer les deux restants qui n'avaient pas suivi l'évolution du combat de leurs camarades. Taffir ne leur avait pas laissé de répit.

Filippo regarda près du grand acacia.

- Ils ont un 4x4 !

Il se précipita dans sa direction. Il n'entendit pas Pierre lui crier de ne pas y aller seul. Un individu sortit de derrière le véhicule et pointa son arme vers lui.

Filippo s'arrêta, perdit l'équilibre et tomba à terre.

C'est la fin, se dit-il.

Un coup de feu retentit. Puis un deuxième. Le soldat s'effondra. Par réflexe, il appuya sur la gâchette. Les balles sifflèrent autour de Filippo. Une lacéra profondément son bras gauche.

Une machette ensanglantée à la main, un nouvel homme surgit des fourrés proches.

Ça ne va jamais s'arrêter ! se dit-il en se relevant et essayant de fuir.

L'assaillant asséna un coup de son arme que Filippo réussit à éviter de peu. L'individu dégaina son pistolet, le mit en joue et fit feu. Mais Filippo n'était déjà plus sur la trajectoire, déportée sur la droite par Pierre. Ce dernier tira deux fois. L'attaquant tomba en s'empalant sur sa machette. Pierre aida son ami à se relever.

- Filippo, ça va ?

Filippo fit l'inspection rapide de son torse. Son bras ensanglanté créait une forte douleur dont il commença à prendre conscience.

- Grâce à toi ! Ça aurait pu être bien pire.

- C'est sup…

Pierre s'écroula.

- Pierre ! Pierre !

Filippo le retourna. Le côté droit de son ventre se colora en rouge. Il souleva sa chemise et vit l'impact. Immédiatement, il mit sa main sur la blessure.

Taffir arriva et regarda la plaie. Il constata que la balle était ressortie. Il se précipita et ouvrit la porte arrière du 4x4. Il trouva sous le siège une trousse médicale contenant peu de choses utiles. Par contre, il dégagea le plateau faisant office de sol puis il attrapa deux bouteilles d'alcool locales. Il en versa sur la blessure de Pierre mais aussi, par surprise, sur celle de Filippo, lui tirant un puissant cri de douleur.

- Je m'occupe de lui. Il faut que nous partions immédiatement d'ici. Vérifie le 4x4.

Filippo se leva et constata que la clé n'était pas sur le contact. Il fouilla les deux hommes près d'eux. Mais elle n'était pas là. Il la trouva sur un des soldats dans le lit de la rivière. Il revint au pas de course et démarra le véhicule. Il se mit à ronronner.

- Le réservoir est presque plein.

- J'ai réduit le saignement. Mais on doit rapidement lui donner du sang et des antibiotiques. Pour toi aussi.

- Plaçons-le derrière et filons en direction du Kenya.

Ils le glissèrent sur le plancher sale et malodorant avec précaution. Taffir s'installa avec lui sur le sol et continua de lui prodiguer des soins. Il lui fit un pansement de fortune en déchirant sa galabeya. Filippo se mit au volant et prit la direction du sud-est.

D'abord, il conduisit timidement pour minimiser les secousses et les embardées sur le terrain accidenté. Puis, il accéléra la cadence quand il atteignit un espace plus rectiligne et plat.

Il alterna entre ces deux modes. Bien qu'il doutait de son exactitude et de sa fiabilité, il surveillait le compteur kilométrique pour déterminer s'ils avaient passé la frontière. Mais en fait, c'était inutile car à aucun moment il n'avait su avec précision où ils étaient.

En deuxième partie de nuit, ils tombèrent sur une large piste. Espérant qu'ils en étaient proches, Filippo s'y engagea et accéléra.

Ce qu'il ne savait pas, c'est que l'endroit où ils avaient dû se battre était à un kilomètre et demi de la frontière kenyane. Ils avaient quitté le Soudan du Sud depuis plusieurs heures.

Il ralentit à l'approche d'un village. Taffir lui affirma qu'il devait être au Kenya. Effectivement, un panneau leur confirma être dans une ville kenyane. Il l'interrogea aussi sur ce qu'il devait faire, s'arrêter ici et tenter de trouver des médicaments pour Pierre. Ou continuer. Le Soudanais lui dit que les soldats kenyans n'étaient pas plus fiables que ceux de son pays. Et que la corruption était la même partout en Afrique.

Ils décidèrent de ne pas s'arrêter avant l'aéroport de Lokichogio. Les forces de l'ONU y étaient présentes et seraient plus enclines à les assister.

Filippo traversa le village à vitesse réduite puis il accéléra à la sortie. Il ne vit pas un 4x4 de l'armée kenyane s'engager derrière eux, feux éteints.

Il stoppa plus loin. Devant et chichement éclairé, il y avait un large bâtiment forçant la route à faire une chicane. Il demanda l'avis de Taffir. Ils furent d'accord. Cela ressemblait à un poste de contrôle. Ils étaient préférables d'éviter les autorités pour l'instant.

Il engagea la marche arrière.

Sortant de tous les côtés, des soldats kenyans les mirent en joue hurlant des instructions que Filippo ne comprenait pas. Il cria en anglais qu'il était espagnol et que son compagnon était gravement blessé. Il répéta plusieurs fois ses paroles jusqu'à ce que les injonctions des militaires soient en anglais.

Filippo et Taffir les suivirent à la lettre.

Ils s'allongèrent face contre terre, les mains hautes dans le dos. On les fouilla énergiquement puis on leur mit des menottes. Ils prirent leurs passeports. Ils emmenèrent les valides dans le large bâtiment tandis qu'ils virent une civière en sortir. On les détacha et chacun fut placé dans une cellule.

Taffir s'assit par terre habitué à la lenteur de ce genre d'administration.
Ce n'était pas le cas de Filippo. Il regardait sans cesse dehors, inquiet et cherchant à savoir s'il s'occupait de Pierre.

Les deux heures d'attentes furent un calvaire pour lui. Mais enfin, la civière contenant Pierre fut déposée dans le cachot attenant au sien. Il avait un grand bandage sur le ventre. Un infirmier lui fit signe d'approcher. Il désinfecta son bras et finit par lui mettre un large pansement.

Filippo le remercia. Un officier apparut et plaça une chaise devant sa cellule tandis que son subalterne se posta en retrait la main sur son arme. Le gradé s'adressa à lui en anglais.

- Je suis le lieutenant Mairaga. Vos passeports montrent que vous étiez chez nos voisins soudanais.

Filippo lui résuma brièvement et sans trop de détail leur aventure.

- … avons pris la direction du Kenya. Quand j'ai préparé mon voyage, je ne me suis pas intéressé à la situation sécuritaire du Soudan du Sud. Honnêtement, je n'aurai jamais pensé que de telles choses existaient. Je m'en mords les doigts. Mon ami a été grièvement blessé.

- Où vous rendiez-vous ?

- Nous voulions aller à l'aéroport de Lokichogio et y demander de l'aide. Mais nous sommes tombés sur vous, c'est bien mieux.

- Malheureusement, vous êtes entrée illégalement dans notre pays. Nous allons devoir vous maintenir en prison jusqu'à ce que votre histoire et vos identités puissent être confirmées. Le problème est la lourdeur administrative. Cela va bien prendre quinze jours, le temps que toute la paperasse soit en ordre. Je suis inquiet pour votre ami. Notre infirmier m'a dit qu'il lui fallait rapidement une transfusion de sang ainsi que des antibiotiques. Ces deux choses sont très difficiles à trouver.

- Y a-t-il un moyen d'accélérer les formalités au moins pour mon ami ?

- C'est l'Afrique ! Il y a toujours un moyen !

Il lui fit le signe bien connu désignant l'argent.

- Combien ?

- Beaucoup.

- Soyez plus précis.

- Huit-mille dollars américains.

- Et pour régler tous les problèmes administratifs ?

- Dix-mille de plus.

- Nous n'avons pas une telle somme sur nous. Il me faut appeler un ami en France.

Il tira la chaise. Son subalterne ouvrit la porte et mit en joue Filippo. Le prisonnier suivit l'officier dans la pièce d'à côté. Ce dernier lui désigna le téléphone.

- Vous parlerez en anglais à votre ami.

Filippo composa le numéro d'Hector. Le lieutenant activa le haut-parleur.

- C'est Filippo. Je suis sur haut-parleur. On est dans la merde. On a dû fuir au Kenya. On s'est fait attaquer et Pierre a été gravement blessé au ventre.

- Quoi ?

- Il a été soigné par le Professeur Muhaman puis par un infirmier kenyan. Mais il a besoin d'une transfusion et d'antibiotique. Il me faut de l'argent.

- Où êtes vous précisément ?

Le soldat prit le téléphone des mains de Filippo.

- Il a besoin de trente-mille dollars américains pour que les choses se passent au mieux.

- Je comprends. Communiquez-moi un compte bancaire et restez près de ce téléphone avec mon ami. Je vous rappellerai dès que c'est fait.

L'officier donna le numéro et clôtura l'appel. La sonnerie retentit au bout d'une quinzaine de minutes. Le soldat décrocha.

Filippo le vit passer, de détendu à garde-à-vous, en moins de temps qu'il faut pour le dire. Son interlocuteur lui aboyait dessus, le forçant à éloigner le combiné de son oreille. Il eut une courte conversation en swahili puis il tendit le téléphone à Filippo. On s'adressa à lui en anglais.

- Bonjour, Monsieur Di Maria. Je suis Nouhru Ondigana, Vice-président du Kenya. Au nom de mon pays, je vous présente toutes nos excuses pour la manière dont vous avez été traité à votre arrivée sur notre sol. Un hélicoptère militaire vient de décoller. Il sera là dans environ vingt minutes. Il vous déposera à l'aéroport international de Nairobi. Je viendrai personnellement vous accueillir et faciliter vos démarches.

- Merci beaucoup.

- À tout à l'heure.

Filippo rendit l'appareil. Le soldat raccrocha mal à l'aise. Il fouilla dans un tiroir, sortit les passeports et il les lui restitua. Le téléphone sonna à nouveau, faisant sursauter le militaire. Il décrocha, écouta quelques secondes puis il passa le combiné. Il quitta la pièce dépitée.

- C'est Hector. Les problèmes administratifs ont dû être réglés.

- Je crois que oui. Tu connais le Vice-président ?

- J'ai rendu un service à son boss il y a quelques années. Il m'en devait une. Un avion privé est en train de faire le plein pour vous rapatrier à Toulouse. Une équipe médicale vous attendra à Nairobi. Comment va Pierre ?

- Je ne sais pas. Il ne sait pas réveiller depuis qu'il s'est évanoui dans mes bras. Il a pris une balle à ma place, Hector. À ma place !

- Filippo, calme-toi. C'est son travail. Et toi, es-tu blessé ?

- Oui, au bras.

- Gravement ?

- Je ne sais pas. J'ai très très mal. C'est par vague. J'ai l'impression que l'on me l'arrache et le brule en même temps.

- OK. Tiens le coup jusqu'à Nairobi !

- Je ne vais pas flancher maintenant, t'inquiète. Par contre, ne dis pas à Mèl qu'on est blessé. Elle va être paniquée.

- Elle l'est déjà. Elle n'a pas eu de vos nouvelles depuis deux jours. Je lui ai dit que le problème venait de votre téléphone satellite.

- C'est la vérité. Il a explosé avec la voiture.

- Quoi ? !

- Je te raconterai. Oh, tu dois dire à Miriam et Édouard que les 2 % sont surement à ton nom.

- Quoi ? ! Comment ça ?

- Passe le message. J'ai aussi convaincu Taffir de venir au Conseil d'Administration. Fais le nécessaire pour qu'il puisse nous accompagner en France. Il n'a pas de papier.

- Taffir ? Le Professeur Muhaman, je suppose ? Il est encore avec vous ?

- Oui. On doit impérativement y être pour botter le train de K.

L'officier entra et attira son attention. Derrière lui, des soldats avaient pris la civière contenant Pierre. Le Soudanais était aussi à ses côtés.

- Vous y serez. Je m'en occupe.

- Je pense que l'hélicoptère militaire arrive. Merci Hector.

Filippo raccrocha. Quelques minutes après, l'appareil décolla et fila vers Nairobi.

Une heure et quart plus tard, il se posa de l'autre côté de la piste, dans la partie des Forces aériennes kenyanes, face à trois ambulances civiles. Les véhicules de secours étaient eux-mêmes devant un Falcon 8X dont les moteurs tournaient au ralenti.

Le personnel médical guida Filippo vers une des ambulances. L'équipe des deux autres avait déjà pris en charge son ami ainsi que Taffir.

Les ambulances étaient très bien équipées. Le pansement fut enlevé et la plaie nettoyée soigneusement. Puis une radiographie de son bras fut effectuée avec un appareil portable. La balle avait perforé ses muscles et fêlé l'humérus. On lui refit un bandage propre puis on lui injecta des antibiotiques ainsi que des analgésiques pour éviter les complications et maitriser la douleur. On lui mit aussi un large sur le front et plusieurs autres sur le corps. On lui donna un cocktail de pilules.

Accompagné de trois officiers, le Vice-président vint se présenter et s'excuser à nouveau tandis qu'un des soldats prit son passeport ainsi que celui de Pierre. Ils bavardèrent quelques instants. Mais Filippo était inquiet pour son ami.

Il l'entraina vers l'ambulance où ce dernier était soigné. Le personnel s'affairait autour de lui. On lui avait placé une intraveineuse raccordée à une pochette de sang, un monitor transmettait les battements de son cœur et on lui avait mis un respirateur sur le visage. Son pansement avait été remplacé.

On le rassura. Il n'était plus en danger car son état avait été stabilisé avec succès. Il le préparait pour l'évacuation.

Taffir se joignit à eux. Lui aussi avait de nombreux bandages.

L'officier revint au pas de course avec les passeports. Il annonça que tout était en règle et qu'ils pouvaient quitter le sol kenyan.

C'était le signal qu'attendait le personnel médical. Ils emmenèrent Pierre toujours inconscient vers l'avion et ils l'embarquèrent sous les instructions du commandant de bord. Ce dernier s'approcha de Filippo et se présenta. Il l'informa qu'ils seront en vol dans trente minutes et que l'arrivée devrait être autour de 13 h 45.

Filippo remercia le Vice-Président puis il embarqua avec Taffir. Le Falcon 8X décolla à l'heure annoncée et prit la direction de Toulouse.

Filippo ne vit rien du voyage ni de l'intérieur du luxueux jet. Ni Taffir d'ailleurs. Ils sombrèrent dans un sommeil réparateur.

L'avion arrêta ses moteurs à l'heure prévue près de l'aérogare d'aviation d'affaires et de tourisme. Une ambulance, une voiture de la Police aux Frontières,

cinq gendarmes motorisés et trois Maserati noires attendaient sur le tarmac.
Les officiers patientèrent jusqu'à ce que la porte fût ouverte. Ils montèrent à bord.
Ils prirent et vérifièrent les passeports mais ne firent aucun contrôle pour Taffir. Ils
les accompagnèrent hors de l'appareil.

L'officier tendit les passeports à Hector venu accueillir ses amis. Il lui dit que
tous étaient en règle.

Hector fit une chaleureuse accolade à Filippo le prenant de court et lui tirant
un cri de douleur. Il s'excusa et serra la main de Taffir. Puis il les entraina vers
une des Maserati et il les fit monter derrière tandis qu'il s'assit à la place du
passager avant.

- Ne t'inquiète pas pour Pierre. Il va être conduit dans un hôpital dans
quelques minutes. Ils l'attendent. Le Conseil d'Administration extraordinaire
démarre à 14 h. On sera à l'heure.

Trois des gendarmes motorisés activèrent leur sirène et se dirigèrent vers la
sortie. La Maserati leur emboita le pas accompagné d'une de ses sœurs. Le convoi
gagna en vitesse rapidement, forçant les autres véhicules à se ranger. Les voitures
s'arrêtèrent quinze minutes plus tard devant les grilles du Siège.

Sur le lieu, l'équipe d'Hector leur ouvrit la marche vers l'entrée de l'entreprise
car la cour était noir de monde. Les employés du Siège mais aussi des filiales
françaises étaient présents massivement. Quand ils aperçurent Filippo, ce fut une
acclamation d'honneurs comme peu de personnes n'avaient jamais reçu,
surprenant autant l'intéressé que Taffir. Il sut plus tard que chaque ancien
directeur s'était chargé d'informer les différentes filiales, bureaux et usines de
l'importance des actions du jour. Et au vu de l'écho, Émilie avait loué à ses frais
des chambres d'hôtel pour loger toutes ces personnes.

Filippo monta les quelques marches du perron et se retourna vers la foule.
Le silence se fit. Il les exhorta à se faire entendre des actionnaires et de leur
exprimer bruyamment leur attente. Il ajouta que pour sa part, il n'avait aucun
doute sur l'issue de ce Comité.

Il fut copieusement applaudi et encouragé. Puis l'auditoire se mit à scander
son nom.

Ils disparurent à l'intérieur du bâtiment et se dirigèrent vers l'immense salle de
réunion.

Hector présenta des documents à la sécurité du Comité. Elle vérifia leur
présence sur la liste des convoquées. Tous les trois entrèrent par une porte latérale
et s'assirent sur le côté sans que personne ne fasse attention à eux.

La pièce pouvait contenir cent-soixante-cinq personnes. Sur les quarante-cinq
places de la table centrale, trente-six étaient occupés. De chaque côté, les soixante
sièges étaient presque tous utilisés. L'anglais était employé.

- … ordre du jour de ce Comité d'Administration extraordinaire est la
demande de révocation du Président du Conseil d'administration et du
Président-directeur général, monsieur Mike Percy ainsi que la nomination de son
remplaçant. La parole est à madame Émilie Piétri-Duval, l'initiatrice de ce Conseil
d'Administration extraordinaire.

- Bonjour, à tous. J'ai fait une monumentale erreur en confiant à Mike Percy les reines du Groupe Piétri-Duval. Il m'a manipulé et profité de ma faiblesse pour...

- Calomnies ! Ce ne sont que des mensonges !

- Monsieur Percy, je vous prierai de respecter le temps de paroles des différents actionnaires et administrateurs.

- Elle n'est ni l'un ni l'autre. Elle m'a donné tous ses pouvoirs. Elle ne devrait même pas être dans cette pièce !

- Si vous ne souhaitiez pas sa présence, vous auriez dû le signifier dès réception de votre convocation et soumettre votre désaccord à un vote du Conseil d'Administration.

Pan dans les dents ! se dit Filippo.

Il avait exprimé ce risque à Jacques, l'ex-directeur Juridique. Très expérimenté, ce dernier leur expliqua tous les rouages de ce type d'exercice et les moyens de les contourner. On pouvait lire la rage sur le visage de Mike.

- Pour ne plus froisser monsieur Percy, nous parlerons alors de son bilan. En six mois, ces actions n'ont été tournées que vers le pillage systématique des avoirs et des biens du Groupe, au profit de son consortium pharmaceutique, la MediWorld-Percy. Il a transféré les activités florissantes de certaines de nos filiales, sous prétexte d'optimisation de cout, ne laissant que des locaux déserts et des employés au chômage. Des avoirs du Groupe, à hauteur de vingt-millions d'euros, ont été utilisés pour renflouer l'entreprise moribonde de monsieur Percy. À aucun moment, il n'a cherché à maintenir et à développer le Groupe. Il n'a fait que piller et détruire. C'est la raison pour laquelle, je demande la révocation immédiate de monsieur Percy. Le dossier que l'on vous distribue expose clairement cette situation et vous montre l'effondrement financier du Groupe depuis l'arrivée de monsieur Percy à sa tête. J'espère que les actionnaires et administrateurs prendront les mesures adéquates pour que l'hémorragie cesse et que le Groupe retrouve sa place dans les entreprises leaders du marché.

- La parole est à monsieur Mike Percy.

Mike feuilleta le dossier puis il le jeta violemment par terre.

- Ce n'est qu'un tissu de connerie ! Depuis ma prise de poste, je me heurte à du personnel incompétent. Il était nécessaire de mettre un bon coup de pied dans une organisation refermée sur elle-même, utilisant des méthodes de boy-scouts. Le monde pharmaceutique est un monde exigeant et élitiste où il ne faut pas hésiter à faire quels sacrifices pour consolider l'ensemble et devenir plus fort. Je n'ai jamais caché qu'il y aurait quelques pertes financières, quelques filiales à rationaliser et quelques sites à fermer. Mais l'objectif budgétaire sera atteint grâce à la molécule contre la maladie de Chagas. Nous allons en faire notre produit phare. Il remplira largement les caisses et fournira d'excellents dividendes à nos actionnaires et administrateurs.

- Vous êtes en train de dire que vous allez augmenter le prix de vente ?

- Évidemment, monsieur Moueres ! Je ne comprends même pas comment il a pu être envisagé de donner ce médicament. Une entreprise pharmaceutique n'est pas un organisme de charité ! Nous sommes là pour faire des profils ! Nous sommes là pour arracher chaque euro aux malades !

- Je m'y opposerai ! Nous avons développé cette molécule en partenariat avec le Groupe Piétri-Duval car nous avions la même vision humanitaire et bienveillante envers la communauté.

- Monsieur Moueres, vous vivez dans un monde utopique ! Le Groupe possède 45 % de votre laboratoire. Vous ferez selon mes instructions si vous ne voulez pas supporter la pénalité prévue au contrat.

- Monsieur Moueres, monsieur Percy, je vous prierai de vous calmer. Agissons en personne civilisée.

- Monsieur Percy agit comme un dictateur et non comme un PDG.

- Madame Piétri-Duval, s'il vous plait, n'intervenez pas.

- Je tiens à porter à la connaissance du Conseil d'Administration les bâtons qui ont été mis en travers de mon chemin. Tous les contrats, constitutions d'entreprises, actes notariés, etc. Tous les documents officiels du Groupe ont été rendus inaccessibles. Cela m'empêche de mener correctement l'entreprise dans la bonne direction.

- Je remercie la présence d'esprit et l'anticipation de Monsieur Di Maria. Grâce à lui, le Groupe a été verrouillé pour limiter les actions nuisibles et destructibles de monsieur Percy.

- Voilà typiquement du raisonnement boy-scout ! Une entreprise grandit en absorbant ou en étant absorbée. C'est la loi du marché !

- Le Groupe Piétri-Duval n'a pas besoin de s'étendre avec un consortium dont la réputation sulfureuse et irrespectueuse nuit déjà à son image. Monsieur Di Maria avait initialisé, notamment avec monsieur Moueres, un virage prometteur vers une démarche citoyenne et en phase avec les vrais besoins du moment. Il faut en finir avec une politique de recherche permanente du profil au détriment du malade.

- Foutaises ! Que des foutaises ! Émilie, tu es une actionnaire comme les autres. La seule chose qui t'intéresse est, combien te rapportent telle ou telle entreprise. Si elle n'est pas rentable, tu t'en sépares ! Telle est la manière d'opérer des grandes entreprises !

- Alors, nous resterons une petite entreprise !

- Tu es devenu complètement irrationnel ! Ta fortune va fondre comme neige au soleil !

- Ne t'inquiète pas pour moi !

- Madame Piétri-Duval, monsieur Percy, pourrions-nous revenir à l'objet de ce Conseil d'Administration extraordinaire ? Souhaitez-vous apporter d'autres éléments avant de procéder au vote ?

- Ce vote n'est pas nécessaire car nous totalisons 48,8 %. Même si madame Piétri-Duval obtient l'ensemble des autres votes, elle n'atteindra que 46,7 %. Nous pouvons clôturer ce Conseil d'Administration extraordinaire.

Mike Percy se leva. Filippo s'adressa à voix basse, à Hector et à Taffir.

- À vous de rentrer en scène et de convaincre les hésitants.

Hector sortit de l'ombre, donna deux dossiers au secrétaire de la séance et avança vers le centre de la salle.

- Je m'y oppose, monsieur Percy. Je suis Hector Giraud, PDG d'Excellium.

- Monsieur Giraud, vous m'en voulez encore d'avoir cantonné votre personnel restant, à des tâches de conciergerie ? N'est-ce pas puéril de votre part ?

- J'ai découvert il y a peu que l'on m'avait fait un très grand cadeau. Charlotte Piétri-Duval a fait de moi un actionnaire de cette entreprise.

- Au vu des documents remis, je confirme que monsieur Giraud est bien un actionnaire à hauteur de 2 %.

- Quand Monsieur Di Maria a pris le poste de PDG il y a deux ans pour régler une grève, il s'est immédiatement étonné des conditions qui avaient mené à cette dernière. Il a très vite soupçonné une machination externe pour plonger le Groupe Piétri-Duval dans le chaos. Ma société a entamé des recherches et nous avons confirmé ses suspicions. Bien que vous avez été très prudent, nous sommes remontés jusqu'à vous par l'entremise d'un de vos hommes de paille, monsieur Percy.

- Conneries ! Montrez-nous les preuves !

- Si votre homme de paille n'avait pas disparu de la circulation, nous aurions depuis longtemps entamé une action en justice. Monsieur Di Maria a pris de nombreuses décisions pour museler et restreindre vos agressions envers le Groupe Piétri-Duval. Je m'inscris dans la continuité et j'appuierai la révocation de monsieur Percy. Nous sommes donc à 48,7 %.

- C'est toujours insuffisant ! Il est temps de mettre fin à cette mascarade !

- Croyez-vous ? J'aimerais vous présenter le Professeur Taffir Muhaman.

Le Soudanais prit la place d'Hector. Son regard parcourut l'assemblée et s'arrêta sur Mike.

- Je pensais qu'après trente ans, vous auriez changé. Mais je vois que non.

- Professeur Muhaman, je ne pensais pas qu'un jour nos chemins se croiseraient à nouveau. Vous aviez une très mauvaise influence sur Charlotte. Cela était surement dû à vos origines… modestes et à vos attributs… africains.

- Vous avez toujours autant de mal à comprendre les gens. Charlotte n'était pas le genre de femme à se laisser influencer par qui que ce soit. À l'époque, vous l'avez appris à vos dépens.

- Nous ne sommes pas là pour parler du passé.

- Dommage. Cela aurait permis à l'assemblée de comprendre votre désir de détruire ce que Charlotte a bâti et légué à sa précieuse fille.

- J'ai été blanchi de toutes les accusations.

- Nos deux pays ont au moins cela en commun. L'argent permet de tout acheter.

- Retournez-y dans votre pays !

- J'ai une chose à faire avant, en mémoire de Charlotte. Mais aussi pour Filippo et Pierre qui ont été blessés. Ils ont affronté l'horreur et la violence de mon pays pour me convaincre de venir aujourd'hui, mettre fin à l'hégémonie de monsieur Percy. Charlotte m'a confié 2,5 % des actions de son entreprise. Nous serions donc à 51,2 %. Je vous exhorte à voter pour la révocation de monsieur Percy.

- Je confirme que monsieur Muhaman est bien un actionnaire à hauteur de 2,5 %.

Dès qu'Émilie avait entendu le mot blessé, elle avait cherché des yeux Filippo dans l'assistance. Ce dernier se décala et lui fit un petit signe. Quand elle vit son bras et son front, elle ne put retenir ses larmes. Elle se leva et courut s'asseoir à côté de lui oubliant tout le reste. Il la serra avec son bras valide tandis qu'elle l'enlaça à la taille, en se mettant à pleurer franchement et en nichant son visage sur son épaule.

Elle n'entendit pas Mike démontrer par cette attitude, son amateurisme et son manque de charisme pour diriger une entreprise. Mais ses railleries furent balayées par l'assemblée à présent acquise à la cause du couple. Même les deux alliés de Mike l'abandonnèrent.

La révocation fut adoptée à 57,9 % provoquant chez l'intéressé une impressionnante colère qu'il tenta de retourner vers Filippo. Mais Hector ne le laissa pas faire et le maitrisa rapidement. Il le sortit de force de la salle de réunion et il le confia à ses hommes. Il revint dans la pièce pour entendre la restauration de Filippo à ses précédentes fonctions sous les applaudissements de l'assemblée. La session fut clôturée et la salle se vida laissant seul le couple.

Émilie n'avait pas bougé de l'épaule de Filippo. Elle la quitta enfin mais elle se remit à pleurer.

- Je suis désolé… désolé. Tu as été blessé à cause de moi, à cause de mon entêtement à vouloir garder cette entreprise.

Elle pleura de plus belle. Filippo la serra plus fort.

- Cesse de pleurer. Je suis aussi très attaché à cette entreprise. Ne te blâme pas. L'essentiel est que nous sommes rentrés en vie.

- Mais…

- Nous devons rassurer les employés et remercier tous ceux qui nous ont aidés. Sèche tes larmes et allons-y.

À l'extérieur, l'ensemble des directeurs limogés, Miriam, Lucas Moueres, Taffir et Hector les attendaient. Ils les félicitèrent à leur tour.

Filippo dit à Miriam et aux directeurs qu'ils étaient tous rétablis dans leurs fonctions et que leur première mission était de communiquer largement sur la réussite des actions du jour. Il les félicita aussi pour leur implication sans faille pendant cette période noire. Il ajouta qu'il était extrêmement fier d'eux et que l'entreprise était à présent dans d'excellentes mains. Il fut copieusement applaudi puis son équipe fila à leur bureau pour s'acquitter de leur nouvelle tâche.

Il interrogea Hector sur l'état de santé de Pierre. Il le rassura. Il avait repris connaissance. Hector lui rappela qu'il est temps pour lui et Taffir de le rejoindre à l'hôpital. Ils devaient passer des examens complets et changer leurs pansements.

Lucas prit congé en disant qu'il dînera avec eux dans une semaine, avant son retour en Argentine. Il était aussi venu en Europe pour un symposium sur les maladies infectieuses en Suisse.

Suivi par Émilie, Taffir et Hector, Filippo entra dans la chambre de Pierre. Il était en compagnie de deux personnes, une adolescente et une femme dans la cinquantaine.

- Oh désolé. On repassera plus tard.

La plus âgée interrogea Pierre.

- C'est lui ?

- Oui.

Sans préambule, elle prit Filippo dans ses bras.

- Merci d'avoir pris soin de mon fils et de l'avoir ramené en France. Merci.

- Je suis désolé, Madame. Il a été blessé par ma faute.

- Hector, je suis en colère contre toi !

- Maman, ce n'est la faute de personne ! C'est le travail.

- C'est la faute de ton oncle. Tu n'aurais pas dû y aller sans équipes de soutien ni bases...

- Maman, ne fais pas ta capitaine. Tu es à la retraite.

- Ok Titi. On passera te voir demain. Viens, Sarah.

L'adolescente embrassa son frère et emboita le pas à sa mère.

- Comment te sens-tu, Titi ?

- Ma mère m'appelle comme ça depuis que je suis môme. Lâche-moi avec ça !

Émilie s'approcha et lui prit la main.

- Merci de me l'avoir ramené en vie. Merci beaucoup.

- Désolé. Il a été un peu cabossé.

- Tu m'as fait une sacrée peur ! Ne me refais plus jamais ça !

- Désolé Taffir. Nous ne mettrons plus jamais les pieds au Soudan du Sud.

- Je comprends sans mal. Merci à tous les deux de m'avoir sorti de cet enfer.

Une infirmière entra.

- Monsieur Di Maria, monsieur Muhaman, venez avec moi pour vos examens.

- Allez-y tous les trois. Je vais rester avec Pierre.

- Prends bien soin de ton neveu.

- Il ne va pas nous lâcher !

- Je crois que non. Il va être insupportable !

Taffir fut le premier à revenir des examens. Il s'assit à côté d'Émilie dans la salle d'attente dédiée aux consultations.

- Professeur Muhaman, pris dans les évènements, je ne me suis pas présentée. Je suis Émilie, Émilie Piétri-Duval, la fille de Charlotte.

- Il est indéniable que Charlotte vous a légué sa beauté.

- Merci. Vous semblez connaître très bien ma mère. Mike avait l'air de sous-entendre des choses.

- Nous avons été en couple pendant quatre ans. Puis, nous sommes restés très bon ami jusqu'à mon départ pour le Soudan en 89.

- Comment était-elle ? Quel était son plat préféré ? Sa couleur ? Pourriez-vous me parler d'elle ?

- Charlotte avait un magnétisme, un charme et une élégance unique. La première fois que nous nous sommes rencontrés…

Il parla longuement. Il lui décrit une femme aimante, ouverte sur le monde et les gens, intelligente, cultivée et appréciée de son entourage.

- J'aimerais tant la rencontrer. Merci, Professeur Muhaman, de m'avoir parlé de ma mère. Mike ne savait pas grand-chose d'elle en fait.

- Ils n'ont jamais été proches. Votre mère l'avait très vite cerné et cantonné à des relations professionnelles strictes. Ce n'était vraiment pas une bonne personne.

- J'ai mis du temps à m'en rendre compte. Sans Filippo, je n'y serai pas arrivé et l'entreprise n'existerait plus. Merci de nous avoir aidés à écarter Mike.

- Je le devais bien à Charlotte.

- Puis-je vous demander pourquoi vous avez rompu ?

- À cause de moi. Charlotte était une femme merveilleuse qui se fichait du regard des autres. Mais ce n'était pas mon cas. À cette époque, les couples mixtes étaient mal acceptés. Quand elle a commencé à évoquer son envie de maternité, j'ai pris peur. Bien que je n'avais aucun doute sur mes sentiments pour elle, j'étais effrayé de la dureté et du regard des autres qu'auraient à supporter nos enfants. Nous avons eu une très longue conversation et nous avons décidé de rompre. Par contre, nous n'avons pas pu nous éloigner l'un de l'autre, notre complicité était trop profonde. Notre amour s'est transformé en amitié. Puis elle est retombée amoureuse.

- Vous avez connu mon père ?

- Et bien… euh… en faite… pas vraiment.

- Professeur, s'il vous plait. Vous savez quelque chose.

- …

- S'il vous plait.

- Je ne l'ai jamais rencontré. Mais Charlotte est venue me demander un service. Elle était amoureuse d'un militaire de carrière et envisageait sérieusement un avenir avec lui. Elle avait peur qu'elle soit comme sa mère. Alors, elle m'a demandé de l'aider et de l'accompagner pour suivre des tests, pour éliminer tout risque de complications en cas de grossesse et d'accouchement.

- Malheureusement, cela n'a pas servi à grand-chose.

- Comme je l'ai dit à Filippo, il est impossible que Charlotte soit morte en vous donnant naissance. Elle allait toujours au fond des choses et n'était satisfaite que quand tous les cas de figure avaient été évoqués et éliminés. Elle était agaçante pour ça. Elle est allée au bout avec la certitude qu'il n'y aurait pas de complications, validé par des sommités médicales.

- Alors que s'est-il passé ?

- Peut-être que votre père en sait plus.

- Vous ne l'avez pas rencontré mais ma mère vous a peut-être dit son nom ? Filippo arriva à ce moment.

- Vous avez l'air bien sérieux.

- Professeur, s'il vous plait.

- …

- Mèl ? Qu'est-ce qu'il se passe ?

- S'il vous plait.

- … Il s'appelait Hector Giraud.

- Hector Giraud. Ce nom m'est fami… Hector Giraud ! L'oncle de Pierre ? Hector Giraud !

- Mèl, rien n'est sûr.

- Tu le savais ?

- Taffir m'en a parlé. Tu dois l'aborder avec doigté et douceur.

Résolue, elle se leva et retourna dans la chambre de Pierre suivi de Filippo et de Taffir. Pierre était en train de débriefer sur sa mission avec Hector, assis à ses côtés. Elle se figea quelques instants en regardant Hector puis il alla près de la fenêtre. Filippo se mit à côté d'elle et il lui prit la main. Il lisait dans ses yeux l'ambivalence de ses deux émotions. Une troisième émergea et s'imposa sur les deux autres. Hector s'adressa aux nouveaux venus.

- Les examens ?

- Pour moi, rien de particulier. Ils m'ont juste prescrit un cocktail similaire à celui de Nairobi. Mais on doit attendre le résultat de mes tests sanguins pour être sûr.

- La même chose pour moi.

Filippo suivit Émilie qui marcha vers Hector. Elle s'arrêta à un mètre et elle le fixa tandis que Filippo reprit sa main pour lui donner du courage.

- … Il y a un problème ?

- … Êtes-vous… mon père ?

Hector se raidit. Il se leva et se plaça face à elle.

- Militaire dans les commandos de la Marine nationale, je visais le commandement d'un pool d'unités et suivais un programme à Toulouse. J'ai rencontré votre Maman lors d'un cours sur la pharmacologie. Cela a été le coup de foudre. Nous avons été inséparables pendant huit mois. J'étais très amoureux d'elle. Mais j'étais jeune, insouciant, avide d'affrontements et d'adrénalines. Alors après ma formation, je me suis porté volontaire pour des missions, disparaissant pendant plusieurs semaines. Et, je revenais vers elle comme si de rien n'était, reprenant notre relation là où elle s'était arrêtée. Cela a duré un an. Et ce qui devait arriver arriva. Nous avons rompu après une énième dispute sur ce sujet. Je suis parti en Irak pour la Guerre du Golfe. À mon retour de mission, j'ai voulu revenir vers elle. Mais elle était décédée laissant une fille derrière elle. J'ai… beaucoup pleuré sa mort, regrettant amèrement ma stupidité. J'ai fait aussi beaucoup de bêtises qui m'ont valu pas mal de problèmes. J'ai même dû quitter l'armée.

- Êtes-vous mon père ? Oui ou non ?

- Je ne sais pas. J'avais peur d'apprendre que j'avais peut-être été remplacé. Et en fait, je savais peu de choses de votre Maman. Après son décès, j'ai appris qu'elle était multimilliardaire. J'aurai été pris pour un arriviste cherchant à s'approprier sa fortune. J'ai préféré rester dans votre entourage et vous garder dans mon champ de vision. J'ai assuré votre sécurité rapprochée de vos six mois à vos deux ans. Puis, j'ai pris de la distance au fur et à mesure que vous grandissiez. J'ai laissé des personnes de confiance autour de vous et je suis parti. Régulièrement, je prenais de vos nouvelles. Il y a trois ans, j'ai appris que vous étiez enceinte. Profitant d'avoir eu un peu de réussite dans les affaires, j'ai décidé de revenir dans votre entourage. J'ai pu me positionner sur votre appel d'offres et le remporter.

- Si le Professeur Muhaman n'avait pas parlé, vous ne m'auriez jamais rien dit, n'est-ce pas ?

- J'ai commencé à changer d'avis après votre coma. Votre état d'esprit était complètement différent. Vous étiez plus… comment dire… accessible. Mais quand Filippo a disparu brutalement, je n'ai pas voulu ajouter plus à votre désarroi.

- Je vous déteste ! Vous m'avez abandonné comme ma mère !

Émilie se mit à pleurer et sortit précipitamment de la chambre. Filippo la suivit tant bien que mal. Il la retrouva dans le grand hall d'entrée de l'hôpital. Il s'assit à ses côtés et il la serra contre lui la laissant pleurer en silence. Enfin, les larmes se tarirent.

- Mèl, je comprends Hector. J'ai été comme lui, effrayé par ta position sociale et l'incidence d'être proche de toi. De plus, il ne pouvait pas décider par lui-même. Avec un test ADN, tu sauras définitivement si vous êtes parent.

- Que dois-je faire après ?

- Ensuite, tu pourras prendre une décision. C'est à toi de savoir si tu veux le laisser entrer dans ta vie, dans ton cercle de proche, et le reconnaitre comme ton père. Mais dès le début, je l'ai soupçonné d'avoir un lien avec toi, autre que contractuel. Sa motivation ne pouvait pas être l'argent. Elle a toujours été de prendre soin de toi. Il ne te le dira pas mais je suis sûr qu'il venait te voir fréquemment quand tu étais enfant. Invisible à tes yeux mais présent dans les coursives pour aplanir tes problèmes. Je suis sûr que c'est lui qui fleurit régulièrement la tombe de ta mère.

- Et si le test est négatif ?

- Je pense que cela va l'atteindre profondément. Il va vouloir faire comme moi, disparaitre de ta vie. Mais tu sais, les liens ne sont pas seulement ceux du sang. Tu peux avoir des liens aussi forts, voir plus fort, sans que ce soit le cas. Amélia et moi en sommes le bon exemple.

Elle posa sa tête sur l'épaule de Filippo cherchant à prendre un peu de sa force. Elle se leva et tendit la main vers lui puis elle l'entraina vers la chambre. Hector était devant la fenêtre regardant au loin tandis que Taffir discutait avec Pierre.

- Professeur Muhaman… Taffir, Hector. J'ai dû attendre trente ans pour avoir la chance de vous rencontrer. Trente ans pour que l'on me parle enfin de ma mère. Trente ans pour me sentir enfin bien dans ma vie. Je ne veux pas que cela change. Je ne veux pas qu'Amélia vive ce que j'ai vécu. Je veux qu'elle soit entourée, qu'elle ait une famille. Hector, nous allons faire un test de paternité. Mais qu'il soit positif ou négatif, je m'en fiche. Je veux que tu restes près de nous, près de moi. Tu ne dois plus m'abandonner.

Émilie prit Hector dans ses bras. Il hésita puis il la serra aussi.

- Cela fait si longtemps que j'avais envie de faire ça. Je suis désolé d'avoir mis autant de temps à revenir vers toi.

- Je veux que nous soyons une vraie famille et que nous rattrapions le temps perdu. Effaçons tous nos regrets et vivons le moment présent.

- Bien parlé Mèl !

- Taffir, je veux que tu fasses partie de notre famille. Tu as été précieux pour ma mère. Tu es sa mémoire. Je veux qu'Amélia découvre sa grand-mère avec vous deux.

- Ce sera un grand plaisir d'honorer Charlotte de cette manière.

Filippo s'assit sur le lit près de Pierre.

- Tu en penses quoi, Titi ? On est une famille maintenant.

- Arrête de m'appeler comme ça.

- Ben, ta mère le fait bien !

- Justement !

- D'accord, mon Titi.

Filippo s'était levé précipitamment pour éviter la pichenette adressée par Pierre.

- Tu vas voir quand je serai rétabli !

- En attendant, les toilettes m'appellent.

- Ce sont vraiment des gamins !

Filippo sortit avec un large sourire sur le visage. Il était heureux pour Émilie. Elle avait enfin trouvé une famille et sa place en son centre.

Il interrogea une infirmière. Elle lui indiqua que les toilettes étaient en dérangement et qu'il devait se rendre à ceux de l'étage inférieur. Elle lui conseilla aussi les escaliers car ils en étaient proches.

Il poussa la porte et descendit les marches. Il vit deux internes en train de discuter sur le palier de l'étage inférieur. À son passage près d'eux, ils le ceinturèrent et ils lui injectèrent le contenu d'une seringue dans le cou. Filippo perdit connaissance.

Filippo reprit difficilement pied dans la réalité. Il ne fut pas surpris de voir qu'il était entravé sur une chaise au niveau de la poitrine et qu'il était bâillonné. Il détailla sa prison puis la résuma avec un mot, pourriture. Une forte odeur d'animaux saturait l'air. La lumière était diffusée par un vieux néon fatigué parvenant à peine à éclairer le centre de la pièce. Sur le côté, une table surement branlante était appuyée contre le mur jaunâtre avec deux chaises. Un son étouffé arrivait jusqu'à lui mais il ne pouvait pas le définir.

Pour s'occuper l'esprit, il réfléchit qui pouvait être l'auteur de son enlèvement. Il ne voyait qu'une seule personne capable d'agir de la sorte. Il se demanda ce qu'il cherchait à obtenir par ce moyen. Il ne comptait pas le laisser faire. Mais il devait reconnaitre que sa condition physique était très loin d'être optimale. Il devait économiser ses forces pour les mettre à disposition si une ouverture se présentait.

Il ferma les yeux et tenta de se reposer. Par contre, les effets des antibiotiques et des analgésiques n'étaient plus présents pour déconnecter son subconscient. Il somnola en cauchemardant sur ce qu'il avait vu et expérimenté au Soudan du Sud. Il perdit toute notion de temps.

Brusquement, la porte s'ouvrit dans un fracas épouvantable mélangeant grincement métallique et frottement râpeux sur le sol.

On ne doit pas beaucoup l'utiliser, se dit-il.

Un large chariot s'arrêta à ses pieds. Deux hommes entrèrent, le soulevèrent lui et sa chaise puis ils les y posèrent sans un mot. Dans la pénombre, il avait du mal à les détailler. Cela ne s'arrange pas quand ils se mirent à le tirer dans le couloir. La lumière y était aussi efficace que dans la pièce d'où il venait. De grosses canalisations courraient le long des murs.

Il passa d'un corridor à l'autre. Cela fut interminable. Il aboutit enfin dans une large salle. On le posa au centre face à un anachronisme, un canapé Regina au style baroque impérial noir laqué et au velours bordeaux couvert de boutons en cristal. À sa droite, une console tout aussi décalée portait une haute carafe hébergeant un vin à la robe pourpre et six verres finement ciselés.

Un homme en costume trois-pièces en versa un peu dans un verre. Il le prit et lui imprima un mouvement circulaire. Son contenu se mit à tourner en dessinant de belles jambes visqueuses. Il s'assit sur le canapé et il parla en anglais avec un fort accent slave.

- Je me lasse jamais de ce vin. Un Romanée Conti 1988. L'année de ma naissance. Un verre ?

Il fit signe aux deux hommes restés derrière Filippo. Ils retirèrent le bâillon et le détachèrent.

- Je préfère les boissons plus festives.

- Filippo, tu sais pas ce que tu rates. Je peux t'appeler Filippo ? Ce vin est un concentré du terroir bourguignon. Il est flamboyant, subtil et complexe. Son bouquet de fruits rouge, de violette et d'épices emporte tes sens au-delà du simple plaisir. Au palais, il est net et puissant, délicat, franc et riche. Il est parfait ! Parfait !

- Un connaisseur, je vois.

- Il faudra que je t'invite chez moi. Ma cave est impressionnante.

- On n'est pas chez toi, ici ?

- Cette usine abandonnée de merde ? Tu rigoles ! Ouais, je m'excuse pour mes gars. Des fois, ils ont un peu de mal. Ils n'écoutent que la moitié de mes ordres.

- Le petit personnel n'est plus ce que c'était !

- Ouais, t'as raison ! Toi et moi, nous devions discuter. Filippo, tu m'as halluciné !

- Moi ? Comment ai-je pu faire ça ?

- T'es allé au Soudan du Sud et t'es revenu en vie ! Blessé mais en vie. Filippo, respect.

- Ce n'est pas un pays facile, je le reconnais.

- Filippo, tu es vraiment trop modeste.

- Tu as l'air de t'intéresser beaucoup à moi. Je peux savoir pourquoi ?

- Je vais y venir. Mais parle-moi du Soudan.

- Je suis peiné de le dire mais la population masculine adulte est tellement imprégnée par la violence qu'ils n'en mesurent plus les conséquences. Ils n'ont aucune compassion, respect ou bienveillance envers autrui. Mon esprit n'arrive pas à concevoir comment un être humain peut lacérer à la machette le corps d'un enfant puis le décapiter.

- Ah ouais ! ça dut être dur à encaisser !

- Trop dur pour une personne comme moi. Après si l'on enlève les problèmes humains, c'est un magnifique pays. Le ciel étoilé y est fantastique. Mais il manque quand même quelques bonnes routes goudronnées pour y circuler plus facilement.

- En hiver dans mon patelin, on se déplace en motoneige. C'est pénible. Tu vois, je me disais que je devrais investir dans un réseau de ponts surélevés chauffant. Ce serait le pied de rouler à fond la caisse avec ma Lamborghini par -15°. T'as déjà fait de la motoneige ? Oui ? Vraiment ?

- Vraiment.

- Filippo, tu m'hallucines.

- Il y a plein de gens qui en utilisent quotidiennement. Cela n'a rien d'exceptionnel.

- Ton humilité est rafraichissante. Tu sais, les mecs autour de moi sont tous des trous du cul pompeux et chiants à outrance. Ils me gavent à longueur de journée. Parfois, j'ai même envie de les buter ! Mais, ils font fructifier mon pognon. Alors, je prends vraiment sur moi et je me contiens. Tu voudrais pas bosser pour moi ?

- Tout ça, c'est pour me débaucher ?

- Bien sûr que non. Mais ça coute rien de demander. Je sais que tu laisseras pas tomber ta femme. T'es pas ce genre de mec. Tu serais pas allé au Soudan sinon. Ça doit être une sacrée nana pour que tu prennes de tels risques.

- Elle l'est.

- Tu me donnes vraiment envie de la rencontrer. Il faut qu'on se fasse une bouffe. Vous êtes plutôt quoi comme cuisine ?

- On n'a pas de préférences.

- Je vais en discuter avec ma grosse. Je vous enverrai une invite pour venir dîner à la maison. Bon, je suis pas censé le savoir… mais amène aussi votre fille. Elle pourra jouer avec la mienne. En ce moment, elle est dans sa phase licorne. Licorne par-ci, licorne par-là. Elle m'épuise ! Et la tienne ?

- … Elle a découvert La Reine des neiges.

- Je te plains mon pauvre ! Je fais de l'eczéma dès que j'entends la chanson. Libérée, délivrée. Je ne mentirai plus jamais. Libérée, délivrée, c'est décidé, je m'en vais. Regarde, ça devient rouge ! Ah les mômes ! Elvis a dit, les enfants sont la chose la plus précieuse dans la vie. Il avait raison. Quand elle est née, j'en croyais pas mes yeux. Je pensais pas qu'on pouvait être si petit et susciter autant d'attention. Maintenant, du haut de ses trois ans, elle commence à jouer la grande et a piqué du maquillage à sa mère. Tu verrais la catastrophe ! La dernière fois, j'en ai pissé dans mon pantalon. La tienne a quel âge ?

- Vingt-six mois.

- Deux ans déjà. Deux ans, que tu es le PDG du Groupe Piétri-Duval. Ta femme devait vraiment bien te connaitre. Offrir la première place de son Groupe au glandeur que tu étais à l'époque, c'était de la vraie confiance ! Tu as accepté le poste. Et comme elle l'avait deviné, tu t'es illustré en réglant une grève dure en un après-midi. T'es un mec stupéfiant ! Un mec précieux ! Mais elle aussi, en te cernant si finement ! Et dans l'intimité, tu es comment ? Plutôt sauvage ? Romantique ? Passif ? Ahh, me dis rien ! Ça va me frustrer ! Ton coup en Argentine, je l'ai pas vu venir ! T'as pas vendu un seul cacheton de ce nouveau médoc, mais grâce à lui, les actions ont grimpé dans les tours et les ventes des autres produits ont explosé. T'es sûr que tu veux pas bosser pour moi ? D'accord, d'accord. Je laisse tomber. Mais avec ton parcours pro insignifiant, j'arrive pas à t'imaginer, si expérimenter et si compétent.

- Il ne faudra pas les débaucher mais l'équipe de Direction est le vrai cœur du Groupe. Ce sont des personnes très expérimentées qui ont fait avancer l'entreprise. Je ne suis qu'une marionnette.

- Non, non, non ! Je sais que tu les as recadrés et remis dans la bonne direction. Tu étais le seul instigateur de ces actions. Il y a un autre truc que je comprends pas. Ma grosse, Prisca… au passage, elle l'est pas, grosse. Elle est mannequin pour le parfum Elliot. Tu sais, le parfum des stars. En fin bref. Son père a fait fortune dans le pétrole et le gaz. Quand on a commencé à se fréquenter, j'en ai chié avec sa famille et son entourage pour qu'il m'accepte et me laisse sortir avec elle. Cela a duré dix ans. Il a fallu cinq ans de plus pour que je puisse l'épouser et avoir un enfant. Toi, après votre rencontre à Séville il y a trois ans, t'as emballé et marié ton héritière en quelques mois puis vous avez eu un enfant dans la foulée. Je reconnais, t'es beau gosse mais pas au point d'enflammer une troisième fortune mondiale. Le physique, le sexe, c'est pas assez pour cette catégorie de gens. L'argent, le pouvoir, avec ça, tu peux l'accrocher. Ben le pouvoir, nada ! Pour le fric, ton industriel de père claquait la majorité de son pognon dans des soirées exubérantes et pharaoniques dont toute la jet-set se souvient encore. Même si ton père n'a jamais reconnu sa paternité, il s'est occupé de toi dès ton enfance et il t'a laissé à son décès un petit pactole de dix millions. Avec ça, tu étais très très loin du niveau de ta femme. Donc je comprends pas.

La couverture mise en place par Hector a bien fonctionné, se dit Filippo.

Il lui avait demandé pourquoi le présenter comme un tire-au-flanc et un incapable. Hector lui avait répondu qu'avec ce type de profil, l'histoire ne contenait aucun élément pouvant être approfondi. On ne gratterait pas plus.

- Un coup de foudre est un coup de foudre. Il n'y a pas grand-chose à faire contre. Je peux t'assurer que j'ai lutté longtemps pour ignorer mes sentiments et les siens. Mais la chimie est plus forte que le raisonnement. Et puis, Émilie et moi sommes orphelins. Donc il n'y avait personne pour nous raisonner, nous restreindre ou nous opposer des barrières sociales ou financières. On a simplement laissé notre amour nous emporter. Amélia en a été la preuve visible.

- Je vois. Pfff, ça doit être intense entre vous ! Je t'envie Filippo ! Nous, on commence à s'essouffler. Je nous donne pas longtemps avant de ne plus pouvoir nous sacquer.

- Alors, puis-je me permettre un conseil ? Simplicité.

- Simplicité ? Développe.

- Au contact d'Émilie, je me suis rendu compte que les ultras riches ont besoin de simplicité et d'authenticité. Ils vivent dans un monde où tout est surfait et artificiel. Tu as du personnel de maison ? Oui. Une cuisinière ? Évidemment. Avez-vous déjà préparé un repas ensemble ? Tu vois. Simplicité. Les premières fois, la nourriture sera mauvaise, franchement mauvaise. Elle s'améliorera avec le temps et les efforts de chacun. Tu peux même inclure ta fille. Le partage est la base de la vie de couple. En tout cas, c'est comme ça que je la conçois.

- Filippo, t'es hallucinant ! Il faut vraiment qu'on devienne pote.

- Ben là, ça démarre mal quand même ! Tu m'as fait enlever !

- Ouais, t'as raison. Mais, je te sens pas stressé. T'es même plutôt détendu !

- Tu as les cartes en main. Et puis, c'est mon premier enlèvement, je ne voyais pas cela si plaisant.

- Tu vois vraiment du positif dans tout !

- Il faut se nourrir des bonnes choses pour dépasser les mauvaises.

- Philosophe en plus ! Je dois reconnaitre que je l'avais mauvaise quand j'ai demandé à mes gars de te ramener. Mais discuter avec toi m'a calmé. Tu m'as apaisé ! Simplement hallucinant !

- Puis-je savoir en quoi je t'ai contrarié ? Si je peux éclaircir ou corriger la situation, j'en serai ravi.

Un homme murmura à son oreille. Puis il disparut comme il était apparu.

- On va le faire, t'inquiète.

Des pas se rapprochèrent tandis que deux chaises furent placées à côté de Filippo. Son interlocuteur se leva et remplit deux verres. Quatre gardes se positionnèrent de part et d'autre de son canapé. Deux personnes s'arrêtèrent devant lui. Ils lui parlèrent en russe.

- Bonjour monsieur Zoupinko.

- Monsieur Zoupinko.

Il leur fit signe de s'asseoir. Il leur donna un verre de vin puis il attrapa le sien en s'installant sur le sofa. Filippo ne fut même pas étonné d'en reconnaitre un des deux. Il s'exprima en français.

- Ton garde du corps n'est pas là pour te protéger. Je vais prendre un grand plaisir à te défoncer la gueule !

- Mike, détends-toi.

L'hôte lui avait parlé en anglais, intimant l'usage de cette langue.

- Oui monsieur.

- Filippo, tu connais Mike. L'autre c'est Steven. Il est sorti de la London Business School. C'est un virtuose, un artiste de la Finance.

- Enchanté Steven.

- Monsieur, on peut s'occuper de lui tout de suite. J'ai vraiment envie de le défoncer. Ça fait six mois qu'il me fait chier !

- Mike, bois une gorgée de Romanée Conti. Qu'est-ce que t'as dit tout à l'heure ?

- Il faut se nourrir des bonnes…

- … Choses pour dépasser les mauvaises. Mike, prends un peu de sagesse de Filippo.

- Lui et son entourage me gonflent depuis deux ans. Je peux patienter encore quelques minutes.

- Filippo, il t'en veut vraiment !

- Je ne sais pas pourquoi. Je m'entends pourtant avec tout le monde.

Mike se leva et balança un coup de poing sur le visage du PDG. Il bascula en arrière et tomba lourdement sur le sol, lui arrachant un cri de douleur. Son bras blessé avait été le premier à toucher le béton lui tirant des larmes.

- Putain, que ça fait du bien ! Tu fais moins le mariole maintenant !

- Mike, assis.

Immédiatement, Mike obtempéra. Il regarda deux gardes remettre Filippo sur la chaise. Ce dernier tentait de contrôler l'intense douleur de son bras et les larmes involontaires qu'il en résultait.

- Monsieur, nous avons perdu dans l'opération directe cent-vingt-millions d'euros, et dans les accotés trente millions.

- Filippo, j'ai perdu cent-cinquante-millions à cause de toi et de ton voyage au Soudan du Sud. T'as trouvé et rapporté les 2,5 % qui manquaient pour sortir Mike du jeu.

- Communique-moi ton numéro de compte et je te ferais un virement.

- Monsieur, il suffit qu'on le force à nous donner l'accès aux documents. Avec sa procuration, on pourra piller le Groupe Piétri-Duval et passer tous les actifs sur la MediWorld-Percy. Le Groupe pèse cinq-milliards-six d'euros. Votre investissement de départ sera multiplié par trois-cent-soixante-dix.

- Steven ?

- Je suis d'accord avec monsieur Percy. Ce sera une opération très juteuse avec des risques limités. Légalement, on est aussi plutôt propre.

- Tu en penses quoi Filippo ?

- Je ne vous laisserai pas faire ! C'est l'entreprise de sa mère et de sa grand-mère. Il n'est pas question que qui que ce soit y touche !

- Monsieur, laissez-moi obtenir les codes d'accès. Filippo, tu me supplieras de t'achever.

- Cela n'arrivera pas, connard !

Mike lui asséna un violent coup de poing. Filippo bascula à nouveau mais il réussit à se positionner comme il le souhaitait. L'homme au canapé vit clairement dans son jeu. Filippo tomba durement sur son bras blessé. La terrible douleur lui fit perdre connaissance.

Un fort bruit força Filippo à émerger. Il se sentait vaseux et sa vue était trouble. Son bras blessé produisait d'intenses et violentes douleurs. Il réalisa qu'il était dans un hélicoptère. L'engin se posa sur une piste bitumée. Deux hommes l'aidèrent à sortir et l'installèrent sur un banc en pierre. Une personne s'assit à ses côtés et lui parla en anglais tandis que la rotation des pales ralentit, baissant mécaniquement le son et le souffle générés.

- Filippo, t'es vraiment hallucinant !

- Tu te répètes.

- Tu comptais résister combien de temps avec cette méthode ?

- Jusqu'à ce que vous m'éliminiez.

- T'es vraiment un homme rare ! Tu pissais le sang. On a refait ton pansement mais tu devrais t'en occuper sérieusement.

- C'est quoi la suite du programme ?

Il posa un attaché-case à côté de lui. Puis il glissa en dessous une enveloppe.

- Un cadeau. Et une invitation à dîner pour toi et ta famille. Tu pourras aussi amener tes gardes du corps.

- Quoi ?

Les pales de l'hélicoptère reprirent rapidement de la vitesse. Il se leva et regarda Filippo faisant des efforts pour rester conscient.

- T'inquiète, c'est la cuisinière qui nous fera à manger.

- Et pour les cent-cinquante millions ?

- On en parle dans quinze jours.

- Je ne connais pas ton nom.

- Vladimir Grégorio Zoupinko. Mes potes m'appellent Vlad.

- Merci beaucoup Vlad. À dans quinze jours.

Ils se serrèrent la main. L'hélicoptère prit son envol et fonça à basse altitude.

Cinq Maserati noires freinèrent brutalement et déversèrent leurs hommes. Ils se ruèrent vers Filippo l'arme au poing et ils l'encerclèrent en mettant en joue l'appareil. Mais il était déjà hors de portée. L'attaché-case fut éloigné à la hâte. Une partie des gardes se déploya rapidement pour couvrir et sécuriser tout le terrain sur un rayon de cinq-cents mètres.

Une Maserati grise freina à quelques mètres du banc. Émilie et Hector en jaillirent.

Tu es rentré encore une fois en vie, se dit Filippo.

Il leur sourit faiblement et tenta de leur faire un signe de la main. Mais il perdit connaissance.

Il sortit brutalement d'un cauchemar où des enfants courraient pour échapper à une horde d'adultes équipée de hachettes et de coutelas. Il voulut essuyer ses larmes mais il utilisa le mauvais bras. Il ne put contenir un cri de douleur et réveilla toutes les personnes somnolant dans sa chambre.

- Ça ne va pas, Filo ? Appelez le docteur !

- Ça va. Désolé, j'ai juste oublié que j'étais blessé.

Émilie le regarda et ne put retenir ses larmes. Il tendit son bras valide. Elle pleura sur son épaule, serrée contre lui. Hector s'approcha.

- On est vraiment content de te voir sain et sauf.

- J'ai été absent combien de temps ?

Émilie répondit.

- Cinq jours et dix-sept heures.

- Tant que ça ! Voilà pourquoi j'avais faim. Et à l'hôpital ?

- Presque une journée.

- Comment m'avez-vous trouvé ?

- On a reçu un appel anonyme quinze minutes avant que l'on te récupère sur ce banc.

- Pour une rançon ?

- Non. On nous a juste dit que tu serais là. Le délai était trop court pour qu'on puisse mobiliser des ressources suffisantes pour poursuivre et attraper tes kidnappeurs.

- Laisse tomber. Où est l'attaché-case ?

Sur un fauteuil roulant, Pierre se leva et le lui apporta avec l'enveloppe.

- On est sûr qu'il n'y a pas d'explosif mais il est imperméable aux rayons X et inviolable. Ouverture par lecture d'empreintes.

Filippo lut l'invitation puis il la donna à Émilie.

- Un dîner à Moscou ? Il va falloir que tu nous expliques.

Pierre montra à Filippo où était le lecteur d'empreinte. Filippo y posa son index droit. Il sortit un lecteur DVD portable avec un large écran, quatre boites transparentes comportant des DVD datés, un téléphone mobile et dans le fond et une grosse pochette avec un sigle médical.

Il tendit cette dernière à Taffir.

- C'est un dossier de grossesse. C'est… c'est le dossier de Charlotte !

- Quoi ? Ma mère ?

- Oui. Regarde.

Contenant des échographies, Émilie l'explora en s'approchant d'Hector.

- Il a raison, Papa.

Filippo interrogea Pierre du regard.

- Positif à 99,9 %.

Heureux pour Émilie et Hector, il sourit. Il commença à entrevoir la nature du cadeau de Vladimir. Il observa les boites transparentes. Les DVD couvraient trois jours.

- Y a-t-il la date et l'heure de l'accouchement ?

- Attends. Oui ! Le 10 décembre à 14 h 36.

Filippo prit le disque de cette période et il l'inséra dans le lecteur. Un code temporel était positionné en haut à gauche contenant la date ainsi que l'heure, les minutes et secondes. Il avança jusqu'à 14 h 30 et il activa la lecture. Tous se massèrent autour de lui.

L'écran couleur affichait une salle d'accouchement sans son. On y voyait clairement Charlotte entourée d'un médecin et de deux sages-femmes. Elle poussait sous les instructions du personnel médical. Émilie avait les larmes aux yeux et tenait fermement la main de son père, lui aussi très ému.

Enfin, on posa l'enfant sur sa mère et on le couvrit d'une serviette. Le praticien coupa le cordon ombilical. La maman parlait à son bébé. Les minutes continuèrent à défiler. Puis elle le mit au sein.

- Taffir, il y a quelque chose qui ne va pas ? Charlotte a l'air d'aller très bien. Pour Émilie, les problèmes ont commencé avant la naissance d'Amélia.

- Il y a le risque d'une hémorragie du post-partum. C'est un épanchement abondant dû aux multiples vaisseaux sanguins qui convergent vers le fœtus mais qui ne se sont pas refermés. Elle est détectée dans les deux heures. L'obstétricien peut aussi décider de faire une révision utérine si le placenta n'a pas été expulsé complètement. Fais avance rapide.

- OK.

Filippo appuya sur le bouton. La vidéo défila.

- Stop. Regardez. Il récupère le placenta.

- Il semble satisfait, non ?

- Oui. Tu as raison. Fais avance rapide.

- On est à presque trente minutes après la naissance.

À nouveau, les scènes défilèrent. Une table fut placée à côté de Charlotte. Le bébé y fut posé et on l'examina sous l'œil attentif de sa mère. Puis il revint sur elle. L'image disparut quelques minutes plus tard.

Filippo attrapa le DVD suivant. Le code temporel était bien contigu. On voyait toujours la salle d'accouchement avec Charlotte et son enfant. Il activa l'avance rapide. À nouveau, la vidéo défila. L'équipe médicale faisait son apparition de manière très régulière.

Filippo passa en lecture normale. On avait ajouté une couverture sur la maman et son bébé. Des brancardiers poussèrent le lit hors de la salle d'accouchement. L'image bascula sur le couloir. Le lit alla au bout et entra dans un ascenseur. L'image changea à nouveau et le suivit, sortant de l'ascenseur. L'image évolua encore. Le lit fut déposé dans une large chambre agréable et lumineuse. On vit Charlotte remercier les brancardiers.

Un médecin vint la saluer. Il l'examina puis ce fut son bébé. Il fut remplacé par une infirmière plaçant un berceau maternité près d'elle. Elle revint avec des accessoires pour le bain. Charlotte donna le premier bain de sa fille. On vit son quotidien, quotidien qui rappela des souvenirs à Filippo. Quand l'image disparut, Taffir regarda Filippo.

- Tu as raison. Il y a un problème. On est à plus d'une journée de la naissance.

- On m'a dit que ma mère était morte à ma naissance. Mais elle m'a allaité et elle m'a donné un bain. Je ne comprends plus rien.

- Je sens que nous aurons les réponses dans le dernier DVD.

Filippo l'inséra, vérifia la continuité temporelle et activa l'avance rapide. Une deuxième journée passa. La vidéo était presque à la moitié. Filippo l'arrêta brutalement à la surprise de tous.

- Mèl, je pense que tu ne devrais pas regarder la suite.

- Filo, je veux savoir. Je dois savoir.

- Même toi, Hector. Tu ne devrais pas.

- Filippo, qu'est-ce que tu as vu ?

- Rien encore. Juste, la crainte de savoir pourquoi on m'a donné ça.

- Filo, tu es trop énigmatique pour nous.

- Je veux avoir votre parole d'honneur à tous, que quoi qu'il y ait après, on fera les choses à ma manière. Et seulement à ma manière.

- Filo, tu as la mienne.

- Taffir ?

- Tu as la mienne.

- Pierre ?

- Filippo, que crains-tu tant ?

- Que vous fassiez un geste que vous regretterez toute votre vie. Surtout vous deux.

- Tu as deviné ce qu'il y a après. Et qui en est l'auteur, n'est-ce pas ?

Filippo balança le lecteur dans la mallette et il la referma promptement surprenant tout le monde.

- Oui Hector. Je veux ta parole d'honneur. La tienne aussi, Pierre.

- S'il te plait, Papa.

- OK. Tu as ma parole.

- Pierre ?

- Ok Ok. Tu l'as.

Filippo les regarda tous longuement devinant que la suite de la vidéo serait un calvaire pour Émilie et Hector. Il posa son index et ressortit le lecteur. Il relança l'avance rapide. Il repassa en vitesse normale quelques minutes plus tard.

Et malheureusement, il avait vu juste. Taffir réagit quand il vit le visage du visiteur dans la chambre de Charlotte.

- Qu'est-ce qu'il fait ici celui-là ?

Sans avoir besoin du son, on comprit que la discussion s'envenima immédiatement. Charlotte prit une redoutable gifle qui l'envoya au sol. Les larmes d'Émilie se mirent à couler.

- Oh mon Dieu ! Oh mon Dieu !

Charlotte encaissa un puissant coup de pied dans le ventre. Puis un deuxième, un troisième, un quatrième, un cinquième. La personne lui releva la tête en tirant sur ses longs cheveux. Il relâcha son étreinte, voyant qu'elle n'avait plus de réactions. Il lui administra un dernier coup de pied dans le ventre. Deux hommes de main couchèrent Charlotte dans son lit puis ils se placèrent à l'écart près de la fenêtre. L'individu balança le drap sur le corps et regarda vers le berceau maternité. Il chercha des yeux quelque chose puis il se dirigea vers un fauteuil. Il attrapa un coussin et revint sur ses pas. Il le mit sur le visage du bébé et il appuya. Il releva la tête et il le jeta promptement à l'autre bout de la pièce.

Trois infirmières entrèrent en courant dans la chambre et se massèrent autour de Charlotte. Le médecin pénétra à son tour et ordonna aux visiteurs de sortir.

Filippo arrêta la vidéo et ferma le lecteur. Il prit Émilie contre lui. Elle pleurait à fendre l'âme. La voir aussi malheureuse lui arrachait le cœur.

- Je vais le tuer ! Je vais le tuer, cet enculé !

- Tu m'as donné ta parole d'honneur, Hector. Ta parole !

Hector ne put contenir plus longtemps sa rage. Elle explosa sur la table ronde qui vola à l'autre bout de la chambre et s'écrasa dans un fracas infernal. Il tomba à genoux. Pierre alla à ses côtés et posa la main sur son épaule.

Taffir pleurait silencieusement assis par terre.

Le personnel médical entra dans la pièce. Pierre leur fit comprendre que tout était sous contrôle. Quand ils furent à nouveau seuls, Pierre interrogea Filippo.

- Comment savais-tu que Mike Percy serait sur la vidéo ?

- Je dois avoir un beau bleu sur la joue. C'est son œuvre.

Hector se releva.

- C'est K qui t'a kidnappé ?

- Non. Son financier.

- Son financier ?

Filippo leur raconta son aventure.

- Ce cadeau n'en est pas un. Certes, il nous permet de connaitre la vérité et nous donne les preuves. Mais Mike était au garde-à-vous et avait peur de Vlad. Cela en dit long sur son importance et sa dangerosité. Tout ce que j'espère est que le prix de ce cadeau sera acceptable.

- Nous n'avons qu'à le rembourser et décliner l'invitation.

- Mèl, je ne pense pas que cela fonctionne ainsi. Il m'a laissé la vie et m'a ramené vers toi. Ce n'était pas un geste gratuit. Financièrement, je ne suis pas inquiet. On pourra répondre. Mais je ne veux pas que notre quotidien devienne un enfer parce que nous aurions un ennemi à la puissance de feu sans commune mesure avec nous.

- Tu nous sous-estimes !

- Pas du tout, Hector. Je ne veux pas l'avoir comme ennemi. Ce sera un combat perdu d'avance même si nous restons en vie. Nous vivrons avec la peur au ventre et en permanence inquiet pour nos proches.

- Tu penses qu'il fait partie d'un truc comme la Mafia ?

- Peu importe comment s'appelle son organisation. Elle est surement puissante et très dangereuse.

- Le téléphone, c'est pour le joindre ?

Filippo prit l'appareil en main. Il posa son doigt sur le lecteur d'empreinte. Le mobile se déverrouilla. Il y avait une seule icône. Le label était sans équivoque, Mike Percy Position. Il cliqua sur l'application. Elle lui demanda à nouveau son empreinte. Une carte du monde s'afficha. Elle zooma sur l'Europe, la Suisse et la ville de Zurich. Le point se focalisa sur un restaurant en bordure du lac. Il clignotait sur un plan de l'établissement comportant plusieurs sigles rouges.

Filippo cliqua sur le plus proche de la cible. Un message signifia le piratage en cours de la caméra. La réussite de l'opération se matérialisa par l'affichage d'images. On apercevait Mike assis à une grande table en L au milieu d'un parterre d'hommes et de femmes d'affaires.

- La vache ! C'est de la très très haute techno de surveillance.

Pierre passa un appel, discuta quelques secondes et raccrocha.

- C'est du temps réel ! Ton nouvel ami a mis les moyens pour son cadeau.

- Je ne suis pas sûr qu'on puisse le qualifier d'ami. En tout cas, il faut le prendre au sérieux. Il ne fait pas les choses à moitié.

- Filo, je veux qu'on s'occupe de Mike. Je veux qu'il paye. Il a assassiné ma mère !

- Mèl, je te comprends à 200 % et si nous avions eu ces informations d'une autre manière, on aurait fait ce qu'il faut immédiatement. Mais c'est son patron qui nous les a données. Si nous faisons quoi que ce soit, nous lui devrons un service. J'ai peur que si nous entrons dans son jeu, nous ne puissions plus en sortir.

- Tu es en train de dire qu'on va laisser vivre cet enculé ? Qu'on ne va rien faire ?

- Hector, je n'ai pas dit ça. Nous devons d'abord connaitre les intentions de Vlad et ce qu'il attend de nous. Ensuite, on va détruire la vie de K et tout ce à quoi il tient. La mort serait une récompense qu'on ne lui donnera pas. Il n'est pas question qu'on lui permette de fuir son crime. On va le pousser dans une vie de souffrances, d'angoisses et de déchéances. Mais nous devons d'abord nous concentrer sur le dîner à venir.

Les trois Maserati passèrent au ralenti entre les portes de l'imposant portail en fer forgé noir et or, sous la surveillance d'une quinzaine de gardes armés. Les véhicules contournèrent une fontaine hors eau et s'arrêtèrent devant le perron de cet immense hôtel particulier.

L'entrée bordée de colonnes était majestueuse et vivement éclairée par un lustre en cristal. Un majordome et un assistant attendaient avec de larges parapluies car la neige tombait à gros flocons depuis quelques heures.

Tandis que Camille et Adèle s'extirpèrent des autres Maserati, Charles, le suppléant de Pierre, sortit de la voiture centrale et ouvrit la porte arrière. Le bras en écharpe, Filippo sortit le premier. Il aida Amélia puis sa Maman à descendre. Deux parapluies les protégèrent jusqu'à ce qu'ils entrent dans le vaste hall suivi de près par leur équipe de gardes du corps.

Le majordome débarrassa Filippo et sa famille de leur parka. Même si l'occasion était à forte tension, c'était leur première sortie en famille. Ils s'étaient tous habillés élégamment, Filippo en smoking, et les filles en robe de soirée.
La maitresse de maison vint les accueillir. Comme le lui avait précisé Vladimir, elle n'était pas grosse du tout. Elle leur parla en français à leur grande surprise.

- Bienvenue à Krasnyy Fontan. Je suis Prisca.

- Bonsoir, Filippo. Ma femme, Émilie et notre fille Amélia.

- Enchanté. Les filles, vous êtes magnifiquement coordonnées ! J'aime beaucoup. Vlad m'a prévenu pour vos gardes du corps. Ils peuvent circuler dans la maison sans restriction. Notre propre service de sécurité a été congédié pour la soirée. Anatoli, montrez notre poste de surveillance.

Le majordome signifia de l'accompagner. Un des hommes de Charles le suivit tandis que quatre se dispersèrent et disparurent à travers les différentes ouvertures. Il restait avec lui Camille et Adèle.

- Merci de votre compréhension et de votre hospitalité.

- C'est normal ! Vlad m'a dit que ses actions lors de votre première rencontre avaient été excessives. Il vous a interprété quel scénario ? Le stade vide ? Le porte-conteneur ? L'usine abandonnée ? L'immeuble détruit ? La maison en rase campagne ?

- L'usine abandonnée.

- Ah, je vois. Il a raté sa vocation. Il aurait été un grand metteur en scène. Nous allons passer par la piscine pour rejoindre la salle à manger.

Elle les invita à la suivre. Ils quittèrent le hall par l'ouverture face à l'entrée et traversèrent une salle richement meublée. Ils arrivèrent dans une étonnante et immense pièce comportant une volumineuse piscine entourée d'une clôture d'un mètre de haut en fer forgé noir ct or.

Elle les guida vers la droite, monta quelques marches et continua dans un large couloir. Ils firent une quinzaine de mètres et pénétrèrent dans une vaste salle chaleureuse contenant une longue table dressée. Le fond n'était qu'un spacieux balcon donnant sur la piscine. Sur ce dernier, il y avait un élégant canapé trois places, une table basse en marbre et cinq fauteuils. Le maitre de maison y était assis avec sa fille. Il lui lisait un livre de contes. L'enfant était sur son père et l'écouta avec attention.

Il s'arrêta quand il les vit. Il se leva et vint à leur rencontre.

- Filippo, ça me fait plaisir de te recevoir. Bienvenue chez nous.

- Tu parles aussi français ?

- Ma passion du vin.

- Je te présente Émilie et Amélia.

- Émilie, je suis charmé de vous rencontrer. Amélia, je te présente Ivana. Chaton, tu lui montres le coffre à jouets.

La fillette fit signe à sa camarade française. Sous le regard réconfortant de son père, elle la rejoignit et s'accroupit avec elle. Elles y explorèrent ensemble le contenu et sortirent des rails en bois. Prisca s'assit et invita ses convives à faire de même.

- Notre enfant a peu l'occasion d'en rencontrer d'autres. En Russie, la scolarisation obligatoire démarre à sept ans. Un professeur particulier la prépare aux apprentissages fondamentaux. Mais nous avons négligé sa socialisation. Alors elle pourrait être un peu brusque, ne soyez pas étonnés.

Le majordome plaça un large plateau en argent contenant une multitude de canapés. Il posa aussi quatre coupes de champagne et deux jus de fruits pour les enfants.

Vladimir invita ses convives à prendre leur verre et il leva le sien.

- À nous ! Puisse être le début d'une sincère amitié !

Ils trinquèrent. La discussion embraya sur la vie de mannequin de Prisca. Elle leur apprit qu'elle allait mettre fin à sa carrière très prochainement pour se consacrer pleinement à sa fille. Même si elle avait déjà bien levé le pied depuis quatre ans, se contentant de défilés en Russie et dans les pays à moins de quelques heures d'avions de leur maison. Elle leur raconta des anecdotes croustillantes sur le monde de la mode et du mannequinat, enrichissant la conversation.

Le majordome les convia à table. Le repas fut agréable et agrémenté de vins, triés sur le volet. Filippo dut reconnaitre que son hôte savait recevoir. Les enfants n'avaient pas été oubliés même si elles avaient mangé sur le pouce, occupés avec leur circuit. Elles avaient colonisé le balcon. Malgré la barrière de la langue, elles arrivaient à communiquer et mutualiser leur effort pour atteindre leur objectif.

Filippo et Prisca s'étonnèrent de leur complicité.

- Je t'avais promis une visite. Allez, viens.

La vraie soirée démarre, se dit Filippo.

- Vlad, ne l'assomme pas avec ton jargon d'œnologue et vas-y doucement sur les dégustations.

- Charles, reste avec les filles. S'il te plait.

Charles hésita puis obtempéra à regret et fit demi-tour.

Filippo savait que Pierre avait donné des consignes strictes à l'ensemble de l'équipe. Ce dernier se morfondait impuissant dans leur poste de commande situé une rue plus loin, dans une vaste maison. À cause de sa blessure, il ne pouvait pas être sur le terrain. Il n'aurait pas été capable d'assurer sa mission en cas de grabuge. Il s'occupait de la coordination de l'opération.

Vladimir l'entraina au sous-sol et le fit entrer dans l'immense cave voutée.

- Alors ? Tu en penses quoi ?

- Je te l'ai dit, je ne suis pas amateur de vin. Mais je dois reconnaitre que c'est un bel endroit.

- Je vais être obligé de faire ton éducation.

Vladimir attrapa des verres dans le placard du bar positionné à côté de l'entrée, un tire-bouchon et un seau à champagne. Il désigna à Filippo un meuble. L'invité en sortit un plateau avec du pain blanc et des biscuits secs.

Le Russe revint avec six bouteilles et les plaça sur le comptoir. Il en ouvrit une et servit Filippo. Ce dernier lut l'étiquette avant de porter la boisson à ses lèvres.

- Gevrey-Chambertin, 1er cru 2002.

- La dégustation est comme, chercher une partenaire. On commence par observer les formes, la couleur et les jambes. Puis on l'approche pour s'enivrer de son parfum et de ses arômes. Et on la prend en bouche pour confirmer ses subtilités et sa force.

- Tu es un poète quand tu parles de vin.

- Tu verras à la sixième bouteille !

Il ne mentit pas. La dernière fut son vin préféré, un Romanée Conti 1988. Il partit dans un monologue à la gloire de ce vin qui aurait mérité une scène et un parterre de spectateurs aguerris.

- Comment t'est venue cette passion ?

- À cause de Prisca. Elle aimait le vin français. Elle me semblait tellement inaccessible du haut des podiums des défilés. Nous n'avions rien en commun. Il me fallait quelque chose pour l'aborder. Alors, j'ai potassé. J'ai appris le nom de tous les vins. Mais elle m'a très vite percé à jour et jeté comme l'imposteur que j'étais. Connaitre les noms n'était pas suffisant. Ce fut une importante leçon.

- Tu as réussi à la conquérir avec le vin ?

- Non. Absolument pas.

- Alors comment ?

- En étant moi-même violent, brutal et explosif. À cette époque, elle était jeune, naïve et crédule. Trois qualités dangereuses quand tu évolues dans le monde du mannequinat entouré des mauvaises personnes. Devant l'objectif, paillettes et strasses. Derrière, faveurs et facilités à des porcs immondes se servant de leur relation pour les mettre dans leur lit.

- Chaque milieu à ses rapaces et ses charognards.

- … As-tu apprécié mon cadeau ?

- Oui et non. Oui, parce qu'Émilie a vu sa naissance et tout l'amour que lui portait sa mère. Non, parce qu'elle a pleuré toutes les larmes de son corps. Cela m'a arraché le cœur.

- Que comptes-tu faire ?

- Rien.

- Rien ? Ta femme a vu sa mère mourir, assassiner par cet enculé. Et tu vas rien faire ? Là, je suis vraiment très déçu. Si quelqu'un avait fait ça à ma Prisca, je lui aurai ouvert le ventre et arraché le cœur.

À l'aide du tire-bouchon, il avait mimé le geste avec la lueur d'un meurtrier récidiviste dans les yeux. Filippo avait baissé les siens vers son verre pour qu'il ne lise pas sa frayeur.

- La violence n'est pas dans ma nature.

Vladimir lui attrapa fermement le visage et il le força à le regarder dans les yeux.

- La violence est innée dans chaque être humain. On fait que lutter pour la combattre. Mais Filippo, elle gagne toujours et nous entraine hors des limites de notre humanité. Toujours.

- Je serai l'exception !

Vladimir fixait son invité. Ce dernier soutint fièrement son regard. Il le relâcha.

- Tu me déçois, Filippo.

- La mallette est dans le coffre de notre voiture. Je vais te la rendre.

- Ooooh. C'est donc ça ! Tu veux pas me devoir un service ! C'est ça ?

- … Oui, tu as raison. Ces informations sont inestimables. Mais nous ne voulons pas entrer dans un cercle vicieux où nous ne pourrions plus jamais en sortir.

- J'ai une bonne et une mauvaise nouvelle, Filippo. La bonne. La mallette est un vrai cadeau. La mauvaise. Ma godasse est déjà sur ta gorge.

- Nous te rendrons tes cent-cinquante millions, auxquels nous ajouterons vingt-millions pour m'avoir épargné.

- Tu penses que c'est suffisant ? Tu es loin du compte, Filippo. Je veux faire une OPE entre la MediWorld-Percy et le Groupe Piétri-Duval à hauteur de 40 %.

Le pire des scénarios envisagés se dessinait. L'échange des titres avec la compagnie poubelle de Mike permettra à celle-ci de prendre le contrôle en limitant le besoin en liquidité et éliminerait un concurrent en absorbant tous ses actifs et brevets.

- Tu nous demandes de te donner les parts d'Émilie en échange d'une entreprise moribonde et sous le coup d'enquêtes, américaine par la FDA et européenne par la EMA.

- Comme tu as lancé ces enquêtes, tu vas pouvoir y mettre fin. Oui, oui. Ne me prends pas pour un imbécile. J'ai beau être une brute, j'ai un QI de 120.

- Même si nous avons attiré l'attention des autorités de régulation médicamenteuse, ce sont elles qui ont trouvé des preuves accablantes sur les malversations et sur l'usage de placébo en lieu et place d'éléments actifs. Je ne comprends pas pourquoi tu veux continuer d'investir dans cette compagnie.

- Je veux concentrer les meilleurs des deux. Tu as su redynamiser l'entreprise de ta femme. Tu devras faire mieux.

- Quoi ? Tu veux me mettre à la tête de ce truc immonde qui va résulter de leur collision. Voilà pourquoi tu m'as donné la mallette ! Tu voulais que je me charge de l'exclure du jeu !

- Filippo, tu es parfait ! Regarde, on est en phase !

- Il n'est pas question que je participe à ça ! De toute façon, nous allons nous battre pour t'empêcher d'arriver à tes fins !

- Filippo, je pense que tu n'as pas bien compris. J'ordonne. Vous obéissez. Ce n'est pas une discussion.

- Et si nous refusons ? Tu vas menacer nos vies et celles de nos proches ?

- J'espère ne pas être obligé d'en arriver là. Mais il existe tellement de manières de contraindre une personne.

- Tu es une pourriture !

- Oh, le vrai Filippo est là ! La dernière fois, je m'attendais à avoir un homme en colère, comme à cet instant. Mais tu m'as montré, une attitude détendue et confiante me forçant à envisager une autre solution. Dois-je revenir au plan de Mike et t'extraire par la force les codes d'accès des contrats ?

- Vlad… Vlad…

- Prisca, on est là !

- La neige est tombée massivement rendant dangereux les déplacements. Filippo, je vous ai fait préparer une chambre où nous avons déjà installé Amélia endormie.

- Merci beaucoup Prisca. Je vous suis.

- Filippo, on en reparle demain matin.

Par son intervention, elle lui avait permis de sortir de cette conversation fermée.

- Filippo, ne soyez pas trop en colère après Vlad. Il a fait et continue de faire beaucoup d'efforts, pour changer et maintenir sa brutalité sous contrôle. Il était vraiment désolé de vous avoir kidnappé et d'avoir aggravé votre blessure au bras.

- Il vous raconte ce genre de chose ?

- Il ne le fait pas toujours. Mais si je lui pose une question, il ne me ment pas. C'est un de nos accords. Je sais qu'il évolue dans un milieu où les règles ne sont pas celles dictées par les lois.

- Vous a-t-il dit pourquoi il nous a invités ?

- Je ne le lui ai pas demandé. Je reconnais que parfois, je n'ai pas le courage de faire face à son monde. Par contre, il m'a beaucoup parlé de vous. C'est assez troublant de sa part. Il m'a donné envie de vous rencontrer. Voilà, vous êtes arrivé. Je vous souhaite une excellente nuit.

- Vous aussi. Merci Prisca.

Le trio des gardes était là. Filippo entra dans l'immense chambre. Émilie était près de sa fille et lui caressait tendrement les cheveux. Toutes les deux portaient un pyjama prêté par leur hôtesse.

- Elle s'est endormie sur moi. Il va falloir que tu m'apprennes les comptines espagnoles que tu lui chantes. Elle en voulait une.

- En rentrant, je t'apprendrai.

Il la serra affectueusement. Elle lui murmura à l'oreille.

- Comment ça se présente ?

Il répondit de la même manière.

- Mal. Scénario 7. Toutes tes parts. Moi comme PDG.

Elle se détacha et le regarda dans les yeux. Elle ne put retenir ses larmes. Elle se réfugia dans le creux de son épaule en pleurant silencieusement. Elle se calma et ils s'allongèrent sur le lit.

Filippo sourit une heure plus tard. Émilie s'était assoupie. Elle ne pouvait pas plus résister que sa fille quand il voulait l'endormir. Il s'installa pour réfléchir.

Il avait envisagé le scénario 7 sans y croire, au vu de la situation financière de la MediWorld-Percy. Personne de sensé ne lui donnerait une chance de survivre deux années de plus. Alors, vouloir y investir, il n'arrivait pas à comprendre. Il évoqua mentalement plusieurs pistes, filière pour fabriquer et écouler des préparations sans vertu thérapeutique, vendre des médicaments périmés, blanchiment d'argent, bioterroriste, etc. Mais aucune n'arrivait à ses yeux à motiver de tels efforts financiers. Il y réfléchit longuement.

Furtivement, une personne s'infiltra dans leur chambre deux heures plus tard. Filippo se raidit prêt à bondir tandis que les pas glissèrent en direction du lit.

- C'est moi, Pierre.

Filippo se détendit et il se leva. Pierre lui fit signe de le suivre à l'opposé du lit, de l'autre côté de la chambre. Ils parlèrent à voix basse.

- Vous en êtes où ?

- Comme prévu, on a complètement infiltré et piraté la maison. On diffuse des images et des sons en boucle.

- Bien. Des choses intéressantes ?

- Rien malheureusement. Il doit travailler ailleurs.

- Pourtant, tes équipes l'ont filé. Il n'est quasiment jamais sorti de cette maison et vous aviez mis les communications sous surveillance. Donc ça veut dire qu'il s'attendait à une réaction de notre part et a anticipé. Merde !

- Et de ton côté ?

- Scénario 7.

- Ah merde ! Comment l'a pris Émilie ?

- Mal comme tu peux l'imaginer. On a été interrompu par sa femme mais la discussion ne se présentait pas bien. Il commençait à parler menaces.

- Merde. On peut faire comme lui. Faire pression sur sa famille. OK, je n'ai rien dit. Oublie.

- Demain, je dois trouver un moyen de négocier sans sacrifier le Groupe.

Le téléphone de Pierre se mit à vibrer. Il le sortit précipitamment.

- Il y a du mouvement dans la maison.

- Un de ses gars ?

- Non.

Il s'était connecté sur le réseau de surveillance vidéo. Il parcourrait les caméras à la recherche de déplacement.

- Là ! C'est Ivana.

- Leur gamine ? Où va-t-elle ? Il n'y a rien, hormis une grande dépendance vide.

- Tu es sûr ? Qu'irait faire une enfant là-bas à 5 h du matin ? Allons voir.

Filippo se leva suivi de Pierre. Ils la rejoignirent en quelques minutes justes au moment où elle entra dans la pièce. Masqués, ils s'accroupirent et restèrent de part et d'autre de la double porte vitrée.

La fillette se dirigea vers le fond de la salle et fit basculer un panneau. À l'envers, il y avait un lecteur d'empreintes de dernière génération. Elle y posa sa main. Un message vocal de confirmation en russe retentit accompagner d'un bip doux répétitif.

À leur stupéfaction et dans un silence absolu, la quasi-totalité du sol de la dépendance s'escamota en moins d'une minute. Il sortit du trou béant un immense bloc vitré blanc fumé. L'indicateur sonore s'arrêta avec un nouveau message en russe.

Ivana revint en courant vers l'entrée et pénétra par la porte leur faisant face. Filippo la lui montra.

- Comment voulais-tu qu'on trouve un truc comme ça ? C'est du délire !

- Allons voir.

À gauche et à droite, il y avait de larges et massifs coffres-forts. Mais ce qui attira leur regard était au fond. Il y avait un grand lit médicalisé avec moniteur cardiaque et hémodia-filtrateur.

Ivana s'était allongée à côté de la patiente. Elle était intubée et sous le contrôle d'un respirateur artificiel. Des cathéters étaient reliés à un pousse-seringues. Filippo s'approcha d'Ivana. Parlant russe, Pierre traduisit.

- Qui est-ce ?

- Sœur.

- Comment s'appelle ta sœur ?

- Natasha.

- Bonjour Natasha. Je m'appelle Filippo. Là, c'est mon ami Pierre. Hier soir, on a dîné avec tes parents. On vient de France.

- Natasha Amélia ?

- Tu veux présenter Amélia à Natasha ?

- Oui.

- Pierre.

Pierre prit son téléphone, tapa un message et le rangea.

Quelques minutes plus tard, Émilie arriva avec Amélia dans les bras, accompagnés des trois gardes du corps. Les filles s'approchèrent.

- Elle a vraiment une sœur ? Elles doivent être jumelles.

- Amélia, viens. Ivana voudrait te présenter sa sœur Natasha.

Dans les bras de son père, elle la salua en souriant. Elle bâilla largement. Ivana sauta à terre, fit le tour du lit et remonta de l'autre côté. Elle désigna à Amélia l'endroit qu'elle venait de laisser et elle s'allongea en prenant la main de sa sœur.

Filippo hocha de la tête quand sa fille le regarda, cherchant son approbation. Elle s'étendit à son tour en attrapant aussi la main de Natasha. Offrant un magnifique tableau, les deux enfants se rendormirent.

- C'est adorable !

- Laissons-les finir leur nuit.

Filippo s'intéressa aux documents posés sur un meuble derrière le lit.

- Ils ont l'ensemble de notre pack médicalisé M863, l'ancien modèle.

- J'ai vu. Tu arrives à comprendre quelque chose ?

Émilie s'approcha et regarda le dossier tendu. Elle en prit un autre. Puis un autre.

- Il semble que les médecins ne parviennent pas à déterminer la cause de la maladie. Elle est tombée dans un coma profond. Sans signes avant-coureurs. Ils l'ont mis sous traitement d'une molécule expérimentale à base de… c'est étrange.

- Quoi ?

- Et bien, j'ai le sentiment d'avoir déjà fait ce type d'assemblage. Mais je ne m'en souviens plus avec précision.

- Peut-être as-tu pris des notes ou fait un compte rendu ?

- Bien sûr ! Cela doit être dans la base des recherches expérimentales !

- Pierre, nous avons besoin immédiatement d'un ordinateur avec accès à notre réseau entreprise. Il nous faut aussi deux mobiles sécurisés.

Pierre passa les consignes.

Trente minutes plus tard, Émilie était en train de fouiller dans la base de données et discutait simultanément avec Taffir au téléphone. Tandis que Filippo dialoguait avec le Professeur Mercan. Ils s'étaient installés dans le couloir menant à la chambre secrète pour laisser les filles se reposer.

- … dosage serait adaptable pour un enfant de cet âge.

- Parfait. Émilie est en train d'analyser le traitement actuel. Elle pense qu'il y a un problème. Quand pouvez-vous vous libérer ?

- Demain.

- Je vais immédiatement organiser votre voyage. Je vous communiquerai les détails très bientôt. Merci encore Professeur.

- Filo ! On vient de trouver !

- Filippo, les maitres de maison arrivent armés.

- Tous les deux ? OK. Prends tes dispositions.

Pierre fit un signe de la tête à Charles. Ce dernier disparut avec quelques hommes.

Filippo se plaça à côté d'Émilie. Il lut la conclusion du compte rendu rédigé par sa femme. Puis elle lui montra des recherches effectuées dans une autre base de données.

- Tu t'en occupes ? Je dois passer un appel.

- Avec plaisir.

Émilie se leva et alla déconnecter l'injection périodique. Filippo composa un numéro juste quand Charles revint avec Vladimir et Prisca bâillonnés et mains attachées. Ils furent maintenus fermement, sur des chaises face à une table. Filippo s'y assit. Il posa le téléphone, mit le haut-parleur et parla en français.

- Allô ?

- Bonjour, je cherche à joindre monsieur Mike Percy.

- C'est moi. À qui ai-je l'honneur ?

- Filippo Di Maria à l'appareil. Je venais prendre de tes nouvelles. J'étais inquiet. On s'est quitté sur un coup de poing.

- Tu as eu de la chance que ce connard de Zoupinko ne m'a pas laissé faire. Je t'aurai arraché ces codes d'accès, et pour le plaisir, je t'aurai défoncé la gueule.

- Je ne comprends vraiment pas pourquoi tu ne m'aimes pas. Mon karma en prend un sacré coup.

- Ton karma, tu peux te l'enfoncer profond.

- Il va falloir que tu prennes sur toi. On va bientôt être collègue. Ton financier va lancer une OPE entre nos deux entreprises.

- Quoi ?

- Il ne t'en a pas parlé ? Tu me diras, tu fais partie du petit personnel. Par contre, il y a un truc que je ne comprends pas. Comment as-tu pu lui soutirer cent-cinquante-millions ? Il n'est pas du genre, œuvre de charité.

- Qu'est-ce que cela peut bien te foutre ?

- Et bien, il a menacé nos vies. Émilie est terrorisée. Donc on cherche un moyen de l'amadouer et de se le mettre dans la poche, comme toi.

- Achète-lui des chocolats.

- Je vois. Ce ne serait pas à cause de sa fille malade ? On a fait quelques recherches par-ci par-là, distribué quelques millions aux bonnes personnes. Tu ne devineras jamais ce qu'on nous a balancé. Ta spécialité, l'arnaque au placébo. Pour le confirmer, Émilie a analysé la molécule que tu fais injecter à la gamine. Tu as inséré des agents provoquant périodiquement des palpitations cardiaques, des spams et un jaunissement de la peau pour lui faire croire que les injections la soulageaient. Arnaquer un mec comme ça avec une des choses les plus précieuses pour lui, il faut avoir une paire de couilles de taureau. Mike, tu as tout mon respect.

- Je sais pas de quoi tu parles.

- Après je ne sais pas si tu as été un opportuniste ou si tu as provoqué son coma.

- J'aime beaucoup l'état d'esprit russe.

- Ah, ça veut dire que tu l'as provoqué ! Je me lance. Dans le trio, je dirai le majordome. Sur les photos, il a un air fourbe.

- Il est à leur service depuis toujours.

Émilie avait posé l'ordinateur près de Filippo et lui avait montré l'écran. Elle avait affiché une liste de médicaments.

- Ah. Je sais ! Ça ne peut être que la cuisinière ! Non. Oh. Un professeur est facile à acheter. J'ai trouvé, n'est-ce pas ?

- Tu me veux quoi ?

- Je te l'ai dit, il nous a menacés. Alors on veut mettre en place une sécurité. Donc on s'est dit que préparer le même scénario que toi pour sa femme serait une bonne idée. Il ne soupçonnera rien si les symptômes sont identiques. On prétextera la génétique familiale. On lui produit une nouvelle molécule sans la jaunisse, et hop, le tour est joué. Et puis, cela conforterait ta mise en scène et te donnerait du poids. Nous, on sortira du jeu en abandonnant le Groupe, et toi, tu auras ce que tu voulais et tu pourras continuer à le plumer. On est gagnant-gagnant.

- …

Filippo demanda à Émilie par gestuelle lequel dans sa liste était le plus dangereux.

- Émilie penche pour un cocktail à base de Sécobarbital et de…

- Putain ! Vous allez flinguer mon boulot avec votre amateurisme. Zoupinko n'est pas si stupide ! Je t'envoie la compo de mon cocktail.

- Je viens de le recevoir. Entre toi et moi, t'es quand même une belle ordure ! Faire ça à une gamine !

- Je l'ai dit lors du Conseil d'Administration, le monde pharmaceutique est un monde élitiste. On doit faire ce qu'il faut pour survivre. Il fallait que je rende la MediWorld-Percy importante à ses yeux. Mais je vois que tu as pris la mesure de mes paroles puisque tu vas m'imiter.

- Je te recontacte quand nous serons prêts à passer à l'action. On aura besoin de ton avis pour la mise en œuvre. Bye.

Filippo raccrocha. Émilie l'embrassa.

- Tu es incroyable ! Tu lui as fait tout cracher !

- Attends, je dois appeler le Professeur Mercan. Amène Prisca.

- OK.

Un garde força Prisca à se lever puis il la guida vers la chambre secrète précédée par Émilie.

Vladimir tenta de protéger sa femme mais Charles avait anticipé sa réaction. Il le maintint fermement sur la chaise.

- Professeur, c'est encore Filippo. Je viens de vous envoyer la composition. Alors ? Vraiment ? Vous pouvez le faire ? Super ! C'est une excellente nouvelle ! Je vous recontacte rapidement.

Filippo raccrocha. Il fit signe à Pierre de débâillonner leur hôte et de le suivre. Il prit la direction de la pièce. Charles le tint fermement pour passer la porte.

- Si tu touches à un cheveu de ma femme, je vais t'écorcher vif. Espèce d'enc…

- Eh, fais gaffe à ton langage ! Il y a des enfants ici !

Vladimir regarda vers le lit. Prisca était dans les bras d'Émilie. Elles contemplaient les filles endormies et se tenant la main.

- Mais…

Filippo lui détacha les mains.

- Tu m'aurais cru capable de faire du mal à ta femme ? Franchement ?

- Mais… tu…

- Comme toi, je soigne mes mises en scène.

Sa moitié se détacha d'Émilie et vint tirer son mari pour qu'il s'approche. Ses yeux étaient rougis par les larmes de joie.

- Regarde comme elles sont belles toutes les trois.

Émilie attrapa la main de Filippo, elle aussi heureuse. Filippo la serra contre lui.

- Laissons-les se reposer. Allons discuter ailleurs.

Leurs hôtes les guidèrent là où ils avaient pris l'apéritif la veille. Le circuit en bois n'avait pas bougé et encombré le balcon. Mais cela ne dérangea aucun des parents.

Le majordome déposa tasses et café.

- Je ne comprends pas.

- C'est moi qui ne comprenais pas pourquoi tu voulais faire une OPE avec la MediWorld-Percy au lieu de prendre l'entreprise d'Émilie. Cette entreprise est moribonde. Ses cadres piquent dans la caisse. Sa réputation est sulfureuse. Les institutions publiques ou privées ne désirent pas faire affaire avec elle. Elle ne survivra pas plus de deux ans. Involontairement, Ivana nous a conduits à Natasha. À la lecture de son dossier médical, Émilie l'a trouvé étrange. Donc on a approfondi et devine qui est sorti du chapeau ?

- Mike Percy.

- Exactement. Et là, tout s'est imbriqué. On a comblé les infos manquantes et je l'ai appelé pour confirmer.

- Je vais lui faire la peau !

- Pas question ! Mike Percy est à nous ! Comme je l'ai dit au père d'Émilie, la mort sera une récompense qu'on ne lui donnera pas.

Émilie intervint.

- Prisca, nous avons convié le Professeur Mercan, spécialiste entre autres des comas. C'est un merveilleux docteur. Grâce à son traitement, il m'a sorti d'un coma d'un an et demi et il m'a remis sur pied en quelques mois. Il arrive demain.

- Il doit bien sûr l'ausculter mais il peut inclure rapidement Natasha dans son programme du coma à l'éveil et dans celui du retour à la vie quotidienne. Par contre, il faudra venir à Toulouse.

- J'ai plusieurs appartements, dont un, pas trop loin de l'hôpital.

- Si vous le souhaitez, on pourra aussi assurer votre protection et votre anonymat.

- Pourquoi faites-vous tout ça ?

- Parce que nous comprenons votre souffrance. J'ai vécu un an et demi à regarder jour après jour, Émilie immobile et inerte. Je suis sûr que vous trouvez tout le temps Ivana à côté de sa sœur. Cela doit être encore plus dur pour elle en tant que jumelle.

- Filippo, tu es vraiment telle que Vlad t'avait décrit. Vlad, je veux que tu cesses immédiatement de les ennuyer.

- Ne t'inquiète pas, Chérie. Ma motivation a été artificiellement créée par Mike Percy. Je voulais Filippo uniquement pour qu'il prenne soin du laboratoire qui produisait le médoc de Natasha. La MediWorld-Percy est en train de couler. C'est même pire que ce qu'il suppose.

- Nous allons te faire un virement de cent-soixante-dix-millions d'euros pour couvrir les sommes que nous t'avons fait perdre.

- Gardez votre argent.

- Donc si tu n'en veux pas, que dirais-tu de créer avec, une fondation pour aider la recherche et les malades atteints de comas ?

- Émilie, il est toujours ainsi ?
Elle fit oui de la tête en souriant
- Prisca, vous pourriez en être la marraine.
- Ce serait un grand honneur.
- Filippo, tu es vraiment hallucinant !
- Ça y est, tu recommences !
- Il n'y a que lui pour ne pas se rendre compte qu'il est incroyable.
- Qu'est-ce que j'ai encore fait ?

Est-ce cela ma vie ?

Filippo fit entrer sa Maserati dans la cour puis il manœuvra pour pénétrer dans le garage.

Filippo et Émilie revenaient d'un dîner d'affaires en banlieue nord de la ville rose. Ils avaient répondu à l'invitation d'un fonds d'investissement. Fort de la renommée actuelle du Groupe Piétri-Duval, il souhaitait se présenter et proposer une participation dans des projets à venir. Leurs trois interlocuteurs apprirent à Filippo qu'il avait acquis dans ces milieux, une aura de réussite dont ils voulaient bénéficier.

Filippo les écouta avec attention mais il avait d'autres préoccupations en tête. Et, elles le rendaient très anxieux depuis quelques mois. Il savait comment les résorber mais il n'avait pas encore réussi.

Au travail, Émilie avait élu domicile dans le bureau attenant à celui de Miriam et de Sandra. Il lui avait proposé de reprendre le sien. Elle avait rétorqué qu'il devait l'occuper car il était le PDG. Elle avait même engagé une nouvelle secrétaire pour lui laisser son équipe.

Elle s'était associée à Taffir, qui avait emménagé près d'elle. Tous les deux voulaient œuvrer sur les maladies orphelines. Mais ils devaient remettre leurs savoirs à jour.

Alors depuis trois mois, ils suivaient dans les locaux du Siège, un cursus intense et poussé avec des professeurs renommés.

Émilie désirait s'assurer que son coma n'avait pas eu d'impact sur ses connaissances. Taffir devait combler ses lacunes et absorber les évolutions depuis trente ans.

Filippo invita sa douce à sortir de la voiture et lui proposa une balade à pied avant de rentrer. Elle accepta sans hésitation. Elle adorait les moments passés ensemble car elle était alors le centre de son attention. Parfois, elle se demandait si elle était assez mûre. Être jalouse de sa propre fille était franchement immature. Comme chaque fois, cela la fit sourire.

Ils laissèrent leur affaire dans la Maserati et ils ne prirent que leur gilet. Le fond de l'air était très agréable pour mi-mai. Elle lui attrapa la main et ils passèrent le portail puis Filippo l'entraina vers la coulée verte. Pour évacuer son stress, il ouvrit la discussion.

- Tu en as pensé quoi du dîner ?

- Pas grand-chose. Ta manière de faire progresser le Groupe me convient. Être des citoyens responsables avant d'être des entrepreneurs mercantiles est vraiment une excellente philosophie. Ce fonds d'investissement ne pense pas de cette manière. Il te forcera vers la productivité financière. Nous n'avons pas besoin d'investisseurs externes. Le Groupe se suffit.

Ils avaient traversé la coulée verte pour rejoindre de l'autre côté, une rue étroite, et ils s'y étaient engagés.

- Tu as raison. En parlant d'investissements, as-tu regardé ton portefeuille ?

- Filo, la soirée est agréable…

- Mèl, tu fuis !

- Tu sais que ça me barbe !

- Je sais ! Mais tu dois t'en occuper. Ta mère et ta grand-mère ont travaillé dur pour le constituer et te mettre à l'abri du besoin. Par respect, tu devrais t'y intéresser.

- Comme d'hab, tu as raison. Mais ça me barbe.

- Le holding consolidant est impressionnant. Tu détiens ou tu as des participations à hauteur minimum de 30 % dans plus de quatre-mille-cinq-cents entreprises couvrant tous les secteurs d'activités.

- Encore un truc que tu maitrises. Occupe-t'en pour moi, Filo. S'il te plait.

- Ah non ! Je trouve que j'ai déjà trop de pouvoir ! Mèl, tu devrais me révoquer en tant que Président du Conseil d'Administration et prendre ce poste à ta charge. Être juste Président-directeur général est bien assez pour m'occuper du Groupe. Il faut que tu restes aux manettes de cette entreprise qui te tient à cœur.

- Alors on fait un compromis. Je te révoque et tu prends en charge la gestion de ma fortune.

- Ce n'est pas un compromis, c'est une arnaque !

- Moi, je trouve que c'est un bon arrangement.

- Évidemment ! Il y a deux ans et demi quand j'ai retiré les cinq-mille euros de notre accord, j'étais en panique. C'était la première fois que j'avais une telle somme en liquide dans les mains. Alors, gérer ton patrimoine de quatre-vingt-dix-sept milliards en hausse constante, même pas en rêve !

Il pensa à sa prise de poste officiel. Elle fut accompagnée de tous les volets administratifs, y compris salariale. À l'annonce de ce dernier, il crut défaillir.

Il pouvait substituer sa 206 à une Ferrari sans sourciller. Un mois de salaire correspondait à trois années de ses précédents emplois à l'étranger. Il n'avait pas pu accepter. Il ne le méritait pas à ses yeux, et toujours aujourd'hui.

Alors, il avait décidé de n'en prendre que 5 %. Le solde restait dans l'entreprise.

Émilie ne connaissait pas l'arrangement mis en place pour ses émoluments.

Lors de la négociation, Robert, le directeur RH, avait omis d'évoquer les dividendes sur la rentabilité de l'entreprise. Elles tombaient trimestriellement et personne n'y avait de contrôle direct.

Filippo dut placer ce pactole récurrent et changea malgré lui de tranches fiscales vers la plus haute.

- Tu veux qu'on aille à un distributeur pour te guérir ? Un petit retrait de dix-mille, ça devrait faire l'affaire !

Fière de l'avoir chambré, elle se mit à courir.

- Chipie ! Tu ne m'échapperas pas !

Il la rattrapa juste au moment où la rue aboutissait à une large route bordée de barrières. Il la ceintura et il l'embrassa fougueusement. Elle passa ses bras autour de son cou et accepta sa punition. À regret, leurs bouches reprirent leur indépendance. Émilie regarda aux alentours.

- Oh, il y a un canal !

- Ben, c'est le Canal du Midi !

- Je ne savais pas qu'il était là. Avant, je ne sortais jamais et j'étais très rarement sur Toulouse. Mais, j'adore ce genre de balade nocturne. Je veux en faire plein avec toi.

- À votre service, gente dame.

Ils traversèrent la route pour être le long des barrières protégeant le canal. Ils marchèrent en se tenant la main.

- Pour Méli, tu es sûr qu'il faut l'inscrire à la maternelle ? On ne pourrait pas simplement prendre un professeur particulier comme Prisca et Vladimir ?

- Mèl, elle doit apprendre à affronter le monde, faire ses propres expériences, rencontrer d'autres enfants et se faire des amis.

- Elle a Noé, Lucie, Ivana, et bientôt Natasha.

- Je sais que cela te fait peur. À moi aussi. Mais la mettre sous une cloche et la surprotéger n'est pas ce que doivent faire des parents. Elle doit s'épanouir et prendre confiance en elle-même.

- Mais si les autres enfants sont méchants avec elle. S'ils la harcèlent…

- Mèl, cela se passera bien. Ta fille a du répondant et elle sait se défendre. S'il y a des problèmes qu'elle ne peut surmonter, nous serons là pour la soutenir et l'aider.

Sur une place piétonne située face au Canal du Midi, il l'invita à s'asseoir sur un banc en pierre positionné entre deux larges platanes.

- Mais pour la sécurité ?

- Ne t'inquiète pas. Ton père et ton cousin vont complètement sécuriser l'école. La directrice était trop contente qu'un mécène prenne en charge tous les travaux de rénovation et lui fournisse du matériel pédagogique neuf.

- Il va falloir que je me prépare mentalement pour ne pas pleurer.

- Moi aussi.

- En fait, ça va être plus dur pour toi ! Tu t'occupes d'elle depuis sa naissance.

- Je sais. Ne rigole pas !

Elle se blottit contre lui.

- Oh non, je t'envie trop. Depuis ton retour de Norvège, Méli est devenue complètement différente avec moi. Elle m'a accepté comme maman. Je n'aurai jamais pensé que ce rôle me satisferait à ce point.

Ils restèrent ainsi silencieux, profitant d'une brise légère. Filippo rassembla son courage.

- Émilie, je voudrais te demander quelque chose.

Inquiète, elle se détacha de lui.

- La dernière fois que tu m'as appelé par mon prénom, tu as disparu et l'on a mis cinq mois pour te retrouver. S'il te plait, je ne veux pas revivre ça.

- En Norvège, je me suis fait une promesse. Je ne te blesserai plus jamais. Ne sois pas inquiète. C'est seulement moi qui stresse.

- Pourquoi ?

- Et bien… je voudrai… non… je souhaiterai… savoir… enfin…

- Alors là, c'est mémorable ! Filo ne trouve plus ses mots !

Des crissements de pneus attirèrent leur attention. Douze hommes sortirent armés de trois voitures.

Filippo eut juste le temps d'attraper Émilie et de basculer avec elle au sol quand les mitraillettes crachèrent leurs projectiles. Le bruit infernal amplifié par la réverbération sur les habitations alentour força Émilie à placer les mains sur ses oreilles. Filippo chercha un moyen de les mettre en sécurité en regardant vers le square et le canal. S'il avait bien appris quelque chose de son voyage au Soudan du Sud, c'était que le mouvement était la clé de la survie. Il découvrit les oreilles d'Émilie.

- On va devoir courir !

Une grenade dégoupillée rebondit sur le banc et tomba à côté d'eux. Filippo la saisit et la renvoya à son expéditeur. Elle détona touchant plusieurs voitures garées. Elles explosèrent à leur tour dans un fracas de fin du monde. Filippo empoigna la main d'Émilie et ils se mirent à courir le long du canal, à l'opposé d'où ils étaient arrivés.

Leurs assaillants reprirent rapidement leur esprit et entamèrent la poursuite. Le couple avait pu gagner cent-trente mètres d'avance. À nouveau, les balles fusèrent autour d'eux. Ils piquèrent à droite dans une rue revenant vers le square Bouligrin et leur maison. Involontairement, ils s'étaient engagés dans une large artère monosens où la partie de gauche était un grand parking arboré pour les habitants de l'immeuble attenant. Les nombreuses voitures stationnées offraient d'excellentes cachettes pour reprendre leur souffle. Il l'entraina dans la pénombre du long bâtiment. Ils s'accroupirent derrière un SUV. Émilie lui parla à voix basse apeurée.

- Pourquoi nous tirent-ils dessus ?

- Pour l'instant, on s'en fout !

Il lui imposa le silence. Huit hommes passèrent en courant et ils continuèrent vers le square. Les quatre derniers remontèrent la rue et le parking en inspectant les lieux puis ils poursuivirent leur chemin. Filippo attendit quelques minutes puis il sortit prudemment. Leurs assaillants étaient hors de vue.

Il aida Émilie à se relever. Il lui prit la main et il l'entraina à nouveau au bord du canal. Ils allèrent à l'opposé du square où les hautes flammes consumaient le reste des voitures générant une épaisse fumée noire. Au loin, on entendait une sirène.

- Ce n'est pas la direction de la maison !

- Je sais. Ils doivent s'être regroupés autour, pour nous intercepter. On doit absolument s'en éloigner pour l'instant.

- Je comprends.

Ils arrivèrent sur une place aménagée le long du canal. Ce que visait Filippo était là-bas, une passerelle enjambant l'eau.

- Je suis sûr que des badauds se sont massés de l'autre côté pour regarder les voitures brulées. Nous devrions être en sécurité parmi eux.

- Excellente idée.

Ils se dirigèrent vers le pont et ils y montèrent. Des cris retentirent derrière eux. Deux hommes arrivèrent au pas de course. Au loin, quatre de leurs collègues convergeaient vers eux. Le couple traversa la passerelle en courant, sous les projectiles. Mais ils ne purent pas prendre vers la gauche car les impacts de balles hachèrent la pelouse et les platanes, et leur barrèrent la route. Ils durent aller à droite.

Les tirs cessèrent. Des péniches amarrées masquaient la visibilité. Malgré les nombreuses voitures stationnées, il serait difficile de réitérer la même opération de camouflage. Alors, ils coururent aussi vite qu'ils purent. Mais ni l'un ni l'autre n'était sportif. Ils se trouvèrent bientôt à bout de souffle.

Filippo n'avait plus de doute. Ils ne pourraient pas s'en sortir tous les deux.

Masqué par un large bosquet de verdure, il entraina Émilie vers le bord du canal. Il repéra l'endroit propice et il la poussa. Elle glissa sur l'herbe et atterrit dans l'eau entre la rive et la péniche. Dans la pénombre, on ne la voyait pas.

Il lui ordonna le silence puis il enleva son gilet et le tendit à ses côtes et à deux mains, pour simuler sa présence. Puis il se mit à courir avec toute l'énergie qui lui restait. Il devait les éloigner le plus possible d'elle.

Il avala deux-cent-cinquante mètres en zigzaguant entre les arbres, la végétation et les voitures stationnées. Il s'arrêta et s'appuya sur un platane. Au-delà, il serait à découvert et sous la lumière crue des lampadaires car la route se collait soudainement au canal pour passer sous un pont ferroviaire.

Ce n'était vraiment pas le bon jour pour lui faire ma demande en mariage, se dit-il en tentant de reprendre son souffle.

Son désir, d'être marié réellement avec elle, était là depuis la Norvège, depuis qu'il avait dissocié la femme de son environnement social et de sa fortune.

Officiellement, ils étaient mariés. Hector avait même fait établir un contrat. Mais ces documents étaient artificiels.

Il voulait ardemment épouser la femme qu'il aimait. Lui dire oui et entendre sa réponse. Faire un voyage de noces. Enfin, tout ce que font les personnes amoureuses décidant de passer un cap dans leur vie de couple.

Alors, il avait commencé par le début à leur retour de Russie. Il avait demandé à Hector sa permission. Ce dernier avait joué son rôle de père et l'avait taquiné en lui laissant croire qu'il refusait.

Ensuite, en parallèle de la commande de la bague, il avait réfléchi à de très nombreux scénarios, du plus fou au plus austère, pour rendre sa demande unique. Mais aucun ne le satisfaisait.

Il avait interrogé de multiples personnes mariées autour de lui pour connaitre leur histoire. Mais là aussi, cela ne l'avait pas inspiré.

Puis, il lui revint les mots dits à Vladimir lors de son kidnapping.

La simplicité.

Alors, il avait décidé de suivre son propre conseil.

Ce soir, c'était sa quatrième tentative.

Quatrième et ultime essai, se corrigea-t-il.

Il n'avait pas réussi.

Et le pire, c'est qu'il ne pourra pas en faire une nouvelle.

Il entendit le cliquetis caractéristique d'un arsenal qu'on arme.

Et bien, j'ai vécu une belle et inespérée fin de vie. Merci pour ça, se dit-il en regardant vers le ciel.

Il se plaça face aux six hommes. Leurs canons étaient pointés vers lui. Le déchainement des balles ne vint pas à son grand étonnement. Les six autres convergeaient vers lui aux pas de course.

Ils doivent attendre les copains, se dit-il.

- Je ne me savais pas si dangereux. Tant de tueurs pour une seule personne. Votre patron doit avoir du mal avec la confiance, non ? Vous pourriez au moins me dire qui je dois remercier. Non ?

Le deuxième groupe se mêla à leurs camarades. À leur tour, ils armèrent leurs outils de travail et les pointèrent vers lui.

Sauf un.

Il sortit un pistolet et un mobile. Il tendit l'appareil vers lui. Filippo fit les quatre pas qui le séparaient du téléphone. Il voulut le prendre mais son propriétaire ne le lâcha pas. Par contre, il posa le canon sur son front, incitant à rester immobile.

- Filippo, tu es en mauvaise posture, non ?

L'intéressé regarda vers le téléphone. Un appel vidéo.

- Mike, mon ami ! C'est à toi que je dois ces nouveaux copains ! Honnêtement, il ne fallait pas. En plus, ils n'ont pas de conversations.

- Ils font partie d'une guilde d'assassins bulgare. Les langues étrangères, c'est pas leur truc. Mais ils sont terriblement efficaces. Là, je te sers un traitement royal !

- Je suis touché par tant de bontés. Je pensais qu'on avait trouvé un terrain d'entente.

- Tu parles de la femme de Zoupinko ? Tu me croiras pas mais elle a disparu avec son connard de mari et ses deux morveuses. Ils ont pris avec eux mes fonds et ont gelé tous mes avoirs, me mettant à la rue.

- Quoi ? t'as plus un sou ? Ben, ils sont au courant tes gars ?

- T'inquiète. Ils ont déjà été payés. Par contre, je m'interroge sur toi. Tu ne m'aurais pas vendu à Zoupinko ?

- Mec, t'es halluciné ! Franchement ! T'as plongé sa gamine adorée dans le coma ! Il aurait déployé toute sa puissance de feu pour te faire la peau. Tu te donnerais combien de temps ?

- Ouais, pas longtemps, c'est vrai !

- Je ne sais pas ce qui s'est passé mais il a relâché la pression sur nous du jour au lendemain. Depuis, plus de sons plus d'images. On pensait que c'était à toi que l'on devait cela. Il a peut-être des problèmes ?

- Je sais pas. On est pas assez intime. Quoi qu'il en soit, on a toujours un contentieux. Il est temps de le régler définitivement.

- J'aimerais dire que cela a été un plaisir mais croiser une ordure comme toi fut une expérience merdique que je ne renouvellerai pas. Tu ne pourras pas tous nous avoir.

- Tu parles d'Émilie ? Elle passera pas la nuit. Ensuite, ils traqueront ta morveuse. Ou je vais peut-être la vendre à des papis gâteaux. Ils vont lui faire des trucs qu'une gamine ne devrait jamais vivre à cet âge.

- T'es qu'un enculé !

- Bye, connard. Iskam da vidya vsichko. Eksplodiraïte glavata mu !

L'homme tenant le téléphone fit deux pas en arrière et plaça le mobile en hauteur pour obtenir un meilleur angle. Les autres se redéployèrent derrière lui pour ne pas être dans la trajectoire.

Émilie, Amélia, je suis désolé de vous abandonner de cette manière. Je ne pourrai plus prendre soin de vous. Merci de m'avoir accepté dans vos vies. Je vous aime, mes amours, se dit-il en fermant les yeux.

La déflagration retentit.

Il sentit le souffle du projectile sur sa tempe.

La douleur ne vint pas.

Il se dit que son cerveau n'existait plus et que cela était donc normal.

Mais un crissement suraigu arriva de derrière lui, suivi d'un gros boum et d'une puissance souffle.

Cela ne cadrait plus. Il ouvrit les yeux et sursauta.

À quelques centimètres sur sa droite, il y avait une Maserati noire, feux de détresse allumés dont les airbags avant s'étaient déclenchés. Elle venait de percuter trois Bulgares et les avait projetés à près de quinze mètres. Le conducteur et le passager semblaient assommés.

Des coups de feu retentirent sur sa gauche. Il tourna la tête vers la berge opposée. En appui sur le capot d'une autre Maserati, une silhouette connue épaulait un fusil d'assaut, couvert par une deuxième personne familière. N'est-ce pas Hector et Charles ? se demanda-t-il n'arrivant pas à reprendre pied dans la réalité. Ils firent à nouveau feu, abattant un Bulgare qui s'apprêtait à tirer sur lui.

Le passager du véhicule accidenté s'extirpa, le contourna par l'arrière et attrapa Filippo. Il le mit à l'abri derrière la voiture.

- Filippo ! Filippo !

- Quoi ? Quoi ? Vlad ? Qu'est-ce que tu fais là ?

Des balles ricochèrent sur le bitume près d'eux. Le Russe s'écarta brusquement, tira à deux reprises et revint à côté de Filippo. Transpercé, un homme tomba à terre.

Pierre sortit à son tour de la Maserati et il les rejoignit.

- Où est Émilie ?

- Émilie ? Émilie !

Filippo se leva d'un bond surprenant ses deux amis.

Les ignorant, il contourna la voiture et il courut à perdre haleine. Il passa à côté des six Bulgares restants, en train de se réorganiser pour attaquer. Surpris, ils n'eurent pas le temps de le mettre en joue. Pierre et Vladimir se décalèrent aussitôt chacun d'un côté du véhicule et ils les prirent sous un feu croisé, appuyés par Hector et Charles. Ils les obligèrent à se concentrer sur eux, laissant le champ libre à Filippo.

Arrivant de l'autre côté, deux Maserati freinèrent brutalement et dérapèrent pour se placer en travers de la route. Filippo passa entre elles, d'où des gardes du corps sortirent pour refermer la nasse sur les assaillants et le protéger des tirs.

Filippo s'arrêta.

- Mèl ! Mèl ! Où es-tu ?

Les traces dans l'herbe montraient qu'elle avait essayé de monter sur la berge. Mais elle n'y était pas parvenue, s'éloignant malgré elle du bord, à cause du courant.

- Je suis là ! Là !

Il localisa sa faible voix puis il se jeta à l'eau. Épuisée, elle se tenait à un des flotteurs d'une péniche. Il l'atteignit rapidement mais ses forces commençaient aussi à l'abandonner. Plusieurs gardes du corps les rejoignirent et ils les ramenèrent sur la berge.

- Mèl, tu es blessée ?

Elle se mit à pleurer en tapant sur sa poitrine.

- T'avais pas le droit de faire ça ! T'avais pas le droit de te sacrifier pour moi ! T'avais pas le droit !

- Je suis désolé, Mèl.

- Je croyais que tu étais mort !

Elle fondit en larmes. Il la prit dans ses bras.

- Chut. Ça va maintenant. Je suis là.

Leur sécurité les enveloppa dans une grande couverture de survie et les fit grimper à l'arrière d'une des deux nouvelles Maserati, arrivées dans l'intermède, tandis que Pierre monta à la place passager.

Les deux voitures démarrèrent immédiatement et prirent la direction de l'hôpital à pleine vitesse, bientôt rejointes par deux nouvelles Maserati.

- Et Méli ?

- Ne vous inquiétez pas. Elle dort. Camille, Adèle et une trentaine de gars sont avec elle. Prisca, Ivana et Taffir sont aussi à la maison.

On put lire le soulagement dans le regard du couple.

Le convoi freina quelques minutes plus tard devant l'hôpital. Une dizaine de gardes du corps les attendait l'arme au poing. Ils se déployèrent aussitôt pour couvrir les deux fauteuils roulants présentés par le personnel médical. L'équipe contenue dans les voitures se déployèrent à leur tour.

Filippo et Émilie furent conduits rapidement à l'intérieur sous bonne garde.

Aux aguets, Pierre ne les quittait pas des yeux, la main sur son arme, tandis que les urgentistes s'occupaient d'eux.

Filippo s'approcha de lui tandis que l'interne traitait une longue éraflure sur la jambe d'Émilie.

- Pierre, va te faire soigner aussi. Tu as une coupure au front.

- Je m'en soucierai quand je vous aurai ramené à Méli.

- Pierre, ce n'est pas ta faute.

- Si ! J'aurais dû organiser votre sécurité et la rendre invisible quand tu m'en as parlé ce matin.

- Tu as voulu nous laisser de l'intimité. Pourquoi Vlad était avec toi ?

- On était tous chez vous pour attendre votre retour et voir si tu avais réussi ta demande. J'ai reçu une alerte explosion émanant du Port Saint-Sauveur. J'ai placé immédiatement nos équipes en alerte noire. Grâce à notre accès illicite aux caméras de surveillance de la ville, le centre opérationnel a pu localiser des mouvements suspects. Vladimir est monté avec moi et l'on a foncé à tombeau ouvert pour rejoindre votre position supposée. Mais on ne savait pas sur quelle rive vous étiez. Hector et Charles ont pris rive gauche, et nous, rive droite.

- Honnêtement, je ne pensais pas qu'on s'en sortirait.

- As-tu pu leur soutirer des infos ?

- Où est Vlad ?

- Une voiture l'a ramené chez vous. Il ne devait pas être là, à cause de la Police. Il aurait eu à répondre à des tas de questions. Et puis, cela aurait compromis son anonymat. Hector devrait être avec le Préfet pour lui expliquer pourquoi nous avons dû abattre douze hommes. Et, il va tenter de mettre une cloche sur les évènements de la nuit.

- Alors, aucun des Bulgares n'a survécu.

- Non. Ils ont refusé de se rendre. Toi, tu sais des choses.

- On en discutera quand nous serons tous à la maison.

Il vit que l'urgentiste avait terminé avec Émilie. Il revint vers elle.

- De quoi parlais-tu avec Pierre ?

- Il me racontait ce que nous avions manqué. Ton père est en train de faire le ménage avec le Préfet.

- Pourquoi sembles-tu inquiet ?

- Mèl, tout est arrivé à cause de moi. Je n'aurai pas dû…

- Filo, je ne veux plus de ma vie d'avant. Comme Méli, je ne dois pas être sous une cloche. Je veux enfin vivre. Je t'ai. J'ai une fille, un père, une tante, un cousin et une cousine. J'ai aussi de vrais amis.

- Ce soir, tu aurais pu tout perdre !

- Oui ! Et je n'aurai eu aucun regret ! Car enfin, j'avais une vraie vie. Une vie telle que j'en rêvais quand j'étais enfant à Zurich, seule dans un orphelinat austère parmi ces autres enfants de riches méprisants et arrogants. Tu ne dois jamais te reprocher quoi que ce soit. Tu es le ciment de ma vie, de notre vie à tous, Filo. Sans toi, rien de tout cela n'aurait existé.

Elle le prit dans ses bras et le serra fort. Il l'écarta au bout de quelques minutes.

- Émilie, ce n'est pas le lieu que j'avais imaginé pour faire ça. J'avais pensé à tellement de scénarios et d'endroits. Mais en fait, il n'y avait besoin que de trois choses. Elles sont là maintenant. Émilie, veux-tu m'épouser pour de vrai ?

Elle le regarda sortir de sa poche une étincelante bague de fiançailles. Il lui prit la main gauche et la glissa à son annulaire. Des larmes de joies coulèrent sur les joues de la jeune femme.

- Oui ! Oui ! Oui !

Elle se jeta à son cou et elle l'embrassa tendrement.

- Mèl, je t'aime. Je veux passer le reste de ma vie à tes côtés.

- Moi aussi, je t'aime.

L'urgentiste les informa qu'ils pouvaient partir et les abandonna pour s'occuper d'un autre patient. Pierre s'approcha à son tour et prit sa cousine dans ses bras.

- Félicitations ! Il y est enfin arrivé ! Tous mes vœux de bonheur !

- Merci, Pierre.

- On va vous ramener à la maison. Vous avez besoin d'une bonne douche, de changer de vêtements et d'avoir une solide nuit de sommeil.

- On doit discuter.

- Filippo, on fera ça demain. Vous avez des choses à fêter tous les deux.

- Non, ce soir. Pierre, assure-toi qu'Hector soit là.

- Filo, qu'est-ce qui se passe ?

- On en parle à la maison. Allons-y, Pierre.

Il prit la main de sa fiancée et il se dirigea vers la sortie.

Est-ce une punition ?

Le soleil se leva difficilement au-dessus des hautes falaises couvertes d'un épais brouillard. Les nuages se déplaçaient paisiblement en direction de la vallée en contre bas.

Filippo s'étira longuement en espérant la disparition de ses courbatures. Mais c'était peine perdue.

Alors, il enfila sa salopette trouée et sale, ajustant les bretelles sur ses épaules et sur son maillot de corps dont la blancheur était un lointain souvenir. Il mit une sorte de gilet en laine grossière et distendue dont la couleur était masquée par la boue. Il enferma ses chaussettes mal rapiécées et déchirées dans des bottes couvertes d'une épaisse couche de terre séchée et dont la semelle décollée retenait dans ses interstices de la matière fécale. Il ajouta un manteau et un chapeau ne dépareillant pas avec le reste.

Quand on le regardait dans son ensemble, on voyait clairement qu'il avait dû chuter à plusieurs reprises.

Il attrapa le vieux panier posé sur une planche grossière et ajourée servant de table. Il ouvrit la porte et saisit son bâton. Il fit quelques pas dans l'herbe haute et humide pour s'asseoir sur un large rocher.

Il sortit du panier deux longs banitsas. Il engouffra un des feuilletés à la féta en deux bouchés. Il préleva un yaourt et il le but. Il dévora le deuxième et avala un nouveau yaourt.

Il regarda en contrebas et vit le troupeau de moutons qui paissait paisiblement. L'herbe était bien verte et abondante. De nombreux cours d'eau se formaient sur les flancs de la falaise côté nord et descendaient dans la vallée pour créer une rivière impétueuse.

Le soleil perça enfin, donnant le signal du départ. Il siffla en se levant. Il attacha le panier à la ficelle pendant sur son épaule de telle sorte qu'il soit dans son dos. C'était du bricolage archaïque mais cela lui libérait une main. Il était plutôt fier de lui. Il sauta en contre bas du rocher, glissa à cause de l'humidité sur l'herbe et tomba sur les fesses. Il rit de sa maladresse.

Il se releva et s'approcha du troupeau d'une trentaine de bêtes. Il poussa des petits cris en avançant vers eux. Les moutons se mirent en branle.

Maintenant, il maitrisait parfaitement la gestuelle du berger. Il les guida tranquillement vers le chemin de terre menant à la vallée. Il leur fallut presque trois heures pour rejoindre le village.

Il les fit entrer dans leur enclos et ferma la porte, construite avec de vieilles grilles semi-rouillées et assemblée grâce à des fils de fer. Il ouvrit la modeste écluse dérivant de l'eau vers un large abreuvoir. Les moutons se massèrent autour de lui et burent goulument car le soleil avait élevé rapidement la température ambiante.

Il se débarrassa de son manteau et de son gilet. Il s'assit sur l'herbe et mangea quelques mekicis, des petits morceaux de pâtes frits.

Quand les animaux et lui furent rassasiés, il se leva et arrêta l'eau.

Il vérifia que la porte était bien close puis il se mit en route vers la maison de mamie Milena.

Une fois, il avait mal fermé l'enclos. Les moutons s'étaient éparpillés dans les alentours. Il lui avait fallu une demi-journée pour les trouver et les rassembler. Malgré tout, c'était un bon souvenir. Il avait beaucoup ri.

Il croisa et échangea quelques mots avec papi Kaloyan assis devant sa petite maison pour prendre le soleil. Plus loin, il rencontra mamie Dariana et mamie Olga.

La population de ce minuscule bourg était très âgée. Les enfants et petits-enfants étaient partis il y a fort longtemps pour la grande ville à une heure trente d'ici, voire à l'étranger pour les plus instruits. Il ne restait que des vieillards, quelques poules et moutons. On le ressentait dans l'entretien inexistant des maisons et de l'unique chemin central envahis par la végétation.

Mais plus depuis hier.

À l'aide d'une faux, il avait fauché herbes et broussailles autour des dix demeures composant ce village perdu dans les montagnes. Cet outil n'était pas facile à manier pour obtenir une efficacité maximale et pour faire le bon geste. Tout le corps était utilisé, de la tête aux pieds. Chaque muscle était sollicité et devait travailler en harmonie et en coordination avec les autres. Mais il n'était plus un débutant. Il pouvait faucher son demi-hectare en un gros après-midi, ce qu'il avait fait hier. Mais cela n'empêchait pas les courbatures.

Il posa ses affaires sur le banc de fortune devant la maison de mamie Milena. Il alla dans la vieille grange et prit l'antique brouette. Il passa deux bonnes heures à constituer un large tas de fourrages collectant les coupes de la veille. Il couvrit enfin l'ensemble d'une bâche pour provoquer le séchage naturel et produire du foin utilisé pendant l'hiver pour nourrir le troupeau.

Il rangea la brouette, attrapa la ceinture d'outils et l'attacha autour de sa taille. Il s'attaqua à la toiture.

Il remplaça les tuiles cassées, en repositionna dans l'alignement, et les brossa pour enlever lierres et saletés.

Il consolida ensuite le conduit de cheminée en l'entourant avec des briquettes. À l'aide du marteau, il y enfonça des tiges métalliques pour maintenir l'ensemble.

Il finit juste à temps pour assister au coucher du soleil, les pieds ballants dans le vide.

Mamie Milena, qu'il n'avait pas vu rentrer des champs, avait rempli son panier avec la lukanka, un saucisson épicé de viandes de porc et de veau, quatre banitsas et quatre yaourts. À côté, elle avait posé un large bol de tarator, sorte de soupe froide aux yaourts, concombre râpé, ail et aneth, accompagné d'un deuxième bol contenant des falafels. Il emporta le tout et il s'installa dans un coin de la grange pour avaler son repas du soir.

Il s'allongea dans le foin et sombra immédiatement. Il fit de nombreux cauchemars plus présents et prononcés, à cette période de l'année.

Réveillé en fin de nuit, il se leva à l'aube et alla se laver dans le torrent proche et glacial. Il s'habilla sobrement en noir et s'appuya près de la porte de la maison.

Mamie Milena sortit quelques instants plus tard. Marquée par le temps, la vieille femme de quatre-vingt-cinq ans était aussi vêtue de noir, ce qui ne changeait pas. Seul le voile couvrant son chignon et son visage avait été ajouté.

Il lui emboîta le pas et resta respectueusement derrière elle. Ils prirent sur la gauche et traversèrent la rivière grâce au pont en pierre. Ils suivirent le sentier descendant vers la vallée au milieu d'une forêt touffue et sauvage.

Il espérait qu'il serait aussi véloce et dynamique que mamie Milena à son âge. La majorité de l'année, elle vivait seule s'occupant de son troupeau et de son champ. L'hiver, son fils venait la seconder. Mais, il avait perdu toute pratique de l'agriculture car il était parti tôt travailler dans un bureau à la capitale.

La solitude semblait lui convenir.

Elle s'accommodait de sa présence tant qu'il ne perturbait pas son quotidien. Il comptait bien respecter son vœu.

Ils mirent trois heures pour atteindre le village et ses premières maisons abandonnées et proches de l'effondrement.

Le sentier aboutit à une étroite route bitumée et emplie de profonds trous. Ils le suivirent jusqu'à une place contenant une petite église orthodoxe sans la fantaisie de ses grandes sœurs.

Plusieurs voitures de la ville étaient garées devant, identifiables à leur propreté.

Machinalement, les pas de Filippo ralentirent, donnant plus d'avance à mamie Milena. Comme à chaque fois, il y entra, la gorge serrée, et il s'installa au dernier rang.

L'église pouvait recevoir une soixantaine de fidèles. Elle n'en accueillait aujourd'hui qu'une huitaine répartie sur les deux premières rangées.

La vieille femme alla à la première. Costumé en noir, son fils y était assis, en train de discuter à voix basse avec sa belle-sœur vêtue de noir et couverte d'un voile. À côté d'elle, une jeune fille n'ayant pas plus de dix-sept ans était habillée à l'opposé du reste de l'assemblée. Elle portait des couleurs vives et criardes.

Cette dernière prit dans ses bras mamie Milena. C'était le seul moment où la vieille femme semblait s'ouvrir aux autres. L'adolescente lui attrapa la main et la força à s'installer à côté d'elle puis elle lui fit la conversation ignorant les deux adultes.

Le prêtre entra, s'approcha d'eux et discuta quelques instants. Puis il démarra l'office.

Comme d'habitude, Filippo ne comprit rien, se levant et s'asseyant comme l'assemblée. Vu son passif avec le rappel prématuré de ses parents, il avait décidé qu'il n'était pas question d'honorer ce Créateur versatile et malveillant. Hormis ces dernières années, il n'avait jamais suivi un office religieux ni pénétré dans une église.

Le moment le plus pénible pour lui arriva. Le prêtre alluma son encensoir avec la grosse bougie, représentant la lumière de Dieu. Puis il commença à le balancer d'avant en arrière, répandant l'encens et sa fumée blanchâtre. Il se mit à chanter une litanie tandis que les paroissiens se levèrent. Il ouvrit la porte près de l'autel donnant sur l'extérieur et le côté de l'église, et il sortit.

Mamie Milena, la belle-sœur, l'adolescente et le fils le suivirent. Puis ce fut au tour de l'assemblée.

Filippo leur emboita le pas en conservant ses distances.

Le cortège prit à gauche et pénétra dans le cimetière. Le prêtre s'arrêta devant une tombe et fit un cérémonial en l'honneur du décédé enterré ici.

Mamie Milena et ses proches l'entourèrent tandis que les autres étaient un peu en retrait recueillis comme la famille.

Filippo était resté à l'entrée et s'y recueillait aussi. Levant les yeux, il comprit que la cérémonie allait se terminer. Il s'écarta rapidement et alla dans le coin droit hors de vue. Il les regarda tous quitter le cimetière.

Il s'approcha à son tour de la tombe et y posa la main.

Comme à chaque fois depuis trois ans, l'émotion le submergea.

Sa décision. Son entorse à ses principes. Il était là à cause de lui.

- Comme promis, tu as été enterré près de ton père… Mike. Je me suis battu contre mon entourage pour t'accorder ton dernier souhait. Ils voulaient te laisser pourrir dans une fosse commune et je les comprenais. Jusqu'à ton revirement soudain au seuil de la mort, tu nous as rendu la vie difficile. Tu as menacé la vie des personnes qui m'était chère. Tu m'as forcé à réagir en utilisant tes méthodes. J'ai coupé la bride par laquelle je les retenais. Ils n'ont pas mis longtemps à te trouver. Comme je te l'avais dit, mon objectif était de te livrer aux autorités. Les preuves étaient largement suffisantes pour que tu pourrisses définitivement en prison dans un quartier de haute sécurité. Par tes actes irréfléchis, ta famille te pleure. Tu aurais dû te rendre au lieu de te battre. Même si tu étais une infâme pourriture, personne ne devrait mourir avec vingt balles dans le corps. Mais tu les as poussés à bout, tu as exacerbé leur envie de revanche et de te punir pour la souffrance que tu leur as engendrée. Je sais qu'au fond d'eux, elle est toujours là. Ta mort n'a pas ramené Charlotte ni rendu les années perdues de Natasha.

Ta mort est sur ma seule conscience.

Alors, j'aide ta mère quelques jours par an puis je viens te voir. Ta femme et ta fille me détestent surement et je les comprends. J'aimerais les aider. J'aimerais les soutenir comme tu devais le faire. Je pense que leur vie est devenue très difficile depuis ton départ. Tu aurais dû les installer depuis longtemps au Luxembourg avec toi. Tu aurais dû les intégrer à ton quotidien, et peut-être, tu aurais été moins envieux de dépouiller les autres.

L'année dernière, je t'ai parlé de ton entreprise, la MediWorld-Percy. Elle était à la dérive et proche de la liquidation judiciaire. Je l'ai achetée pour presque rien. Vlad s'est engagé auprès de Prisca à abandonner ses activités illicites. Elle aussi était fatiguée d'avoir peur pour son mari. Alors, je l'ai nommé vice-président. Nous avons fait le ménage dans tes cadres et lieutenants. Nous sommes en train de la remettre sur les rails en épurant toutes tes filiales mafieuses ou trop corrompues. Je pense qu'à ma prochaine visite, nous serons revenus à l'équilibre. Notre business pl…

On frappa sur la grille du cimetière pour attirer son attention. Mamie Milena lui fit signe de venir. Il la regarda surpris. C'était la première fois qu'elle l'interpellait.

Elle communiquait avec lui en laissant des indices sur les tâches qu'il devait mener sous la forme d'un outil et d'un dessin. Pour le troupeau, elle mettait le bâton et une carte avec le pâturage de destination. Pour le fauchage, la faux et le village. Jamais, ils n'avaient eu d'interactions directes.

Lors de sa première venue, il était accompagné d'un interprète qui avait traduit ses propos. Il avait raconté à sa femme et sa mère la manière dont Mike était décédé et s'en était attribué la responsabilité. Il ne leur avait rien dit sur les raisons qui avaient motivé cela. Il avait exprimé son souhait d'honorer une fois par an le mort et payer son séjour en aidant.

Malgré le fort avis négatif de sa femme, mamie Milena avait accepté sa requête. Cela avait été le seul mot qui était sorti de sa bouche. Il n'était même pas sûr d'avoir entendu le timbre de sa voix.

Il salua la tombe de Mike et lui dit à l'année prochaine. Il se dirigea à grands pas vers la grille. Il s'y arrêta net. Les huit personnes regardaient dans sa direction. Mamie Milena donna le signal du départ.

Filippo resta à distance. Au détour des virages, il voyait les regards insistants posés sur lui. Il comprenait sans parler bulgare. Ils se demandaient, pourquoi venait-il depuis trois ans ?

Le groupe mit trois heures trente pour atteindre la maison de la vieille femme. Le sentier montant avait été plus fatigant pour tous.

L'hôtesse donna ses consignes et rapidement une table fut dressée dehors. Malgré son envie d'aider et de participer, Filippo resta à l'écart en s'asseyant sur le bord du pont.

À nouveau, mamie Milena lui fit signe de venir et lui désigna une place près d'elle à la grande table. Il s'installa profondément touché et mangea silencieusement comme l'ensemble des convives.

Le repas terminé, les invités prirent congé les uns après les autres. Il ne demeura à table que les proches. La femme de Mike et son beau-frère débarrassèrent les assiettes et les verres. Ils les remplacèrent par des tasses et une cafetière. Ils firent le service et ils se rassirent.

La jeune fille n'avait pas quitté Filippo du regard. N'osant pas lever la tête franchement, ce dernier n'arrivait pas à déterminer la nature de son regard. Mamie Milena se leva et revint quelques minutes plus tard avec un panier qu'elle posa à terre puis elle se rassit.

- Il est tant pour toi d'arrêter de venir.

Filippo ouvrit grand les yeux.

- Vous parlez français ?

L'adolescente lui répondit amusée.

- Nous parlons tous français.

- Je vais pouvoir abandonner mes cours de bulgare !

- Pourquoi prends-tu des cours de bulgare ?

- Et bien, je voulais pouvoir échanger avec vous quand vous auriez été prêt.

- Pourquoi ?

- Je vous l'ai dit la première fois, votre fils est mort par ma faute. Je dois en prendre l'entière responsabilité. Je voudrai vous aider comme il devait le faire.

- Tu te trompes sur lui. Nous savons tous que c'était une mauvaise personne. Il ne s'intéressait pas à nous. Quand c'était le cas, c'était pour nous rabaisser. Tu n'as plus à venir honorer sa mémoire. Il ne le mérite pas.

- Mamie !

- Je suis désolé, Éléna. Mais il n'a jamais eu d'intérêt que pour lui.

- Je sais qu'il n'était pas gentil avec Maman mais c'était quand même mon Papa.

- Tu as raison, Éléna. Mais mon frère ne s'est jamais occupé de toi et de ton bien-être.

- Tonton, tu ne vas pas être aussi contre lui !

- Ces dernières paroles ont été pour vous.

- C'est gentil de le prétendre mais nous savons que c'est faux.

- Laissez-moi vous aider. Dites-moi comment faire pour vous être utile.

- Pourquoi ?

- …

Filippo chercha ses mots pour lisser sa réponse.

- Vous pouvez dire la vérité. Papa a toujours été méchant avec nous.

- Il a fait beaucoup de mal à la maman de ma femme il y a trente-cinq ans. Quand il a essayé de s'en prendre à ma famille, j'ai eu peur et j'ai perdu le contrôle. Le résultat est qu'il en est mort.

- Ne viens plus. Occupe-toi de son ancienne entreprise et fais-en quelque chose d'honnête et de respectueux des malades.

- Comment vous…

Elle piocha dans son panier et posa un magazine où Filippo était en couverture. Il y avait été interviewé sur les raisons de l'achat de la sulfureuse MediWorld-Percy.

- Je vis à la campagne, pas isolée du monde.

Elle en choisit plusieurs autres. La réussite du Groupe Piétri-Duval s'étalait dans les journaux depuis trois ans. Il avait été mis en avant comme son principal moteur, à juste titre.

- Nous sommes touchés qu'une personne de votre statut et de votre importance vienne aider dans ses tâches les plus ingrates, une paysanne comme ma mère. Vous n'avez pas à vous inquiéter pour nous.

- Le fonctionnement de ma conscience n'est pas aussi simple.

- Je comprends. Tu peux rentrer rassuré. Nous n'avons jamais eu d'animosité contre toi. Nous avons su que mon fils avait payé des gens pour t'assassiner ainsi que ta femme et ta fille. Alors, tu ne nous dois rien. Ce serait à moi de m'excuser du comportement de mon fils.

- Mon souhait reste le même. Je veux aider et soutenir votre famille.

- Prends soin de la tienne et ne reviens jamais.

Mamie Milena se leva, entra dans sa maison et ferma la porte derrière elle. Filippo parla fort pour que sa voix arrive jusqu'à la vieille femme.

- Merci de m'avoir accueilli cette année. Prenez soin de vous.

Il alla dans la grange, prit son sac à dos et il se dirigea vers le pont en pierre.

Même si mamie Milena ne voulait pas de son aide, il avait travaillé sur d'autres dispositions. Dans la nouvelle constitution de la MediWorld-Percy, il les avait ajoutés tous les quatre en tant qu'actionnaire à hauteur de 2 % chacun. Les dividendes devraient commencer à être versés dès l'année prochaine.

Éléna le rattrapa au pont et marcha à ses côtés tandis que sa mère et son oncle restèrent en arrière.

- Cela doit être super d'être PDG !

- Comme toute chose, il y a des avantages et des inconvénients. Avez-vous décidé ce que vous alliez faire dans la vie ?

- Je ne sais pas trop. Je suis attiré par la médecine comme Papa et Maman. Mais ce sont des études longues et couteuses.

Filippo prit dans son sac une carte de visite et il la lui tendit.

- Voici mes coordonnées, je serai très honoré de vous apporter mon aide.

- Vraiment ? Si je vous disais que je veux étudier en France ?

- Quand voulez-vous commencer ?

- Sérieusement ? Comme ça ?

- Oui, comme ça. Par contre, il faut bien sûr que votre mère soit d'accord et qu'elle vous accompagne.

- Ah. Votre offre est valable combien de temps ?

- Indéfiniment. Mais ce n'est pas un chèque en blanc. Vous devrez travailler dur et obtenir vos diplômes.

- Je vais convaincre Maman.

La conversation enchaina sur des multitudes de sujets. Le chemin retour sembla nettement plus court. Ils arrivèrent devant l'église. Il ne restait qu'une voiture.

- Je suis très heureux d'avoir enfin pu échanger avec vous. Portez-vous bien.

Filippo tourna les talons. Il se dirigea vers la cahute du bus un peu plus loin sur la place et il s'assit sur le banc. Il sortit un épais livre et il s'y plongea.

- Tonton !

Éléna le désigna à son oncle en l'implorant du regard.

- On va à Sofia. On peut vous déposer quelque part sur le chemin ?

- Si cela ne vous dérange pas, je veux bien. Laissez-moi n'importe où à Sofia.

- Vous alliez vraiment à Sofia en bus ?

- Bien sûr. Leur régularité est satisfaisante et leur intérieur est agréable.

- Vous allez où à Sofia ?

- À l'aéroport.

- À quelle heure est votre vol ?

- En fait, j'ai un avion privé.

- Vraiment ?

- Oui. Ma femme m'en a fait cadeau.

- Sacré cadeau !

- Oui, c'est vrai. Elle n'a aucune notion de la valeur matérielle des choses.

- Montez.

Le fils démarra le véhicule et prit la direction de Sofia.

Une heure trente plus tard, Filippo le guida vers la partie ouest de l'aéroport, vers le pavillon des invités. Des policiers bulgares en tenues de cérémonie accompagnés d'hommes en costumes noirs les laissèrent passer sans contrôle, au grand étonnement de la famille de Mike.

Éléna insista pour l'escorter jusqu'à la porte d'embarquement. La voiture s'arrêta face à un beau bâtiment. Ils descendirent du véhicule. Filippo plaça la main sur le capot de la seule autre garée là. Il sourit. Le moteur était bouillant.

Comme il s'y attendait, Pierre et Charles étaient assis et discutaient nonchalamment.

Par une large baie vitrée, on voyait sur le tarmac un Falcon 8X stationné parallèlement à l'édifice. Sa porte ouverte reposait sur un tapis rouge le reliant à la construction.

Elena se colla à l'immense fenêtre.

- C'est celui-là ? Il est magnifique !

Filippo serra la main de son ami et de son suppléant.

- On ne t'attendait pas avant demain matin.

Filippo savait très bien que son apparente solitude pendant ces quelques jours chez mamie Milena n'était qu'illusoire. Pierre et son équipe avaient toujours été à portée d'intervention. Ils ne l'avaient jamais quitté un seul instant. Il savait aussi que cela rassurait Émilie.

Il y a trois ans, il avait ordonné à Pierre et à Hector de ne pas l'accompagner en Bulgarie. C'était à lui seul qu'incombait la responsabilité de ramener le corps à sa famille. Tous ses proches étaient contre. Ils ne méritaient pas à leurs yeux de lui octroyer son dernier souhait. Puis Hector et Pierre ne savaient pas, si avec sa mort, les attaques allaient cesser.

Ils avaient négocié durement que Pierre l'escorterait jusqu'à l'aéroport et qu'il l'y attendrait. Mais bien sûr, ils n'avaient pas respecté leur accord et ils avaient monté une large opération furtive pour assurer sa protection. Mais Filippo s'en était rendu compte.

Alors, il jouait la comédie et faisait semblant de les croire.

- La famille de Mike a proposé de me déposer.

- Tes cours de bulgare ont porté leur fruit ?

- En fait, ils parlent tous français.

- Quoi ? Tous ?

Filippo se dit que le jeu d'acteur de Pierre était très convaincant. Car il ne doutait pas qu'il l'avait appris en même temps que lui. Ou qu'il le savait peut-être déjà.

- Et oui ! J'ai pu discuter avec eux. Ça m'a fait énormément de bien de connaitre leurs sentiments.

- Alors ?

- On en parlera dans l'avion.

- On pourra partir dès que tu seras à bord. On va t'y attendre.

Filippo s'approcha d'Éléna toujours collée à la baie vitrée.

- Appelez-moi quand vous aurez convaincu votre mère.

- Me convaincre de quoi ?

L'adolescente attrapa le bras de sa mère et lui fit un câlin en lui faisant les yeux doux.

Tous les enfants sont pareils, pensa Filippo en souriant.

- Je vous remercie de m'avoir déposé. Portez-vous bien.

Filippo se dirigea vers les officiers bulgares et il donna son passeport. Ils le tamponnèrent et ils lui rendirent en faisant le salut militaire.

Filippo passa le portique et monta dans l'avion.

Le Falcon 8X décolla quelques minutes après et arriva à Toulouse deux heures trente plus tard.

L'appareil s'arrêta devant l'aérogare d'aviation d'affaires et de tourisme. Le puissant éclairage illuminait le tarmac. Derrière un large parterre en pelouse rase et traversée par une allée bétonnée, Filippo reconnut sa Maserati accompagnée des deux autres habituelles. Deux officiers de la Police aux Frontières descendirent de la leur et s'approchèrent du Falcon. Ils y pénétrèrent dès que la porte s'ouvrit. Ils quittèrent la piste quelques minutes plus tard.

Trois personnes s'étaient avancées pendant le contrôle. Les gardes s'étaient aussi déployés.

- Papa !

Amélia se précipita vers son père quand il posa les pieds sur le tarmac. Il se mit à genoux et prit sa fille dans ses bras.

- Tu devrais être au lit ! Il est 22 h !

- Tu m'as beaucoup manqué !

- Toi aussi, Méli ! Mais, vous auriez dû m'attendre toutes les deux à la maison.

Filippo embrassa Émilie et il l'enlaça puis il s'accroupit. Il déposa un baiser sur le ventre arrondi de sa femme.

- Dès qu'on a su que tu avais décollé de Sofia, on ne tenait plus en place.

Hector lui serra la main.

- Je confirme. Elles ont été infernales ! Toutes les deux ! Je n'ai pas eu le choix. On a dû se joindre au comité d'accueil. Et encore, j'ai réussi à les garder difficilement à la maison une heure et demie. Je ne sais pas comme tu arrives à les supporter.

- Papa !

- Papi !

Les filles avaient lancé un regard mauvais à Hector. Il leur tira la langue.

- Heureusement, c'est un petit gars qui arrive !

- Elles sont adorables mes filles !

Filippo fut crédité de deux larges sourires.

- Fayot !

- Et moi ?

Amélia fut la première à aller faire un bisou à Pierre, suivi par sa mère.

- Tu n'es pas raisonnable, Mèl. Rentrons.

- Tu nous as trop manqué. Sept jours sans pouvoir te parler, c'est super long !

Émilie lui avait attrapé la main et se laissa guider vers la voiture tandis qu'Amélia était dans les bras de Pierre. Filippo aida sa femme à monter à l'arrière. Il grimpa à son tour, se retrouvant entre ses deux amours.

Le Falcon poussa ses moteurs et prit de la vitesse pour se rendre à son hangar.

Le convoi des Maserati quitta la zone aéroportuaire et déposa leurs passagers vingt minutes plus tard à leur domicile.

Amélia s'était endormie sur son père. Il la débarrassa de son manteau et de ses chaussures puis il la coucha.

Il rejoignit Émilie dans leur chambre. Il resta appuyé sur le mur de la salle de bains pour observer sa femme.

Elle s'était déshabillée et se promenait en sous-vêtement. Elle se posa sur le canapé. Son ventre arrondi était bien tendu. Elle était à quinze jours de son terme. Elle était resplendissante et complètement épanouie. Elle vivait pleinement sa grossesse et le bonheur se lisait sur son visage.

Elle le méritait.

Elle avait bataillé deux ans pour le convaincre. Elle désirait avoir un enfant et vivre cet évènement comme une chose merveilleuse. Pas comme pour Amélia, où elle l'avait vécu comme une tragédie qui allait lui prendre la vie.

Mais lui ne voulait pas.

Il avait peur de se retrouver à nouveau devant un lit, à pleurer celle qu'il aime. Elle avait utilisé tous ses atouts pour qu'il change d'avis, faisant même intervenir le Professeur Mercan et Taffir.

Mais sans résultat.

Comme sa mère, elle organisa un nombre important de tests et les fit valider par d'éminents spécialistes. Elle vint le voir un soir à son bureau. Elle le convia dans une salle de réunion et elle lui fit une présentation de tous ces résultats. Elle y avait placé tous ses espoirs. Mais il ne changea pas d'avis.

Alors, elle éclata en sanglots et pleura longtemps dans ses bras.

Il lui avoua enfin ses peurs. Elle prit toute la mesure de sa détresse pendant son coma.

Elle lui assura que ce ne sera pas comme pour Amélia. Le bébé sera un enfant désiré. Elle savait maintenant que sa mère n'était pas morte à sa naissance et qu'accoucher n'était plus une fatalité.

La situation était complètement différente.

Elle était complètement différente.

Elle voulait accoucher et avoir son bébé sur elle. Elle voulait donner le sein, changer ses couches, donner son premier bain, faire sa première promenade, s'inquiéter qu'il ne mange pas assez.

Elle voulait vivre tous ces moments qu'à présent elle savait être des précieux instants de bonheur.

Mais elle comprenait et acceptait son refus.

Elle avait une vie merveilleuse et elle était entourée de tellement de personnes aimées et aimantes. Sa vie était déjà parfaite.

Elle l'embrassa tendrement et elle lui dit de ne pas rentrer tard.

Il ne put rentrer ce soir-là ni dormir. Ses paroles et sa motivation l'avaient profondément ébranlé.

Il avait vécu tout ce qu'elle désirait sans prendre la mesure de sa chance. Il y avait pris beaucoup de plaisir.

Alors le lendemain, il alla lui acheter un magnifique bouquet de roses rouges et un trousseau de naissance. Il attendit qu'elle vienne le voir, inquiète qu'il ait découché, et il lui donna les vêtements.

Elle fondit en larmes et se jeta dans ses bras.

- C'est mon travail !

Filippo s'assit à côté d'elle et il attrapa le tube de crème anti-vergeture. Il l'appliqua tendrement sur le ventre en faisant des petits cercles.

- T'as senti ?

- Oui ! Monsieur Nicolas se rebelle ? C'est pour que Maman est une jolie peau pour t'accueillir.

- Oh encore ! Petit démon ! Tu sais que Papa est rentré alors tu fais la fête !

- Tu tiens le coup ?

- Je fatigue un peu. Je suis heureuse que tu sois revenu. J'avais peur que le travail commence et que tu ne sois pas là.

- Je n'aurai manqué ça pour rien au monde. C'est pour ça que cette fois-ci, j'ai pris le jet.

- Comment s'est passé ton séjour ?

- Je vais arrêter les cours de bulgare. Ils parlent tous les quatre français.

- Non !

Il lui raconta tout en détail tandis qu'elle s'allongea sur le canapé et plaça sa tête sur sa cuisse. Elle s'endormit paisiblement en lui tenant la main.

Comme chaque fois qu'il s'absentait, il était submergé pendant quelques jours le temps de traiter l'arriéré, et c'était pire les lundis. Même si Miriam en prenait beaucoup à sa charge pendant l'intervalle, il lui en restait quand même beaucoup.

Je suis le PDG. Il faut bien que je bosse aussi ! se dit-il en envoyant son quarantième courriel de réponse.

Il avait proposé à Miriam plusieurs postes à haute responsabilité au sein du Groupe. Elle les avait tous refusés. Son travail d'assistante de direction lui allait bien car elle pouvait concilier sa vie professionnelle et familiale. Mais pas seulement.

Une profonde amitié s'était développée entre elle et le couple. Elle était très fière d'être la future marraine civile de Nicolas. Elle avait été aussi un des trois témoins d'Émilie lors de leur mariage en mairie. Elle n'arrivait pas à s'imaginer loin d'eux ni ses enfants. Amélia allait à la même école que ces derniers, même s'ils étaient plus grands de deux classes. Alors souvent, elle allait chercher le soir ses enfants chez le couple.

Elle avait encouragé et réconforté Émilie quand Filippo ne voulait pas d'un deuxième enfant. Il y avait aussi Prisca. Filippo les appelait le trio infernal.

Avec le rachat de la MediWorld-Percy et la création de la fondation, le couple russe s'était installé à demeure à Toulouse. Natasha avait retrouvé ses forces rapidement grâce aux enfants qui gravitaient autour d'elle.

Bonne enfant comme d'habitude, le Comité de Direction débattait laborieusement des points à l'ordre du jour. Miriam se pencha discrètement vers son patron.

- Si tu veux aller chercher Méli à l'école, tu vas devoir faire accélérer les choses. Il est déjà 15 h.

- Je prendrai aussi tes enfants.

- Laisse-les à l'accueil. Frédéric ira les récupérer. Émilie doit être fatiguée.

- Tu sais bien qu'elle les adore.

- Laisse-les à l'accueil. Elle doit se reposer.

- Je serai aussi là.

- Accueil !

- OK, OK. Mesdames, messieurs, il va falloir passer la seconde.

Accompagné de Pierre et de Camille, il arriva juste à l'heure. De nombreux parents attendaient devant la grille de l'école. Il échangea quelques mots avec eux. Quand Amélia l'aperçut, elle traversa la cour au pas de course et s'arrêta comme les autres à la porte interne. Un maitre inséra sa clé dans le système de sécurité activant l'ouverture des deux portails.

Les flots des enfants se répartirent sur le trottoir et autour des parents. Il eut droit à son bisou et à son câlin. Pierre et Camille y eurent aussi droit. Filippo prit sa main puis ils rentrèrent à la maison en discutant de sa journée d'école.

Les gardes du corps les laissèrent à la porte métallique. La fillette se précipita à l'intérieur pour faire un câlin à sa mère et parler à son futur frère. Elle leur raconta à nouveau sa journée tandis que son père lui prépara un gouter. Puis elle alla à la douche.

Émilie se régalait de ce quotidien familial banal. Il était l'image simple d'une vie heureuse.

Il avait eu raison pour Amélia. Elle s'était fait de nombreux amis. Ils l'avaient vu grandir et évoluer parmi ces enfants de milieu populaire. Il y avait eu quelques problèmes mais pas ceux qu'ils craignaient. Alors, ils avaient décidé de la laisser poursuivre sa scolarité dans la même école puisqu'elle hébergeait les classes maternelles et primaires. Ensuite, ils avaient convenu qu'elle devrait acquérir d'autres connaissances en relation avec le monde des affaires ou de l'activité de l'entreprise. Mais dans le respect aussi des souhaits de l'enfant.

Il fit à manger puis il alla coucher Amélia et Émilie.

Il travailla jusqu'à 23 h 30 puis il se coucha à son tour.

- Filo ! Filo ! Je crois que c'est l'heure !

- Non, il est 3 h du mat. Rendors-toi.

- Filo, il faut aller à l'hôpital !

Il se leva d'un bond.

- Tu es sûr ? OK. OK. Prépare-toi, je mets en branle l'équipe. Où est mon téléphone ?

Il le trouva rapidement et appela Pierre. Cinq minutes plus tard, il débarqua avec Camille. Il sortit la voiture familiale et ouvrit les portes arrière.

Filippo arriva avec Émilie. Son sac pour la maternité fut mis dans le coffre. Filippo s'installa à l'arrière avec sa femme. Pierre prit le volant tandis que Camille resta sur place pour garder Amélia.

Pierre s'inséra dans la circulation, feux de détresse allumés et à vive allure, rejoints par deux Maserati.

Adèle et sa large équipe les accueillirent aux urgences maternité. Tout le personnel du Professeur Mercan était prête à la recevoir.

Ils l'installèrent sur le lit en la bardant de capteurs sur ses tempes et son ventre tandis que Filippo enfila une blouse. La tension et l'angoisse commencèrent à lui compresser la gorge et la poitrine. Émilie s'en rendit compte et tendit la main vers lui. Il l'attrapa et la serra.

- Filo, tout va bien se passer, je te le promets. On va avoir un beau garçon.

Il tenta de lui faire un sourire rassurant mais il n'y arriva pas. La voir ainsi fit émerger des mauvais souvenirs. Il ne put retenir ses larmes.

- Tu as intérêt à tenir ta promesse. Je t'aime, Mèl.

- Je t'aime, Filo.

Six heures plus tard, Filippo sortit de la zone maternité en larmes. Il s'assit par terre entre deux bancs et se mit à pleurer silencieusement. Pierre et Hector furent les premiers à le voir. Ils se précipitèrent vers lui, suivis de Taffir, Prisca et Miriam.

Inquiet, Hector l'interrogea du regard. Pierre posa la main sur son épaule.

- Qu'est-ce qui se passe ?

Aucun son ne put sortir de sa bouche. Les larmes aux yeux, Miriam lui tendit une petite bouteille d'eau. Il avala une grande gorgée et tenta de contrôler ses larmes mais il n'y arriva pas. Angoissé, Hector s'adressa à lui.

- Comment va Émilie ? Et Nicolas ?

Son regard les rendit tous malheureux.

- Nicolas va bien.

- Émilie ?

- Elle… va bien aussi.

- Pourquoi es-tu dans cet état ?

- J'ai eu tellement la trouille de la perdre encore. J'ai eu si peur qu'elle soit encore emportée par le coma. Je vais me calmer. Donnez-moi une minute.

- Oh, toi alors ! Tu nous as fait peur !

Le Professeur Mercan sortit à son tour de la zone maternité.

- Ça ne va pas, Filippo ?

Hector répondit.

- Il a le contrecoup d'avoir angoissé pour Émilie.

- Je comprends. Cela s'est très bien passé. Émilie a accouché naturellement. Elle et Nicolas sont en bonne santé. Émilie est bien sûr épuisée mais elle est heureuse. Ils quitteront la salle de travail dans quelques heures. Filippo, Émilie vous demande.

- Merci beaucoup, Professeur.

Pierre tendit la main à son ami.

- Va rejoindre ta femme et ton fils, la chialeuse !

Filippo essuya ses yeux et la prit pour se relever.

- Oui, Titi !

- Je ne dirai rien car aujourd'hui c'est un jour exceptionnel ! Vas-y et félicite-la pour nous.

Soulagé eux aussi, ils le regardèrent retourner vers Émilie et le nouveau venu dans leur famille.